Julie Wald

SILVERHORSE

Mit dem Wind im Sattel

Verlag Friedrich Oetinger · Hamburg

Klimaneutral
Druckprodukt
ClimatePartner.com/53248-2011-1002

Dieses Buch wurde klimaneutral produziert. Dadurch fördern wir anerkannte Nachhaltigkeitsprojekte auf der ganzen Welt. Erfahre mehr über die Projekte, die wir unterstützen und begleite uns auf unserem Weg unter www.oetinger.de

FSC
www.fsc.org
MIX
Papier aus verantwortungsvollen Quellen
FSC® C014496

Originalausgabe
1. Auflage

Einband von formlabor, Kerstin Schürmann,
unter Verwendung von Bildmaterial von © Andrey tiyk,
© mariait, © mikka_kika @ shutterstock.com
Dieses Werk wurde durch die
Literaturagentur Beate Riess vermittelt.
Druck und Bindung: GGP Media GmbH,
Karl-Marx-Straße 24, 07381 Pößneck, Deutschland
Printed 2021
ISBN 978-3-7891-1444-1

www.oetinger.de

Oetinger

Zwei Dinge begleiten *Julie Wald*, geboren 1978, im Leben: Schreiben und Pferde. Nach der Ausbildung zur Sozialpädagogin begann sie unter anderem Namen Kinder- und Jugendbücher zu schreiben und ist mittlerweile als freie Autorin tätig. *Silverhorse* ist nun ihre erste Pferdereihe, die von einem besonderen Schicksal erzählt. Silverhorse ist blind und lebt in Wirklichkeit in der Nähe der Autorin.

Nirgendwo spürst du
Freiheit mehr als im Sattel.
Dort gibt es nur dich, dein Pferd
und den Wind.

ONKA TALINSBEER

#ZEPHYRWISPERN

Es gibt sie, diese Tage im Sommer. In denen alles verschwimmt.

Das liegt am Zephyr. So heißt hier der Sommerwind.

Er ist schuld daran.

Er wiegt mich in den Schlaf, säuselnd und sanft, und lässt mich träumen. Von Dingen, die ich schmerzlich herbeisehne, und für einen kurzen Augenblick glaube ich sogar, sie sind zum Greifen nah. Doch wenn ich aufwache, sind sie in der Sommerglut bereits zerflossen.

Das Einzige, an das ich mich erinnern kann, ist dieses Gefühl, das mir unter die Haut gekrochen ist, während ich im Schatten der Bäume geschlafen habe. Dabei höre ich dieses Blätterrauschen. Gräserpfeifen.

Zephyrwispern ...

Ich blinzele. Das Erste, das ich sehe, ist der Himmel. Er ist sommerblau, ohne jegliche Wolke. Mein Mund ist trocken. Meine Augen sind schläfrig. Das Gefühl aber ist stark.

Da ist was!

Ich hebe also den Kopf, wie in Trance. Und sehe es vor mir.

Dieses Pferd. Bloß wenige Meter entfernt. Wie aus Silber gegossen. Schöner als alle anderen.

Langsam setze ich mich auf und reibe mir die Augen, blinzele noch einmal. Denn ich bin mir nicht sicher, ob der Zephyr mir einen Streich spielt oder nicht. Das Pferd aber ist immer noch da und schaut mich an, obwohl mich sonst niemand sieht. Ich sitze schließlich gut verborgen zwischen den Büschen im Dickicht.

Dieses Pferd beobachtet mich dennoch und bläht nun seine Nüstern. Genau in meine Richtung. Sein Kopf schnellt in die Höhe. Seine lange Mähne, wie fließendes Silber, tanzt im Atem des Zephyrs. Dabei spitzt es die Ohren, als lausche es ebenfalls seinem windigen Gesang.

Einen Moment lang steht es still, ehe es ein markdurchdringendes Wiehern von sich gibt. Es stampft drohend mit den Vorderbeinen. Will mir damit sagen, dass ich da gefälligst rauskommen, mich zeigen soll!

Aber das geht nicht. Ich kann mich nicht zeigen. Und ich kann auch nicht rauskommen, zu viel steht auf dem Spiel.

Also gehe ich schnell wieder in Deckung, gerade noch rechtzeitig. Denn schon taucht der Kopf des Mädchens auf.

»Was hast du denn?«, flüstert es und streichelt dem Silberpferd beruhigend den Hals. Automatisch folgt es seinem Blick. Genau in meine Richtung, und dabei wird mir klar, dass die beiden so was wie eine Einheit sind. Sie spüren das, was der andere spürt, wollen das, was der andere will, sind sich Spiegel und Freundin zugleich … Ob das Pferd mich also an das Mädchen verraten wird?

Instinktiv halte ich den Atem an, drücke mich noch fester ins hohe Gras. Mein Herz klopft wild. Auf einmal weiß ich nicht mehr, was ich denken soll. Da ist plötzlich dieses Zucken in meinen Beinen, ein kurzer Impuls bloß. Wie die sanfte Berührung des Zephyrs, die mir sagt, dass ich auf meinen Plan pfeifen soll. Dass alles schon gut werden wird und ich schlichtweg übertreibe. Die Einsamkeit ist mir ein viel zu guter Freund geworden, und das ist es nicht, was ich will, oder?

Doch ich widerstehe dem Zephyrwispern, auch wenn es mir noch so sanft ins Ohr säuselt. Ich warte still. Verdränge das Kribbeln, halte, wie so oft, weiter aus.

Das Silberpferd schaut immer noch gebannt in meine Richtung. Ebenfalls wartend. Ich kann seinen Blick nun deutlich auf mir spüren. Auch das Vibrieren des Bodens unter seinen stampfenden Hufen. Es ist so nah! Wenn ich die Hand ausstrecke, könnte ich in seine Silbermähne fassen und den kräftigen Herzschlag darunter spüren.

Doch das Mädchen ist längst misstrauisch geworden.

»Du tust ja so, als wäre dort was«, murmelt es. Dabei blickt es hinüber zu dem kleinen Bach, der ein leises Gurgeln von sich gibt, als würde er mich ebenso verraten wollen.

Wenn du jetzt auffliegst, ist alles verloren, denke ich. Mein Herz klopft noch wilder. Die Luft zittert schon davon, sogar der Zephyr hält den Atem an. Um mich herum wird es dadurch seltsam still. Auch die Grillen hören auf zu zirpen. Kein Blättchen regt sich.

Das Mädchen lächelt urplötzlich. »Ach so, du siehst mal wieder mehr als ich, was, meine Schöne?« Es schüttelt seinen goldblonden Pferdeschwanz und dreht mir den Rücken zu. »Na, komm, Soraya! Bald kommt der Huldernebel. Wir wollen den Feenhügel nicht stören. Zeit, nach Hause zu gehen!« Es zupft sanft am Strick.

Das Silberpferd verharrt noch einen Augenblick in meine Richtung, ehe es dem Bitten des Mädchens nachgibt und ihm folgt.

Mit klopfendem Herzen blicke ich den beiden hinterher.

Dem Silberpferd und dem Goldmädchen.

Während der Zephyr ausatmet und den Wald und die Wiesen in seinem Odem erneut tanzen lässt und sie durch grüne Wellen davongehen. Blätterrauschen. Gräserpfeifen.

Zephyrwispern ...

Das Traumbild verblasst langsam vor meinen Augen, und ich bin wieder allein. Mein Herz beginnt sich zu beruhigen. Mein Mund fühlt sich immer noch trocken an, und meine Augen tränen jetzt.

Nur das Gefühl, das ist mir geblieben.

Da ist was.

#SOMMERFERIEN

»Aufstehen! Vorbei die Nacht, der Tag erwacht, die Sonne lacht!«

Lous kichernde Stimme drang an Avas Ohr. So nah, dass sie mit einem Schlag davon wach wurde. Für einen kurzen Moment dachte Ava, ihre beste Freundin würde neben ihrem Bett stehen. Als sie jedoch die Augen öffnete, erkannte sie schnell, dass Lous Singsang bloß aus dem Handy drang, das neben ihr auf dem Kissen lag.

Daraus dröhnte weiter in voller Lautstärke Lous feixende Stimme: »Hallooo? Noch immer nicht aus den Federn? Jetzt aber fix! Soraya wartet schon auf dich und, oh, là, là – Elaf auch ...« Die Stimme machte eine kurze Pause, und ein wildes Gegacker folgte, ehe sie trällernd fortfuhr: »Tja, ich sag nur: Selbst schuld, wenn du dein Handy einfach so rumliegen lässt und es nicht mit einem Passwort schützt! Also, ehrlich, darüber müssen wir dringend quatschen. Jetzt steh endlich auf, du Schnarchmütze, und schwing die Hufe! Ab heute sind Sooommerferieeen!«

»Dieses Biest«, stöhnte Ava und fingerte schlaftrunken nach dem Smartphone, um Lous Stimme abzustellen. Ihre beste Freundin musste gestern den persönlichen Weckruf heimlich auf ihrem Handy installiert haben, was wieder mal typisch für sie war. Lou strotzte nur so von schrägen und – zugegeben – auch genialen Ideen, und Ava musste grinsen. Als sie jedoch auf die Uhrzeit linste, folgte ein wütendes Knurren. »Ernsthaft, Lou?«, zischte sie empört. Es war erst sechs Uhr morgens! Der Streich ihrer besten Freundin war ja vielleicht ganz lustig gemeint. Sie dafür aber mitten in der Nacht aufzuwecken, war dann doch so was von daneben. Das roch nach Rache! Aber erst, nachdem ich aus dem Bett gekommen bin, dachte Ava grimmig. Ich bin ja nicht völlig bescheuert und stehe freiwillig um diese Zeit auf!

Sie schob das Handy wieder weg und verkroch sich zurück unter die Bettdecke, wo es noch herrlich warm und kuschelig war.

Die Morgensonne blinzelte schon durch die Jalousien. Doch draußen war der Lärm der Stadt noch gedämpft. Der Hauptverkehr würde erst in ein paar Stunden anschwellen, weil Samstag war. Ava konnte somit gut die Turmfalken draußen schnattern hören. Sie hatten sich in einer Mauernische oberhalb ihres Fenstersimses im vierzehnten Stock ein luftiges Nest gebaut. Die Nachbarn fanden den Lärm und den Dreck, den die Jungfalken machten, schrecklich, doch Ava mochte ihre Melodie. Im Grunde waren die Turmfalken sogar das Schönste an dem Betonklotz, der nun ihr Zuhause war. Ava seufzte wohlig auf und versuchte, wieder in den Schlaf zu sinken, doch es gelang ihr nicht, obwohl sie noch ziemlich schlapp war. Gestern war sie lange im Forsthaus gewesen und hatte Soraya grasen lassen, auch hinten auf der Waldweide beim Feenhügel. Dort aber war es richtig merkwürdig gewesen. Kurz hatte Ava geglaubt, sie sei dort nicht allein. Später hatte sie Lou davon erzählt. Ihre beste Freundin wusste also, dass Ava erst spät nach Hause gekommen war. Was also hatte Lou bloß geritten, sie ausgerechnet heute in aller Herrgottsfrühe zu wecken ... an ihrem ersten Ferientag, wo sie endlich in aller Ruhe ausschlafen konnte ...?

Und dann war Ava mit einem Schlag hellwach.

Der erste Ferientag?

»Oh, *shit!*« Schon flog die Bettdecke durchs Zimmer. Zwei karierte Reitstrümpfe und ihre Reithose segelten als Nächstes durch die Luft. Und wo war nur ihr Shirt geblieben? So schnell es ging, sprang Ava in ihre Sachen und zog sich an. Ihre goldblonden, langen, glatten Haare band sie zu einem Pferdeschwanz zusammen, so wie sie es immer machte. Dann stürmte sie auch schon aus dem Zimmer. Zum Glück schliefen ihre Eltern noch, so hatte Ava das Badezimmer für sich allein. Während sie den Wasserhahn aufdrehte und sich kaltes Wasser ins verschlafene Gesicht spritzte, schüttelte sie über sich selbst den Kopf. Wie konnte sie nur so etwas Wichtiges vergessen? Heute war ein ganz besonderer Tag, und um ein Haar hätte sie den beinahe verpennt, wäre

Lou und ihr peinlicher Weckruf nicht gewesen. Wie ging der noch gleich? *Oh, là, là, Elaf?*

Ava musste grinsen, als sie sich dabei im Spiegel betrachtete und sich als Nächstes die Zähne putzte. Klar! Auf die Ferien mit Elaf und Silverhorse freute sie sich unbändig. Doch der Grund, warum sie es so eilig hatte, war ein völlig anderer.

Heute begannen nämlich nicht nur die Sommerferien, sondern auch die Ponywochen im Forsthaus! Ava hatte Elsie dazu hoch und heilig versprochen, die volle Verantwortung zu übernehmen. Vor allem die ganze Arbeit, die damit verbunden war. Die Idee der Ponywochen war schließlich auf Avas Mist gewachsen. Seit das Forsthaus offiziell als Trainingszentrum gemeldet war, hatte die Pferdetrainerin Elsie Hennelly nicht nur jede Menge Arbeit um die Ohren. Der Traum des ganzheitlichen Pferdetrainings verschlang auch jede Menge Geld. Vor allem der Ankauf des Forsthauses – davon hing *alles* ab!

Deshalb war Ava auch dazu bereit, einen Teil ihrer heiligen Sommerferien für die Ponyzwerge zu opfern. So nannte sie die kleinen Reitschüler, die sie ab jetzt zwei Nachmittage die Woche bespaßte. Das Geld, das sie damit einnahmen, konnten Elsie und ihr Großvater Silvester nur allzu gut brauchen. Denn das neue Trainingszentrum in Cassisburg würde nur dann Wirklichkeit werden, wenn Elsie es schaffte, das Forsthaus und das umliegende Weideland in absehbarer Zeit zu kaufen. Klar, nicht sofort auf der Stelle! Es ging hier schließlich um einen ganzen Batzen Geld! Das hatten Ava und ihre Freunde zum Glück so deichseln können, dass Elsie und Silvester mehr Zeit bekamen, die hohe Summe dafür aufzubringen. Doch die Stadt, die im Besitz des Forsthauses war, würde nicht ewig warten, so viel stand fest. Und deshalb trödelte Ava jetzt keine Sekunde mehr.

Immerhin war das Forsthaus Sorayas Zuhause.

Und Soraya war ihr Zuhause.

So einfach war das.

Keine fünfzehn Minuten später strampelte Ava auf ihrem Rad in Richtung Soulhorsefarm. So wollte Elsie das Pferdetrainingszentrum in Zukunft nennen.

Soulhorsefarm.

Der Name war perfekt. Wenn eines zutraf, dann die Tatsache, dass Soraya ihr Seelenpferd war. Nie zuvor hatte Ava eine tiefere Liebe für ein Pferd empfunden als für die wunderschöne silbergraue Lusitanostute. Dass Soraya zufälligerweise blind war, hinderte Ava nicht daran, sie genauso zu behandeln wie jedes andere Pferd auch. Die beiden verstanden sich, im wahrsten Sinne des Wortes, mittlerweile blind – und nur sie schaffte es, so leicht mit Soraya umzugehen.

Das war aber nicht immer so gewesen. Ava hatte sich das Vertrauen des blinden Pferdes hart erarbeiten müssen. Denn Silverhorse, wie Ava Soraya auch nannte, galt als wild und unberechenbar. Doch von Anfang an war dieses unsichtbare Band zwischen ihnen gewesen, diese Verbindung. Die stärker war als jeder Zweifel. Sogar Ava hatte nicht geglaubt, dass so etwas möglich war. Mehr noch! Vor einem halben Jahr hatte sie sogar gedacht, dass sie niemals mehr ein Pferd so lieben könnte. Denn als die Firma ihrer Eltern Oskar und Paula Gildstein Anfang des Jahres pleiteging und sie deshalb nach Cassisburg umziehen mussten, war für Ava eine Welt zusammengebrochen. *Ihre Welt.* Sie hatte nicht nur ihren Welsh-Cob-Wallach Flint zurücklassen müssen, sondern auch ihre Freundinnen, Gut Eschenthal, ihr Zuhause. Ihr ganzes Leben. In Cassisburg hingegen wartete nichts auf sie. Alles in dieser komischen Stadt war seltsam und fremd.

Dann jedoch donnerte Soraya in ihr Scherbenhaufenleben, Lou, Elaf, Elsie und Silvester … und plötzlich fühlte Ava wieder Boden unter den Füßen. Die Scherben waren zwar noch da, aber daraus bildete sich zaghaft etwas Neues. Ein Mosaik aus alten und neuen Stücken. Bunte Steine und dazwischen viele silberne … und Ava erkannte mit Erstaunen, dass dieses neue Bild ebenso schön war. Und überraschend gut. Ava konnte also getrost behaupten, dass Soraya und sie sich gegenseitig das Leben gerettet hatten. Ohne die andere wären die beiden nicht die, die sie jetzt waren. Ihre Verbindung war also mehr als bloße Pferdefreundschaft.

Ava trat noch kräftiger in die Pedale und ließ bald die Stadt hinter sich. Ab dem Radweg war es nur noch ein kurzes Stück. Mittlerweile war es ihr zur Gewohnheit geworden,

den Weg zum Forsthaus gänzlich mit dem Rad zurückzulegen, denn Ava kannte die Schleichwege der Stadt inzwischen so gut wie ihre Westentasche. Und auch der starke Straßenverkehr machte ihr nicht mehr so viel zu schaffen wie noch vor ein paar Monaten. Dennoch hieß Ava die Stille willkommen, als sie als Nächstes in den Stadtwald einbog. Um diese Zeit waren erst wenige Radfahrer oder Jogger unterwegs. Auch auf der Stadtautobahn hinter dem Wald war kaum Verkehr. Ava kam also gut voran, und die noch morgenfrische Sommerbrise kühlte ihre Wangen. Die Hulder, ein Nebenarm der Andra – das war der große Fluss, der sich durch die Stadt zog –, gurgelte neben ihr leise vor sich hin. Die Vögel sangen dazu ihr Morgenlied.

Bald sah sie auch schon das reetgedeckte Dach des Forsthauses zwischen den Blättern aufblitzen. Zügig lenkte Ava das Rad am Feenhügel vorbei und strampelte die Einfahrt hoch. Das Forsthaus auf der Lichtung sah aus wie aus einem alten Märchenbuch entsprungen. Mit seinen spitzwinkligen Giebeln und dem Erker, der von wilden Rosen umwuchert war, verströmte der Ort stets etwas Verträumtes.

Im Haus brannte bereits Licht. Bestimmt machte Silvester das Frühstück, während Elsie im Stall die Pferde versorgte. Ava lehnte das Rad gegen die Hausmauer und schenkte dem Huldernebel keine Beachtung, obwohl er mal wieder aus dem Bachbett gekrochen war und geheimnisvoll auf der Lichtung zwischen den Gräsern umhertollte. Sie rannte über den Kiesweg hinüber zum Ausbildungsstall. Er lag etwas abseits des Haupthauses und grenzte an die Reithalle an. Dort waren die Pferde untergebracht, die Elsie unter Beritt hatte. Bestimmt würde Ava die junge Pferdetrainerin dort finden.

»Hallo, Elsie? Bin schon da! Wie versprochen …«, rief Ava in die leere Stallgasse und verkniff sich dabei ein Grinsen. Immerhin hatte sie es Lou zu verdanken, dass sie nicht verpennt hatte. Doch das würde sie Elsie mit Sicherheit nicht auf die Nase binden.

Schon tauchte der kurze braune Haarschopf aus einer der Boxen auf. Wie immer trug Elsie Hennelly ihre braunen Lederstiefel, die beigefarbenen Reithosen und die ärmellose Lederweste, die ihr ein edles, wenn auch etwas strenges Aussehen verliehen. Doch das passte zu ihr, fand Ava. Denn Elsie war in der Tat streng, doch auch genauso gutmütig und großzügig und vor allem um diese Zeit ein richtiger Morgenmuffel.

»Super! Dann kannst du ja gleich drüben bei Großvaters Pferden mit dem Ausmisten beginnen. Catalan hab ich schon auf den Paddock gestellt«, murrte sie knapp und schwang wieder die Mistgabel, ohne weitere Zeit mit Small Talk zu verplempern.

Ava sollte es recht sein. Immerhin hatte auch sie heute jede Menge vor. Mit großen Schritten marschierte sie zurück zum Forsthaus, wo im hinteren Teil des Gebäudes *Großvaters Pferde* untergebracht waren. So nannte Elsie die Pferde, die Silvester und seine verstorbene Frau Albertina im Lauf der Zeit vor dem Schlachter gerettet hatten. Hier führten sie ein friedliches Leben.

Ava lächelte freudig, als sie den Stall von Großvaters Pferden betrat. Wie immer hatte die blinde Lusitanostute Ava längst anhand ihrer Schritte erkannt. Sie stand schon wartend an der Boxentür und schnaubte freudig zur Begrüßung. Avas Herz prickelte vor Freude. Soraya mittlerweile so menschenbezogen zu sehen, war jedes Mal aufs Neue überwältigend.

»Na, meine Schöne?«, murmelte sie und schob vorsichtig die Boxentür auf. Da stand es, dieses Prachtpferd! *Avas Seelenpferd.* Mit silbrig glänzendem Fell, einer fließenden Silbermähne und einem Körperbau, der nicht vollkommener hätte sein können. Auf seinem Rücken zu schweben, war pures Glück, und Ava seufzte verträumt auf. Immerhin hatte Soraya S-Niveau, was schwere Klasse bedeutete. Das höchste Niveau, das es in der Dressur zu erreichen gab. Wenngleich Albertina sie in Working Equitation ausgebildet hatte. Das war eine Arbeitsreitweise, die von Rinderhirten aus Südeuropa stammte und die in Deutschland immer mehr an Beliebtheit gewann, was Ava kaum verwunderte. Working Equitation war nämlich wirklich so viel mehr als schnöde Dressur. Bei Working Equitation ging es darum, Abwechslung ins Dressurviereck zu bringen. Und zwar anhand von Geschicklichkeit und Losgelassenheit ... und vielen Trail-Hindernissen.

Doch jetzt waren erst mal Ferien angesagt! Könnte Soraya noch sehen, würde sie mit ihr den ganzen Tag einfach bloß durch die Wälder streifen, ohne dabei an Reiterhilfen oder Sitzschule zu denken. Einfach den Nüstern nach und die Seele baumeln lassen, den Wind auf den Wangen spüren und die Freiheit in der Nase haben …

Ava seufzte auf. Die Wahrheit sah leider ein bisschen anders aus. An lange Waldausritte war nicht zu denken. Es war schon erstaunlich genug, dass Soraya sich trotz ihrer Blindheit so gut auf dem Reitplatz und in der Sandgrube zurechtfand. Und das war genauso schön, tröstete Ava sich und griff nach dem Lederhalfter, das auf dem Haken an der Boxentür hing. Als Soraya ihr artig entgegenkam, strich Ava ihr sanft über die Stirn und blickte in ihre milchig trüben Augen.

Dass die schöne Lusitanostute erblindet war, lag an einer ziemlich heimtückischen Krankheit namens Equine rezidivierende Uveitis, kurz ERU, oder auch periodische Augenentzündung genannt. Im schlimmsten Fall führte die Krankheit zum Verlust des Augenlichts, wie es auch bei Soraya der Fall gewesen war. Doch zum Glück war das für Silvester oder Elsie kein Grund gewesen, Soraya deshalb wegzugeben oder sie gar einschläfern zu lassen.

In der Tat konnten blinde Pferde mit viel Übung, Geduld und Routine bestens mit ihrem Handicap umgehen lernen. Auch Soraya hatte inzwischen begriffen, stattdessen ihre anderen Sinne einzusetzen. Tasten. Riechen. Hören. Fühlen … Sie war eine wahre Meisterin darin geworden, und

Ava sah sich insgeheim deshalb oft selbst in ihr. Sie hatte ebenfalls ein beinah unwirkliches Gespür für die Gefühle anderer. Das war in vielen Situationen belastend, bei Soraya hingegen halfen Avas feine Antennen sehr.

Sie strich Soraya nun das Lederhalfter über und klinkte den Strick ein. »Dein Freund ist schon draußen«, sagte sie zärtlich und dirigierte Soraya behutsam aus der Box. Dabei achtete Ava darauf, dass Soraya sich an keiner der Kanten stieß. Mithilfe vom alten Silvester hatte sie gelernt, vorausschauend zu agieren, damit sie Soraya rechtzeitig auf Hindernisse oder Unebenheiten aufmerksam machen konnte. Und zwar mit Stimmkommandos, die funktionierten bei Soraya am besten.

Auch jetzt wies sie die blinde Stute auf die Stufe vor ihnen hin, die es zu überwinden galt, ehe sie in den Paddock gelangten. »Steig!«, sagte sie, und Soraya hob artig ihre Beine. Schon waren sie drin, und Ava führte sie zur Heuraufe. Catalan, der junge graue Holsteiner, stand ebenfalls schon dort und begrüßte die beiden mit einem kurzen freudigen Schnauben.

»Dir auch einen guten Morgen, mein Lieber«, antwortete Ava lächelnd und tätschelte Catalan den Hals, ehe sie Soraya vom Strick befreite und die beiden einander überließ.

Soraya zögerte keine Sekunde. Mit gestreckten Nüstern bahnte sie sich den Weg neben Catalan, stupste ihn einmal freundlich in die Seite und begann dann ebenfalls, genüsslich neben ihm zu fressen.

So standen sie, die zwei Grauen. Die eine silberhell, der andere dunkelgrau, und beide höchst zufrieden. Dahinter warf die Morgensonne lange Strahlen über die Lichtung, und der Huldernebel zog sich langsam in sein Bachbett zurück.

Wäre Lou jetzt hier, hätte sie mit Sicherheit ihre heiß geliebte Kamera gezückt und den Moment für die Ewigkeit festgehalten, dachte Ava.

»Noch vor einiger Zeit wäre es undenkbar gewesen, dich in Gesellschaft zu stellen, was, meine Schöne?« Ava lachte auf. »Und jetzt bist du ganz vernarrt in ihn!« Dass Soraya aus heiterem Himmel plötzlich Catalan akzeptierte, ein junges Springpferd, das zur Ausbildung hier stand, damit hatte auf dem Hof niemand gerechnet. Schon gar nicht, weil der graue Holsteiner ausgerechnet Avas Erzfeindin gehörte, Florentine Kronbeek. Eine reiche, rothaarige und ziemlich eingebildete Schnepfe, die zu allem Überdruss auch noch mit Ava, Lou und Elaf in dieselbe Klasse ging. Dafür aber konnte Catalan nichts. Obendrein war es so, dass Catalan Florentine auch nicht ausstehen konnte. Und umso mehr mochte Ava ihn. Auch wenn das bedeutete, dass sie trotz Schulferien Florentine nicht ganz aus dem Weg gehen konnte. Nicht nur, weil ihr Pferd hier stand. Derzeit hatte die blöde Kuh ja auch noch eine ganz andere, eine viel besonderere Rolle auf dem Hof inne ... und was für eine!

Ava grinste schadenfroh, als sie daran dachte. Dann aber hörte sie das empörte Wiehern von Guinevere, der Leitstute von Großvaters Pferden aus dem Stall. Die weiße Lipizzanerstute schien in ihrer Box schon ungeduldig zu werden. Ava riss sich also von dem herrlichen Anblick los und begann endlich mit ihrer morgendlichen Arbeit.

BESTFRIENDS

»Die da mit der bunten Hose hat gesagt, dass ich zu dir kommen soll.« Das kleine Mädchen mit dem rosaroten Fahrradhelm auf dem Kopf zeigte auf Lou. Sie stand etwas abseits im Schatten der Bäume und betreute eine der vier Stationen, die sie sich für das Ferienprogramm ausgedacht hatten. Dabei trug Lou mal wieder eine äußerst interessante Farbkombi. Nur sie schaffte es, ein pinkes Shirt mit einer orange gemusterten Yogahose zu kombinieren. Obendrein steckten ihre Füße in zwei verschiedenfarbigen Chucks. Der eine war rot, der andere grün. Ihre braunen, widerspenstigen Locken hatte sie zu einem Messy Bun zusammengedreht, der aussah, als säße ein Vogelnest auf ihrem Kopf. Alles in allem war Lou ein knalliges Gesamtkunstwerk, und Ava hatte sie deshalb anfangs ziemlich schräg gefunden. Aber mit der Zeit hatte sie entdeckt, dass hinter Lous auffälligem Klamottenstil bloß die Rebellion gegen ihre Eltern steckte. Die waren nämlich Künstler und liebten nur drei Farben: Schwarz. Weiß. Grau.

In Wirklichkeit aber verbarg sich hinter Lous Vorliebe zum Colour-Crash eine wunderbare Freundin, mit der man durch dick und dünn gehen konnte, wie auch jetzt.

Lous eigentliche Aufgabe war es nämlich, anhand von Flauschbär, einem gutmütigen Shetlandpony-Wallach, den Ponyzwergen das Striegeln und Hufeauskratzen beizubringen. Doch bald hatte Lou eine weitaus lustigere Aufgabe für die Ponyzwerge erfunden: Mähnenflechten auf Lou-Style – und das bedeutete keine gewöhnlichen Turnierzöpfchen, sondern ausgefallene Kreationen wie Einhornzopf, Flauschbär Langstrumpf, Tentakelpony auf Weltallsuche, Rasta-Ponyman …

Die Ponyzwerge waren begeistert! Flauschbär schien zum Glück brav mitzumachen. Solange er im Schatten stand und Heu aus seinem Heunetz rupfen konnte, war er zufrieden.

Ria, Elafs kleine Schwester, half Lou eifrig dabei. Sie kam einmal die Woche zum Reiten hierher und liebte Flauschbär über alles. Zugleich war Flauschbär das einzige Pferd, dem Lou sich ohne Panik näherte. So schlossen die beiden irgendwann einen Pakt, in dem es darum ging, dem Shetlandpony das Leben auf dem Hof so angenehm wie möglich zu machen. Sonst aber sah Avas Freundin lieber aus sicherer Entfernung zu, wenn Ava mit Soraya trainierte. Stattdessen knipste sie geniale Fotos, die sie anschließend auf den Soulhorsefarm-Kanal auf Instagram stellte. Dank Lou besaß der Account schon zahlreiche Abonnenten, was wiederum das Geschäft gehörig ankurbelte.

Lou trug also eine Menge dazu bei, Sorayas Zuhause zu retten, auch wenn sie im Grunde kein wirkliches Pferdemädchen war. Aber das machte Ava nichts aus. Lou hatte mehr auf dem Kasten, als die Leute wussten. Schließlich trug sie ein großes Geheimnis mit sich herum.

In Wirklichkeit war sie nämlich auch XluX, der gehypte Instagram-Star aus Cassisburg. Sie stellte dort nur Bilder ein, die im Stillen Dinge ankreideten, die schon lange im Argen lagen, gegen die aber niemand etwas unternahm. Durch die kritischen Fotos wurde die Stadt gezwungen, zu reagieren, und Lou bekam dadurch eine Aufmerksamkeit, die sie im wahren Leben niemals bekommen würde. Von XluX' wahrer Identität wusste niemand etwas. XluX war der große Unbekannte, und das schien die Leute noch mehr zu faszinieren. Auch in der Schule war das Thema bis Schulschluss Dauerbrenner gewesen. Dass in Wirklichkeit Lou dahintersteckte, das seltsame Mädchen, das von allen gemobbt wurde, besonders von Florentine, dieser blöden Kuh, damit rechnete niemand. Wenn die nur wüssten, dachte Ava. Doch Ava hatte Lou versprochen, ihr Geheimnis nicht zu verraten, und daran hielt sie sich auch.

»Hallo, ich rede mit dir.« Das kleine Mädchen riss Ava aus ihren Gedanken. »Ich hab dich gefragt, was wir jetzt machen.«

Rasch verkniff Ava sich ein Grinsen und deutete auf den Eimer mit Wasser, den Schwamm und die Sattelseifendose. Daneben hingen Zaumzeug und Sattel auf einem Sattelbock.

Die Augen des Mädchens leuchteten auf. »Echt? Wir gehen endlich reiten?«

Jetzt musste Ava doch grinsen. Immerhin verstand sie die Kleine nur zu gut. Nirgendwo war es schöner als auf dem Rücken eines Pferdes ... doch zum Reiten gehörte eben noch mehr. Je eher die Ponyzwerge das begriffen, umso besser, fand Ava. Deshalb erklärte sie: »Noch nicht. Vorher müssen wir das hier sauber machen.« Sie deutete auf das Zaumzeug und den Sattel. »Das brauchen wir dafür.«

»Weiß ich doch längst«, murrte das Mädchen und ließ sich seufzend ins Gras plumpsen.

Wie es schien, gehörte ihre Station nicht gerade zu den beliebtesten. Ava war also froh, als sie die Kleine wenig später zum nächsten Stand schicken konnte. Dort saß der weißbärtige Silvester vor dem Forsthaus auf seinem Klappstuhl und ließ die Kinder sackhüpfen und Hufeisen werfen, während er gut gelaunt mit seinem Gehstock den Schiedsrichter mimte, ehe es zur letzten Station ging. Bei Elaf durften die Ponyzwerge den Schubkarren-Führerschein machen, was ihnen ebenfalls großen Spaß machte.

Der Höhepunkt aber war eindeutig das Reiten. Als die Kinder der Reihe nach endlich ein paar Runden in der Reithalle auf den Ponys drehen durften, strahlte ein jedes über das ganze Gesicht. Besonders der Geschicklichkeitsparcours, den Ava sich von Working Equitation abgeguckt hatte, war der absolute Hit. Sogar die Ponys machten eifrig mit und schienen die Abwechslung zu genießen.

Ava war megaerleichtert, dass der erste Ponytag glattlief. Noch erleichterter aber war sie, als die Ponyzwerge wieder abgeholt wurden und das Ferienprogramm für den heutigen Tag als beendet galt. Denn das hieß nicht nur, dass ihre Mission *Für Geld Ponyzwerge zu bespaßen* ein Erfolg war, sondern auch eeendlich Feierabend!

»Puh!«, schnaufte Ava, als die drei wenig später die letzten Tische wegräumten. »Ich glaube, fürs nächste Mal muss ich mir was anderes für meine Station einfallen lassen. Lederpflege scheint bei den Kleinen nicht wirklich gut anzukommen.«

»Ehrlich? Das wundert mich jetzt aber!«, feixte Lou.

Ava lachte. »Sättel schrubben gehört eben auch dazu, wenn man mit Pferden zu tun haben will«, verteidigte sie sich. »Zum Glück hatten sie bei euch mehr Action.«

»Ja, der Schubkarren-Führerschein kam gut an, vor allem bei den Jungs«, meinte Elaf und suchte dabei Avas Blick. »Wenn du willst, kannst du also meine Station das nächste Mal übernehmen ...«

Überrascht blieb sie stehen und schaute Elaf in die Augen. Sie waren waldgrün mit goldenen Sprenkeln, verträumt und geheimnisvoll zugleich. Ava fand Elafs Augen wunderschön. Stundenlang konnte sie darin versinken. Deshalb waren ihr seine Augen auch längst vertraut. So wusste Ava sofort, was der schwarzhaarige Junge als Nächstes sagen würde. »Du kannst nicht?«, fragte sie verdutzt.

Elaf hob entschuldigend die Arme. »Meine Eltern brauchen mich im Café, einer der Kellner will Urlaub haben …« Er brach ab und sah sie prüfend an. »Tut mir leid, ist es sehr schlimm, wenn ich die nächsten Male ausfalle?«

Ava spürte, wie enttäuscht sie darüber war, doch sie zwang sich zu einem unbekümmerten Lächeln. »Ach so. Dann machen wir eben nur drei Stationen«, sagte sie hastig und schluckte das komische Kribbeln hinunter, das ihr dabei in die Kehle gekrochen war.

Auch wenn die Idee mit dem Ferienprogramm auf ihrem Mist gewachsen war, war sie dennoch davon ausgegangen, dass sie diese Sache gemeinsam durchzogen. Zu dritt. Sie, Lou und Elaf. Vor allem jetzt, wo sie beide doch so etwas wie ein Pärchen waren … zumindest dachte Ava das, oder hoffte sie es nur? Immerhin kniff Elaf schon beim zweiten Mal. So wichtig konnte sie ihm dann gar nicht sein …

Andererseits hatten seine Eltern mit dem Durmerlin-Café drüben am Fuße der Burgruine im Hochsommer tatsächlich alle Hände voll zu tun. War es also nicht großartig genug, dass Elaf sich überhaupt Zeit für die Ponytage nahm? Und Lou genauso?

Eben, dachte Ava und schob die fiesen Gedanken beiseite. Ob drei oder vier Stationen … das war doch völlig schnuppe. Wegen so einer Kleinigkeit ließ sie sich doch nicht den ersten Ferientag vermiesen! Immerhin waren sie mit der heutigen Arbeit fertig. Es stand also nichts mehr im Weg, mit Soraya endlich an ihren Lieblingsort zu gehen. Und vielleicht kam Elaf ja sogar mit? Aber nur, wenn sie jetzt nicht rumstänkerte. Ava straffte die Schultern und räusperte sich. »Wie gut, dass ich mich mit Schubkarren auskenne.« Grinsend ging sie weiter. Lou folgte ihr, und auch Elaf, der sichtlich erleichtert war.

Drüben auf dem Reitplatz hatte Ava zuletzt einen Springparcours mit Elsie aufgebaut, da sie mit einigen Ausbildungspferden im Freien trainieren wollte. Auch mit Catalan. Genau den hatte die Trainerin gerade unter dem Sattel.

Neugierig gingen die drei näher. Sie stellten sich in den Schatten der Bäume und guckten den beiden zu. Elsie Hennelly war eine exzellente Reiterin mit viel Erfahrung. Der junge Holsteiner flog nur so über die Hindernisse, ohne dabei aus dem Rhythmus zu gelangen. Genau darauf kam es beim Springreiten an. Vor nicht allzu langer Zeit war sie selbst noch eine ambitionierte Springreiterin gewesen. Sie hatte von Turniersiegen und dem Landeskader geträumt, doch das war nun Vergangenheit.

»Wenn ich daran denke, dass Florentine ihn nicht mal über ein Cavaletti bringt, und hier springt er wie eine Gazelle«, meinte Lou schadenfroh.

Ava nickte. Im Grunde genommen hatte Catalan Elsies Training gar nicht mehr nötig. Der graue Wallach stand nur noch hier, weil Florentine kein Interesse an ihrem Pferd zeigte. Sonst war Catalans Zuhause drüben bei Rauewitz, einem renommierten Springstall am anderen Ende der Stadt. Auf das Wohl der Pferde wurde dort wenig geachtet, auf das Siegen umso mehr. Bertram Rauewitz und Silvester Hennelly waren aus diesem Grund seit jeher Erzfeinde. Und Florentine war im Forsthaus ebenso wenig willkommen. Dass Catalan dennoch hier stand, verwunderte nicht nur sie. Ava aber sollte das nur recht sein. Je länger Catalan blieb, umso besser war das für Soraya. Natürlich auch für den Holsteiner. Elsie begegnete jedem Pferd mit Respekt.

»Sie ist eben eine unglaublich gute Springreiterin, im Gegensatz zu unserer Lieblingsklassenkameradin«, erklärte Ava. »Das weiß Florentines Vater nur zu gut. Von Elsie lernt Catalan eine Menge, während Florentine ihn bei Rauewitz nur versauen würde.«

»Wo steckt Florentine überhaupt? Sollten Nivo und sie nicht längst hier sein?«, fragte Elaf dazwischen.

Kaum hatte er das gesagt, rollte ein schwarz glänzender SUV die Einfahrt hinauf. Ava wusste sofort, wem das protzige Auto gehörte. Es war nicht das erste Mal, dass es vor dem Forsthaus parkte.

»Wenn man vom Teufel spricht«, stöhnte Ava und spürte, wie ihr augenblicklich die blanke Wut den Rücken hochschoss. So jäh und wild, dass ihr fast übel davon wurde.

Florentine und ihr Mitschüler Nivo hatten kürzlich etwas getan, das unverzeihlich war. Das war auch der Grund, warum die beiden zum Strafdienst verdonnert worden waren. Koppeln abäppeln oder es der Polizei melden. Das war Elsies Bedingung gewesen. Klar, dass sich die beiden für das Erstere entschieden hatten, wenn auch ungern.

Lou fand den Deal genial. Für sie gab es nichts Besseres, als dass die beiden, die sie in der Schule ständig triezten, nun Scheiße schaufeln mussten. Unter ihrer Anweisung, was sonst!

Für Ava hätte die Strafe hingegen viel schlimmer ausfallen müssen. Schließlich hatte Nivo Soraya vor einiger Zeit mit Absicht freigelassen, damit sich die blinde Stute auf die Stadtautobahn verirrte, die unweit der Koppeln vorbeiführte ... Natürlich im Auftrag von Florentine, dieser eingebildeten, kaltherzigen Schlange. Und das nur, um zu verhindern, dass Ava mit Soraya am renommierten Cassisburg-Championat teilnahm. Die beiden hätten also beinah ein Pferdeleben geopfert. Sorayas Leben – aus purer Missgunst.

Noch jetzt wurde Ava kalt und heiß zugleich, wenn sie daran dachte. Niemals würde sie ihnen das verzeihen! Wer solch eine dunkle Seele besaß, konnte sich ihrer Meinung nach gern in Luft auflösen. »Boah, muss die ausgerechnet jetzt aufkreuzen, wo wir mit unserer Arbeit fertig sind?«, knurrte Ava deshalb stocksauer.

»Och, ich finde, das Timing passt hervorragend!« Lous dunkle Augen blitzten schadenfroh auf. »Ich könnte uns Popcorn besorgen, während wir ihnen zugucken, wie sie von den Bremsen gefressen werden. Ich war vorhin auf der Waldweide, hab's aber nicht lange dort ausgehalten.« Sie grinste breit. »Mann, wie ich die Vorstellung liebe! Ich sehe die beiden jetzt schon über die Koppeln rennen!«

Elaf verzog den Mund zu einem Grinsen.

Ava hingegen spürte bloß blanken Hass, als Florentine mit ihrem Vater aus dem Auto stieg und auf den Sandplatz zustolzierte.

Catalan reagierte augenblicklich auf das rothaarige Mädchen und verlor seinen Rhythmus. Eine Stange fiel zu Boden, und Elsie beendete den Durchgang, ließ ihm den Zügel und kraulte ihm stattdessen den Hals. Die unsichtbaren Narben, die Florentine auf seiner Pferdeseele hinterlassen hatte, waren noch zu frisch. Mit ein bisschen Abstand würde sich Catalan bestimmt zu einem äußerst loyalen Turnierpferd entwickeln. Noch aber war er nicht so weit. Sie beendete also das Training, schwang sich aus dem Sattel und ging mit ihm an der Hand den beiden entgegen. Immerhin war der junge Holsteiner noch das Pferd der Kronbeeks.

»Nicht übel, wie er sich bei Ihnen entwickelt«, donnerte Herr Kronbeek und setzte ein schmieriges Lächeln auf.

Obwohl Ava, Lou und Elaf auf der anderen Seite des Platzes hinter den Bäumen standen, hörten sie jedes Wort. Und sie bekamen auch mit, wie angewidert Elsie von ihm war. Leider war Florentines Vater ein mächtiger Mann in Cassisburg. Als Bankdirektor hatte er nicht nur viele Fäden in der Hand, sondern auch großen Einfluss. Auch auf die Stadt, die wiederum der Eigentümer des Forsthauses war. Es stand somit viel mehr auf dem Spiel als Catalans Fortschritte, und Elsie lächelte deshalb brav. Als Herr Kronbeek jedoch weitersprach, verdunkelte sich ihre Miene zunehmend.

»Was meinen Sie?«, tönte er in seinem piekfeinen Anzug. »Ist doch schade drum, so ein Springpferd nicht starten zu lassen. Die Saison ist zwar schon fast zu Ende, aber ein paar wichtige Turniere stehen noch an. Was halten Sie davon, wenn Sie ihn reiten? Sein Kaufpreis würde dadurch ordentlich in die Höhe schießen. Ich kann Catalan ja nicht ewig durchfüttern. Wenn meine Tochter kein Interesse mehr an ihm hat, werde ich ihn über kurz oder lang verkaufen müssen, diesen Prachtkerl.« Er tätschelte dem grauen Wallach den Hals, und Ava sah ihm an, wie gern er selbst dieses Pferd geritten hätte. Florentines Vater war früher begeisterter Hobby-Springreiter gewesen. Doch nach einem Unfall ging das nicht mehr. Seitdem wollte er, dass seine Tochter das Springreiten weiterführte. Dies war im Hause Kronbeek so etwas wie eine Familientradition. Dumm nur, dass Florentine keinerlei Begabung für Pferde besaß. Sehr zum Leidwesen ihres Vaters. Und erst für Catalan!

Zum Glück sah Herr Kronbeek das endlich ein, daher räusperte er sich. »Natürlich beteilige ich Sie am Gewinn des Preisgeldes. Sagen wir zwanzig Prozent? Nein? Na gut, dann eben dreißig? Das ist zwar unüblich, aber bei Ihnen kann ich eine Ausnahme machen. Sie sind schließlich nicht irgendeine dahergelaufene Springreiterin, sondern die Tochter von Pete Hennelly, dem Olympiasieger. Es ist offensichtlich, dass Sie seine Gene geerbt haben. Und das kostet eben was …« Er streckte ihr seine schmierige Flosse hin, bereit zum Handschlag.

Elsie aber wirkte mit einem Mal wie versteinert. Und das lag an *Pete Hennelly*. Ihr Vater galt zwar als einer der erfolgreichsten Springreiter überhaupt, dennoch wollte sie mit ihm nichts mehr zu tun haben. War er doch auch für seine äußerst skrupelhaften Methoden bekannt. Manche nannten ihn in der Szene sogar den *Pferdeschänder*. Elsie Hennelly hasste es also, mit ihrem Vater verglichen zu werden. Daher verlor sie auch nie ein Wort über ihn. Ava wusste das alles nur, weil Silvester sich mal verplappert hatte – und auch, weil Lou ein Recherchegenie war. Im Internet geisterte so einiges über Elsies Vater herum. Vieles war nicht besonders schmeichelhaft. Kein Wunder, dass Elsie so empfindlich auf ihn reagierte.

»Nein, danke. Ich bleibe lieber beim Pferdetraining«, presste sie mühsam hervor.

Verdattert zog Herr Kronbeek seine Hand zurück. Er schien es nicht gewohnt zu sein, eine Abfuhr zu kassieren. »Aber Sie sind doch früher für Luxemburg gestartet«, brummte er verblüfft. »Sie galten als vielversprechendes Springtalent …«

»Luxemburg ist Vergangenheit!«, unterbrach Elsie ihn harsch.

Sogar aus der Entfernung spürte Ava, wie sich nun die Stimmung auf dem Reitplatz veränderte. Da war es wieder, das böse Wort. *Luxemburg*. Man durfte es niemals neben Elsie erwähnen, sonst lief man Gefahr, ihren Zorn zu spüren. Ava hatte keine Ahnung, was in Luxemburg geschehen war, aber es musste etwas wirklich Schlimmes gewesen sein. Lange würde die temperamentvolle Trainerin nicht mehr die Nerven behalten, so viel stand fest, und was dann? Sorgenvoll dachte Ava an Catalan und Soraya ...

»Ich mach das schon«, sagte Elaf plötzlich neben ihr.

Ava war so in Gedanken versunken, dass sie jetzt glatt hochschreckte. Irritiert blinzelte sie Elaf an. Hatte er etwa ihre Gedanken gelesen? Und wenn nicht, konnte es sein, dass sie beide dasselbe dachten? Wie romantisch! Gerührt sah Ava ihm hinterher.

Mit großen Schritten überquerte Elaf den Sandplatz und begrüßte Florentine und ihren Vater mit einem kurzen Nicken.

Florentine, die eben noch gelangweilt neben ihrem Vater gestanden hatte, fing mit einem Mal an zu strahlen. »Hey, du bist ja auch da!«, trällerte sie und schüttelte ihre Feuermähne. »So ein Glück! Ich hab schon befürchtet, ich muss hier alleine versauern.« Sie schwebte auf Elaf zu und schenkte ihm ein honigsüßes Lächeln. Eines musste man Florentine lassen: Sie war unendlich hübsch.

Elaf schien das jedoch schnuppe zu sein. Und darüber war Ava ziemlich erleichtert. Es war kaum zu übersehen, dass Florentine in letzter Zeit ein Auge auf ihn geworfen hatte.

Bestimmt, um mich zu ärgern, dachte sie wütend. Doch das würde der blöden Schnepfe nicht gelingen. Elaf fand Florentine nämlich genauso bescheuert wie sie. Denn als

Florentine als Nächstes fragte: »Kann ich mit dir mitkommen?«, da nickte Elaf bloß und meinte: »Klar! Ich bringe Catalan zurück in seine Box. Willst du ihn nehmen?«

Wie vermutet, wich Florentine daraufhin sofort zurück, und der Junge mit den rabenschwarzen Haaren grinste lässig. »Ach so, versteh schon. Du hast ja Angst vor ihm. Kein Ding, dann mach ich das.« Er schnappte sich Catalans Zügel und blickte Elsie dabei treudoof an. »Kannst du mir bitte zeigen, wie man die Springgamaschen runternimmt? Ich hab das noch nie gemacht ...«

Perplex runzelte Elsie die Stirn, dann jedoch verstand sie, was Elaf damit bezweckte, und nickte erleichtert. »Klar!«, sagte sie. Schließlich waren Springgamaschen eine echt knifflige Angelegenheit. Man musste dazu tatsächlich einen Klettverschluss öffnen! Elsie schluckte also ein Grinsen hinunter. Hastig verabschiedeten sie sich und marschierten eiligen Schrittes mit Catalan, der es auch ziemlich eilig hatte, von den Kronbeeks wegzukommen, Richtung Ausbildungsstall davon.

Florentine aber stand wie ein begossener Pudel neben ihrem Vater. Besonders, als er laut seufzte und irgendwas murmelte, das verdächtig nach *Nicht mal ein Pferd führen wollen* klang.

Missmutig rief Herr Kronbeek Elsie hinterher: »Denken Sie über mein Angebot nach! Sie wissen, wo Sie mich erreichen!« Und zu Florentine blaffte er: »Komm, wir fahren!«

Avas Mitschülerin sah sich um. Als sie sicher war, dass

Elsie und Elaf sie nicht mehr hören konnten, sagte sie: »Daddy, ich bleibe noch ein bisschen hier. Du siehst ja selbst, wie es hier aussieht. Zeit, dass denen mal in den Hintern getreten wird.«

Herr Kronbeek riss vor Überraschung die Augen auf. »Du willst hier mitarbeiten? Freiwillig?«

»Ist das so verwunderlich?«, fuhr Florentine ihn an. »Also, dir kann man es auch nie recht machen. Da will ich mal was Gutes tun, und dann passt es dir auch wieder nicht!«

»Doch, doch«, antwortete Herr Kronbeek schnell. »Als ich in deinem Alter war, habe ich ständig mitgearbeitet. Drüben bei Rauewitz. Der alte Rauewitz ist zwar ein harter Brocken, aber gelernt haben wir von ihm eine Menge. So was würde dir auch nicht schaden! Vielleicht wird ja dann doch noch mal eine echte Kronbeek aus dir ...«

»Jaaa, ich weiß!«, stöhnte Florentine und senkte den Kopf.

Oho, dachte Ava hinter den Büschen. Kein Wunder, dass Florentine so ein Kotzbrocken war, bei *dem Vater*. Beinah konnte man Mitleid mit ihr haben, aber nur beinah.

Denn schon säuselte ihre verhasste Mitschülerin: »Genau aus diesem Grund will ich das jetzt auch. Du bist eben mein Vorbild!« Florentine ließ ihre Rehäuglein blinken und lächelte wieder honigsüß.

Neben Ava machte Lou Würgegeräusche.

Herr Kronbeek hingegen fiel augenblicklich auf Florentines Masche rein. »So ist's recht«, schnurrte er zufrieden und stieg ins Auto. Der Motor seines SUV heulte auf, und er fuhr davon.

Als die Luft rein war, zog Florentine sofort ihr Handy heraus und tippte wild darauf herum. Bestimmt, um Nivo eine Nachricht zu schicken, der mit Sicherheit schon irgendwo in der Nähe war.

»Hast du das gehört?«, knurrte Lou. »Die blöde Kuh erzählt überall herum, dass sie den Strafdienst freiwillig macht! Wie dreist kann man sein?«

Ava seufzte. Klar, das war dreist! Übel und hinterlistig! Und leider auch ziemlich gerissen. All das, was Florentine eben ausmachte.

Sie jedoch bei Elsie zu verpetzen, war keine Lösung. Das war Ava in diesem Augenblick plötzlich klar geworden. Denn auch wenn sie es ungern zugab, hatte Florentine ein wunderbares Druckmittel gegen sie in der Hand. Catalan. »Schon, aber Florentine darf niemals mitkriegen, wie sehr wir wollen, dass Catalan hierbleibt, sonst sind wir geliefert.«

Lou sah Ava überrumpelt an. »Mist, du hast recht!« Dann jedoch erhellte sich ihr Gesicht. »Am besten sind wir extrafies zu ihr, damit sie keinen Verdacht schöpft.« Lou grinste breit. »Ich zeige unserer lieben Florentine also gleich mal, wo Schaufel und Schubkarre stehen. Ha, ha! Wie ich mich auf diesen Moment gefreut habe!« Sie stapfte gut gelaunt los, während ihre Yogahose fröhlich im Sommerwind flatterte.

Ava konnte nicht anders. Sie grinste ebenfalls. Auch wenn es bedeutete, dass sie sich die Sandgrube mit Elaf nun in die Haare schmieren konnte. Auf keinen Fall wollte sie, dass Florentine ihr kleines Paradies im Wald entdeckte. Der eingebildeten Tussi war es glatt zuzutrauen, dass sie ihnen hinterherspionierte. Die Sandgrube aber gehörte nur ihnen, Soraya, Elaf, Lou und ihr! Klar, auch Silvester. Er hatte ihr diesen besonderen Ort schließlich erst gezeigt, denn früher hatte Albertina mit Soraya dort trainiert.

Ja, und Elsie wusste natürlich auch davon. Doch sie hatte ohnehin keine Zeit, sich in den warmen Sand zu legen und ein kühles Bad zu nehmen.

Genau darauf hatte sich Ava aber am meisten gefreut. Dann eben morgen, dachte sie und verkrümelte sich eilig zu Soraya auf den Paddock. Eben war nämlich Nivo mit seinem Rad die Auffahrt hinaufgestrampelt, und auf den hatte sie genauso wenig Lust wie auf Florentine.

#IMNEBEL

Ava galoppierte mit Soraya über den frisch geeggten Sand draußen auf dem Reitplatz. Es war Sonntag, noch früh am Morgen. Der Huldernebel kroch über die Lichtung und malte kleine Kringel ins Gras. Wie Ornamente aus Wolken sahen sie aus, so als würde die Welt kopfstehen und der Himmel in Wirklichkeit grün sein. Manchmal, wenn Ava lange genug zusah, hatte sie das Gefühl, die Feen im Nebel tanzen zu sehen, die einer alten Legende nach hier auf der Lichtung lebten. Hinten bei der Waldweide, wo die Hulder eine Schlinge machte und es aussah, als wäre dort eine kleine Insel. Genau dort befand er sich, der Feenhügel. Er war von wildem Gras überwuchert, und der Boden hatte sich aufgeworfen, als machte die Erde einen Buckel. Keines der Pferde graste je an dieser Stelle. Sie schienen den Ort zu meiden. Nicht aus Angst, sondern eher aus Respekt, kam es Ava vor. Wenn sie Silvesters Pferden beim Grasen zusah, wirkte keine der Stuten nervös oder panisch. Sie gingen einfach nicht zu dem Hügel. Dabei war es an der Flussschlinge schattig und kühl. Nicht die schlechteste Wahl, um eine Runde zu dösen. Dennoch ließen sie den Feenhügel in Ruhe, und das war schon sonderbar. Vor allem, wenn man die Legende dahinter kannte.

Es war eine schöne Geschichte, über ein silbernes Pferd, von Feen geschickt, um einen Burgherrn zu retten, der vor vielen Jahrhunderten oben auf der alten Cassisburg das Land regierte. Ava hörte augenblicklich Silvesters brummige Stimme, wenn sie an die Geschichte dachte. Er hatte ihr die Legende mal erzählt und dabei die Bratlinge auf dem Herd verkokeln lassen. Ava schmunzelte, als sie sich daran erinnerte. Wie sehr diese Geschichte doch mit dem Forsthaus verwoben war! Nachdem der Burgherr nämlich vom Feenpferd gerettet worden war, ließ er zum Dank ein Gutshaus hier auf der Lichtung errichten. Es sollte den Feenhügel vor Zerstörung beschützen, und das hatte sich bis heute nicht geändert. Nur, dass das Forsthaus nun kein Gutshaus mehr war, sondern die baldige Soulhorsefarm. Bestimmt würde Elsies Trainingszentrum ebenso auf den Feenhügel aufpassen, dessen war Ava sich sicher. Deshalb hatte die Legende mehr Einfluss, als man vermutete. War die alte Geschichte doch auch der Grund gewesen, warum Silvester und Albertina die Silberstute unbedingt kaufen wollten, obwohl Soraya schon damals als schwierig gegolten hatte. Doch wie oft begegnete man einem Feenpferd, wenn man noch dazu an einem Feenort lebte?

Dabei waren Feenpferde laut Silvester leicht zu erkennen. Sie hatten meist silbernes Fell, doch immer eine flachsfarbene Mähne, die wie gesponnenes Silber wirkte. Feenpferde wurden für Menschen nur dann sichtbar, wenn das Schicksal sie rief ... und war Soraya nicht auch in ihr Leben gekommen, als sie sie am dringendsten gebraucht hatte? Auch wenn Ava mit ihren fast dreizehn Jahren schon zu alt für Märchen war, wollte sie dieses hier allzu gern glauben. Ava blickte auf den prächtigen Hals der Stute, während Sorayas lange Mähne in der Morgensonne tatsächlich wie echtes Silber glänzte. Wie sehr sie dieses Pferd doch liebte!

Mittlerweile spielte Sorayas Blindheit beim Reiten überhaupt keine Rolle mehr. Ava hatte sogar das Gefühl, dass Soraya dadurch noch feiner zu reiten war. Sie brauchte bloß an etwas zu denken, und Silverhorse reagierte augenblicklich. Es war, als wären die beiden miteinander verschmolzen. Sie fühlten dasselbe und wollten dasselbe: nämlich fliegen! Und das konnten sie nur gemeinsam. Während Ava für Soraya das Sehen übernahm, ließ die blinde Stute sie dafür im Sattel schweben. Das war das schönste Gefühl überhaupt!

Ava lächelte selig, und Soraya antwortete prompt mit einem zufriedenen Schnauben. Dann wechselte sie das Tempo, verlangsamte den Galopp, parierte durch und ging in einen sauberen Mittelschritt über. Drei Takte bloß, ehe sie Soraya einen Impuls gab und erneut angaloppierte, dieses Mal im Außengalopp. Es war erstaunlich, wie einfach diese schweren Lektionen mit ihr waren. Soraya war von

Albertina top ausgebildet worden, und Ava war ebenfalls eine ganz passable Reiterin. Das hatte sie ihrer früheren Trainerin Frau Eisstätt zu verdanken, die sie im Übrigen kein bisschen vermisste. Schließlich trug sie den Spitznamen Eisklotz, und genau so war auch ihr Training auf Gut Eschenthal gewesen. Nichtsdestotrotz hatte Ava dadurch einen exzellenten Sitz erlangt, der nicht nur beim Springreiten wichtig war, sondern auch in der Dressur. Vor allem in Working Equitation. Dort ritt man viele Aufgaben einhändig, nur mit Gewichts- und Schenkelhilfen. Und genau solch eine Übung nahm Ava als Nächstes in Angriff. Sie parierte durch und tat so, als hätte sie eine Garrocha in der Hand. Einen langen Treibstock, mit dem die Hirten früher ihre Herden zusammenhielten. Sie nahm die Zügel in eine Hand, die andere streckte sie seitlich von sich und galoppierte Soraya wieder an. Dabei verlagerte sie ihr Gewicht auf den inneren Gesäßknochen, nahm den äußeren Schenkel etwas nach hinten, ließ mit dem inneren Sorayas Galoppsprünge verkürzen und vollführte schließlich eine Pirouette. Dasselbe auf der anderen Hand ... Ava war so in Gedanken versunken, dass sie die beiden Radfahrer gar nicht bemerkte, die ihr begeistert vom Rand des Reitplatzes zusahen.

Erst als Elsie sich zu ihnen gesellte, tauchte Ava aus ihrer Traumwelt auf. Sie parierte Soraya zum Schritt durch und ließ sie am langen Zügel laufen. Ohne dabei zu vergessen, sie durch ihren Sitz zu lenken. Oder mit ihren Gedanken.

So kam Ava es zumindest vor. Mittlerweile klappte es zwischen ihnen so reibungslos, dass keine Menschenseele je auf die Idee gekommen wäre, dieses Pferd sei blind. Es lief unter dem Sattel wie jedes andere gute Dressurpferd auch.

Und genau das sagte nun der ältere Mann, als Ava vor ihnen zum Stehen kam. »Unglaublich, dass das Pferd blind ist. Man sieht es ihm gar nicht an.« Die Frau neben ihm staunte ebenfalls.

»Das liegt an der Reiterin«, erklärte Elsie stolz. »Die beiden haben einen besonderen Draht zueinander.«

Ava lächelte unter ihrer Reitkappe. Es war schön zu hören, dass Elsie ihre besondere Verbindung nicht als selbstverständlich ansah. Noch dazu, da Silverhorse ja gar nicht ihr gehörte, sondern Elsie. Oder, besser gesagt, Silvester. Dennoch wurde Ava von beiden längst so behandelt, als wäre sie Sorayas Besitzerin. Zumindest, was das Reiten anging. Da redete ihr schon lange niemand mehr rein.

»Ava, ich möchte dir Wilhelm Graf vorstellen«, sagte Elsie nun. »Und das ist seine Frau.«

Höflich begrüßte Ava das ältere Ehepaar. Als sie daraufhin keine Anstalten machte, zu reagieren, hängte Elsie erklärend dran: »Herr Graf ist unser Bürgermeister!«

»Ach so!« Jetzt war der Groschen gefallen! Kurz hatte Ava geglaubt, die beiden Besucher wären bloß neue Kunden von Elsie. Das erklärte auch, warum die beiden über Sorayas Handicap Bescheid wussten. Ava strahlte sie an.

»Wir haben heute unsere Räder ausgepackt, um euch

endlich mal persönlich kennenzulernen«, erklärte Herr Graf. »Das ist es also, das Wahrzeichen von Cassisburg. Das Feenpferd. Eine wirkliche Schönheit!«, lobte er. Als er Soraya streicheln wollte, antwortete die Silberstute jedoch mit einem warnenden Schnauben.

Hastig versuchte Ava Soraya zu beruhigen. Schließlich konnte die Silberstute nicht wissen, dass Herr Graf jener Mensch war, der über den Verkauf des Forsthauses entschied und somit über ihrer aller Schicksal. Schnell tätschelte sie also Sorayas Hals. Ruhig, meine Schöne, dachte Ava und schickte ihr diesen Gedanken weiter, weil sie mittlerweile wusste, dass Soraya sie verstehen konnte. Wie das möglich war, konnte Ava sich selbst nicht erklären. Sie wusste nur, dass es so war – und das reichte ihr völlig. Prompt schnaubte Soraya eine Spur freundlicher, wenngleich es immer noch sehr nach Säbelzahntigerknurren klang.

Der Bürgermeister lachte. »Oho, die Lady ist wählerisch!« Rasch zog er die Hand zurück und schien Soraya ihr ablehnendes Verhalten nicht übel zu nehmen. »Du hast ja recht. Ich würde mich auch ungern von Fremden betatschen lassen.«

Ava lachte auf. Dieser Herr Graf schien ja ganz in Ordnung zu sein, stellte sie erleichtert fest. Ganz anders als der schmierige Herr Kronbeek.

Auch Elsie und Frau Graf lachten.

Dann erklärte Elsie: »Herr Graf will mit uns über den Werbedreh reden, du weißt doch noch?«

Ava runzelte die Stirn, dann aber fiel es ihr wieder ein. Klar, der Werbedreh für die Stadt, um neue Firmen für das Neu-Andra-Projekt anzulocken. Elsie hatte es vor Wochen mal erwähnt. Dass Soraya nun tatsächlich in dem Film mitspielen sollte, damit hatte Ava aber nicht gerechnet. Obwohl … seit sie das Cassisburg-Championat gewonnen hatten, war Soraya hier eine kleine Berühmtheit. Wenn sie ihre Sache also gut machten, würde Herr Graf es bestimmt nicht mehr zulassen, dass das Feenpferd von Cassisburg obdachlos wurde. Der Werbedreh war also die perfekte Gelegenheit, ihn auf ihre Seite zu ziehen, und Ava grinste breit. »Wenn ich helfen kann, mach ich das gern.«

Der Bürgermeister nickte freudig. »Ich habe mir das so gedacht«, erklärte er. »Soraya soll einerseits verträumt gezeigt werden. Wie man sich ein Feenpferd eben vorstellt. Na, wie auf diesen Fotos auf Instagram.« Er grinste stolz, als Ava und Elsie überrascht die Augenbrauen hochzogen.

»Ja, ja, ich kenne die Seite«, sagte er und fügte hinzu: »Von meiner Enkeltochter.«

Alle lachten.

Dann fuhr Herr Graf weiter: »Das Pferd ist also ein hervorragender Sympathieträger, nicht nur für die Jüngeren. Auch die ältere Generation ist daran interessiert, besonders an der Stadthistorie. Aus diesem Grund wollen wir beide Zielgruppen ansprechen. Zuerst zeigen wir das Feenpferd auf der Lichtung beim Hügel, dazwischen werden wir unser Bauprojekt vorstellen und auch ein paar Sequenzen aus der Innenstadt zeigen. Der krönende Abschluss wird aber oben auf der Burgruine sein. Natürlich mit dem alten Stadtwappen im Hintergrund, auf dem das Feenpferd von damals zu sehen ist. Dabei darf unser Feenpferd hier natürlich nicht fehlen.« Er rieb sich begeistert die Hände. »Das wird also alles sehr fein werden und unser Image ordentlich aufpeppen.«

Ava hingegen verging das Grinsen mit einem Schlag. »Wie? Soraya soll rauf zur Burg? Sie war doch noch nie dort. Sie ist *blind*!«

Herr Graf sah sie verdutzt an. »Ja und?«

Wütend schüttelte Ava den Kopf. Dabei peitschte ihr blonder Pferdeschwanz durch die Luft. Soraya war doch keine Zirkusnummer, die man beliebig abrufen konnte! Was dachte sich der Bürgermeister bloß dabei? Zu seiner Verteidigung musste sie zugeben, dass Herr Graf nichts von Pferden verstand und von blinden Pferden bestimmt noch viel weniger. Ihm das jedoch zu erklären, darauf hatte sie wenig Lust. Hilfe suchend guckte Ava hinüber zu Elsie.

Doch die Pferdetrainerin schaute ebenso überrumpelt. »Reicht es nicht, Soraya einfach beim Feenhügel auf der Lichtung zu filmen?«, fragte Elsie betont höflich.

Der Bürgermeister sah sie mit einem Anflug von Panik in den Augen an. »Aber wir haben es längst mit dem Marketingteam abgesprochen. Der Drehbeginn steht, die Statisten sind gebucht ... wollen Sie mir etwa gerade erklären, dass das alles gar nicht geht, wie wir uns das vorgestellt haben?«

»Verflixte Sache, wie?!«, brummte plötzlich eine Stimme, und alle drehten sich nach ihr um, obwohl Ava längst wusste, wem sie gehörte. »Hättest mal besser vorher gefragt, ehe du eine ganze Horde von Werbemenschen engagierst, was?«

Silvester Hennelly humpelte mit seinem Gehstock auf sie zu. Dabei blitzten seine wachen Augen, so wie sie es immer taten, wenn Elsies Großvater etwas im Schilde führte. Denn darin war Silvester Weltmeister. Wenn er sich etwas in seinen weißhaarigen Kopf setzte, dann bog er sich das immer elegant zurecht, sodass danach alle glaubten, im Grunde wäre es ihre eigene Idee gewesen. Wie gut, dass er also ausgerechnet jetzt des Weges kam. Er würde dem Bürgermeister schon klarmachen, dass das so nicht ging, dachte Ava grimmig.

Erstaunt stellte sie fest, dass die beiden so etwas wie alte Freunde sein mussten. Denn lachend begrüßten Silvester und Wilhelm Graf einander. Auch Silvesters spitze Bemerkung nahm der Bürgermeister ihm nicht übel, im Gegenteil.

»Silvester, du alter Haudegen! Wie ich sehe, bekommt dir die Rente nicht! Was hast du denn mit deinem Knie angestellt?«, fragte der Bürgermeister erstaunt.

Der alte Förster, der früher für die Stadt gearbeitet hatte, schmunzelte. »Ach, das ist nichts«, brummte er, was natürlich nicht stimmte. Elsies Großvater brauchte dringend ein neues Kniegelenk. Soraya hatte seines in einem Wutanfall zertrümmert, doch bisher hatte er sich erfolgreich vor der Operation gedrückt. »Ihr wollt Soraya also groß rausbringen?«, fragte Silvester stattdessen. »Du, Willi, das kostet aber was. Soraya gibt es nicht umsonst. Schließlich brauchen wir das Geld, um das Forsthaus zu kaufen. Das weißt du nur zu gut.«

Herr Graf hüstelte lachend. »Klar doch. Darüber wollte ich ohnehin mit euch sprechen. Sagen wir ... tausend Euro für den Drehtag? Das sind laut Marketing die gängigen Preise«, fügte er eilig hinzu.

Silvester nickte. »Abgemacht.« Die beiden gaben sich die Hand drauf.

Auch Ava staunte. Tausend Euro? Für einen Tag? Das war echt schnell verdientes Geld. Dann jedoch dämmerte es ihr. »Moment mal!«, rief sie dazwischen. »Und was ist mit der Burgruine?«

Silvester sah sie augenzwinkernd an. »Das schafft ihr doch mit ein bisschen Training, meinst du nicht?«

Sprachlos klappte Ava der Mund auf. Obwohl sie Silvesters Tricks und Fallen längst kannte, war sie eben in eine hineingetappt. Vor allem, als er hinzufügte: »Das wäre doch auch eine gute Übung, falls du mit ihr mal ausreiten gehen möchtest ...«

Oh Mann! Jetzt hatte er sie am Haken. Wenn Ava von etwas träumte, dann davon. Und vielleicht hatte Silvester ja recht, und Soraya würde im Gelände besser zurechtkommen als gedacht? Mehr noch, vielleicht würde Silverhorse das Ausreiten sogar Spaß machen? Die Waldwege waren gut in Schuss, die Burgruine durch den Wald leicht zu erreichen … Es wäre also machbar … und Avas Wunsch danach ziemlich groß. Sie nickte also.

»Na prima!«, rief Herr Graf erleichtert. Auch seine Frau strahlte. Nur Elsie sah skeptisch aus. Das konnte aber auch daran liegen, dass sie in Gedanken längst wieder drüben im Ausbildungsstall war.

Ava hingegen spürte, wie alles in ihr mit einem Schlag zu prickeln begann. In Gedanken sah sie sich schon mit Soraya durch die Wälder streifen. Irgendwie würden sie das Training also schon gebacken kriegen.

»Das ist eine saublöde Idee«, jammerte Lou, als sie Flauschbär ein paar Tage später an einem Strick den Waldweg entlangführte. Hinter ihnen ging Ava mit Soraya, ebenfalls an der Hand. Dabei schnorchelte die Silberstute so wild, als wäre sie in Wirklichkeit ein Drache und kein Pferd. Ava hatte alle Hände voll zu tun, um sie zu beruhigen. Dabei war ihre Idee nicht übel gewesen. Ein Begleitpferd sollte Soraya die nötige Sicherheit geben. Doch irgendwie schien Flauschbär nicht die beste Wahl für einen Spaziergang durch den Wald zu sein. Die Silberstute vertraute ihm kein bisschen. Und Lou vertraute sie auch nicht. Aber Avas Freundin war nun mal die Einzige gewesen, die sich dazu bereit erklärt hatte, sie beim Training zu unterstützen. Elsie hatte keine Zeit, Elaf musste immer noch im Café aushelfen, und Silvester tat das Knie weh. Die Strecke zwischen dem Forsthaus und der Burgruine hätte der Alte ohnehin niemals zu

Fuß geschafft. Blieb also nur Lou übrig. Ihre liebe, gute Lou, die stets zur Seite war, wenn man sie brauchte. Auch jetzt.

»Du hast was gut bei mir«, rief Ava ihr dankbar zu.

»Mindestens einen Schokobecher im Durmerlin-Café«, jammerte Lou und linste ängstlich nach hinten, als Soraya ein lautes Wiehern von sich gab. »Was hat sie denn?«

»Ach, sie ist nur aufgeregt«, antwortete Ava, obwohl sie mit jedem Schritt, mit dem sie sich nun vom Forsthaus entfernten, ebenfalls unsicherer wurde. War die Idee mit dem Spaziergang vielleicht doch nicht so toll gewesen? Ihr taten schon die Hände weh, weil Soraya so heftig am Strick zerrte. Ständig sprang sie von einer Seite zur anderen, und überall schien sie im Wald etwas zu hören.

Dabei fiel Ava ein, dass Soraya sich neulich schon einmal so seltsam verhalten hatte, als sie mit ihr auf der Waldweide grasen gewesen war. So als hätte sie etwas gesehen, das für Ava völlig unsichtbar gewesen war. Für einen kurzen Augenblick hatte sie sogar das Gefühl gehabt, beobachtet zu werden. Seltsam war das gewesen, doch sie hatte es dem Huldernebel und den Feen zugeschrieben. Aber hier im Wald waren kein Nebel und auch keine Feen. Dennoch blähte Soraya jetzt die Nüstern und hob den Kopf.

»Da ist wirklich nichts«, flüsterte Ava so leise, dass Lou sie nicht hören konnte. Auf keinen Fall wollte sie ihr noch mehr Angst einjagen. Lou war auch so schon mit den Nerven am Ende. Doch Pferde waren Herdentiere und folgten nur, wenn man sich ihnen auch als würdig erwies. Wie gut, dass wenigstens Flauschbär eine so coole Socke war und gemächlich weiter den Forstweg entlangtrottete. Fast konnte man meinen, das Shetlandpony führte Lou den Weg hinauf und nicht umgekehrt.

Rasch dirigierte Ava Silverhorse hinterher, dennoch blieb Soraya weiter unruhig. Puh, dachte Ava. Wenn das so weiterging, konnten sie den Werbefilmdreh echt vergessen. Vor allem das Ausreiten! Soraya war ja ein richtiges Pulverfass! Ava konnte richtig spüren, wie die blinde Stute unter dem silbergrauen Fell pulsierte. Jederzeit bereit zu explodieren. Irgendetwas schien sie im Wald mächtig nervös zu machen, nur was? Lag es gar daran, dass sie vor den Geräuschen des Waldes Angst hatte? Wie dem Wind in den Kronen? Dem Knacksen der Tiere im Unterholz? Dem Keckern der Vögel über ihren Köpfen? Oder lag es an etwas anderem? War da vielleicht noch mehr?

Misstrauisch blickte Ava sich um. Ringsherum war nur Grün zu sehen und eben auch das alte Gemäuer, das jetzt durchs Blattwerk blitzte. Ava atmete erleichtert auf. »Siehst du, gleich haben wir es geschafft!« Zügig ging sie mit Soraya darauf zu. Vor ihnen erhob sich die Burgruine majestätisch in der Abendsonne. Sie war auf einem Felsmassiv gebaut und stammte aus dem frühen Mittelalter. Bloß ein paar Restmauern erinnerten noch daran, dass sich hier eine der größten Wehranlagen der Gegend befunden hatte. Der Burgturm hingegen war auf wundersame Weise noch gut in Schuss. Imposant ragte er in den blauen Sommerhimmel. Bestimmt, weil jemand mal das Dach geflickt hatte, schoss es Ava durch den Kopf. Sonst wäre auch er längst in den Gezeiten des Windes zerbröselt. Und auch wenn nicht viel von der einstigen Burg übrig geblieben war, spürte Ava dennoch jedes Mal, wenn sie hier hochkam, wie mächtig dieser Ort früher gewesen war. Das alte Stadtwappen ganz oben, knapp unter dem Schindeldach des Bergfrieds, war in Stein gemeißelt. Durch die Abendsonne, die daraufschien, konnte man die Einkerbungen gut erkennen. Die flatternde Mähne des Feenpferds aus purem Silber leuchtete hellorange. Wie Flammen im Wind sah sie aus.

Manche Leute schienen das sogar als Orakel zu deuten. Ihre Klassenlehrerin hatte ihnen erst neulich davon erzählt, als sie zum Schulabschluss einen Ausflug ins Café von Elafs Eltern gemacht hatten. Während alle Eis gelöffelt hatten, hatte sie ihnen etwas über die Burggeschichte erzählt, die Legende, und eben auch etwas über das Orakel.

Anscheinend konnte man am alten Wappen erkennen, was die Zukunft für einen bereithielt. Und zwar anhand des Sonnenstandes und der daraus folgenden Reflexion in der Silbermähne des Feenpferdes. Das ging nur abends zu einer gewissen Zeit, wenn die Sonne den Horizont erreichte. *Goldene Stunde* nannten die Leute diesen Moment. Dann leuchtete die Mähne des Feenpferdes entweder warmgolden oder eben wie jetzt feuerflammenrot. Gab es dazu nicht auch einen alten Merkspruch? Wie ging der noch gleich? Ava überlegte.

Bei Feengold ist dir die Zukunft hold. Bei Feenfeuer ist sie nicht geheuer.

Ja, so war's. Und hatten sie nicht gerade Feenfeuer? Automatisch griff Ava in Sorayas Mähne und streichelte ihr den Hals, um sich selbst zu beruhigen. Plötzlich hatte sie Gänsehaut bekommen, und sie wusste nicht mal, wieso. Wegen des Orakels? Das war doch Blödsinn! Nur weil die Sommersonne sich eben wie Feuer im Silber des Wappenpferdes spiegelte, hieß das noch lange nicht, dass bald etwas Schreckliches passierte. Ava war zwar feinfühlig, aber mit Sicherheit nicht abergläubisch. »Am besten ist, wir lassen sie grasen«, sagte sie entschlossen, um sich vom Wappen abzulenken.

»Grasen klingt gut«, murrte Lou und ging mit Flauschbär auf das Stückchen Wiese zu, das einst der Burghof gewesen war. Ava folgte ihnen mit Soraya.

Als die beiden Pferde zu fressen begannen, entspannte Soraya sich. Na, es ging doch! Ava und Lou seufzten erleichtert auf, da knackste es hinter ihnen ziemlich nah im Unterholz, und beide Mädchen erschraken.

Soraya legte drohend die Ohren an.

»Ich glaube, da ist jemand«, flüsterte Lou und linste misstrauisch in die Richtung, aus der das Geräusch gekommen war.

»Bestimmt ein Reh«, log Ava, obwohl auch sie es gesehen hatte, bloß aus dem Augenwinkel. Doch da war kurz etwas Rotes im Gebüsch gewesen. Nur ... Rehe waren nicht rot.

»Lass uns abhauen«, drängte Lou.

Ava nickte, denn auch sie spürte es jetzt. Eine seltsame Stimmung hing mit einem Mal in der Luft. Es war wie ein Flüstern oder ein Raunen aus der Tiefe der Vergangenheit. Beinah hatte sie das Gefühl, auf der Burgruine nicht willkommen zu sein. Und wenn sie das spürte, dann spürte Soraya es tausendmal mehr. Es war also wirklich besser, sie kehrten um, bevor Silverhorse sich noch mehr reinsteigern konnte. Dann würde Ava sie mit Sicherheit nie wieder hier hochkriegen. Das nächste Mal kamen sie einfach mitten am Tag hierher und nicht zur Abenddämmerung, wo natürlich alles gespenstisch wirkte.

Ava zupfte am Strick. »Komm, wir gehen«, murmelte sie Soraya zu und dirigierte sie zurück auf den Forstweg. Lou und Flauschbär folgten ihnen dicht. Flotten Schrittes verließen sie die Burgruine, ohne sich noch einmal umzudrehen.

Dabei ließ Ava den seltsamen Moment von eben im Stillen noch einmal Revue passieren. Denn das Rote war kein Reh gewesen. Jetzt, im Nachhinein war Ava sich sicher. Sondern ein Mensch, der durch das Dickicht geschlichen war. Bloß, warum?

Bestimmt war es ein Wanderer, dachte sie eilig, um sich selbst zu beruhigen. Und Soraya hatte ihn schon beim Aufstieg durch den Wald wahrgenommen, deshalb war sie auch so nervös. Ja, so musste es gewesen sein. Wenn es nämlich nicht so war, begriff Ava und schluckte beklommen, dann bedeutete das, dass ihnen schon die ganze Zeit jemand heimlich im Wald gefolgt war. Jemand, der sie beobachtete, aber nicht dabei gesehen werden wollte … Was für eine schauerliche Vorstellung! Und deshalb war es besser, Lou lieber nichts davon zu sagen. Wer weiß, ob ihre Vermutung überhaupt der Wahrheit entsprach.

PFERDEJUNGE

»Und wenn du mich auf drei Schokobecher einlädst: Ich komme nicht mehr mit!«

Ava saß mit Lou in der Sattelkammer, nachdem sie wieder einmal einen Ponynachmittag hinter sich gebracht hatten, und redete auf ihre Freundin ein.

»Ich brauche dich aber«, bettelte Ava. »Der Drehtag rückt doch immer näher, und das Einzige, was hilft, ist ganz oft mit ihr raufzugehen. Dann gewöhnt sie sich schon dran, versprochen!«

»Nein!« Lou verschränkte die Arme. »Ich mag es nicht, wenn sie so ist. Das macht mir Angst!« Sie schob demonstrativ das Kinn vor und funkelte Ava an. »Du bist die Pferdeflüsterin hier. Mach du das doch mit Soraya!«

»Als ob das so einfach wäre«, seufzte sie.

Lou zuckte bloß mit den Schultern, was so viel bedeutete wie: selbst schuld! Denn ziemlich wütend warf sie hinterher: »Ich verstehe sowieso nicht, warum du überhaupt so scharf darauf bist, da mitzumachen. Damit unterstützt du das Neu-Andra-Projekt, das ist dir schon klar, oder? Der Graf will mit seinem tollen Filmchen doch bloß davon ablenken, dass in Kürze mehrere Hektar Natur für dieses Scheißprojekt niedergewalzt werden!«

Beschämt blickte Ava zu Boden. In Cassisburg sollte nämlich bald ein neues Industrieviertel entstehen. Mit einem Wasserkraftwerk an der Andra, das dem Projekt auch seinen Namen verlieh. Die Stadt verkaufte das Vorhaben als besonders umweltfreundlich. Doch von ihrem Vater wusste Ava, dass das nur die halbe Wahrheit war. Er arbeitete für eines dieser Unternehmen, die Neu-Andra planten. Auch er hatte Skrupel, so viel unbebaute Fläche dafür zu opfern. Mehrmals hatte er in letzter Zeit beim Abendessen darüber geklagt. Doch deswegen den Job zu kündigen, war nicht drin. Er war eben viel zu gut bezahlt, und zu Hause war das Geld seit der Firmenpleite immer noch knapp. Daher machte Oskar Gildstein lieber gute Miene zum bösen Spiel. Und sie selbst? War Ava nicht genauso? Schuldbewusst biss sie sich auf die Unterlippe. An den Umweltschutz hatte sie nämlich gar nicht gedacht, sondern sich nur Sorgen um Soraya gemacht. Das war für sie eben genauso wichtig!

Lou schien das jedoch etwas anders zu sehen. Oder besser gesagt: XluX. Auf *Theofficialxlux* nahm sie kein Blatt vor den Mund, oder besser gesagt, vor die Linse. Lou hatte so viel Talent! Sie schaffte es auf unverkennbare Weise, auf die Missstände der Stadt hinzuweisen, ohne viele Worte darüber zu verlieren. Lou ließ dafür einfach ihre Fotos sprechen. Von denen ging stets eine eigenartige Anziehungskraft aus, die die Menschen in ihren Bann zog. Dann ein richtig gesetzter Hashtag auf Insta, und schon begannen die Leute die Bilder wie verrückt zu teilen und darüber zu reden. Erst letzte Woche hatte Ava gesehen, wie eine kleine Gruppe von Umweltaktivisten vor dem Rathaus demonstrierte. Immerhin würde Neu-Andra einen Großteil des städtischen Naherholungsgebiets schlucken. Dazu hatten sie prompt XluX' Hashtags auf Plakate gekritzelt. *#neuandra #wogehenwirdannsonstspazieren? #passaufwemduglaubst #xluxsiehtalles*

Als Ava klar wurde, in welchem Zwiespalt sie sich dadurch befand, fühlte sie sich wie eine Verräterin. »Ich kann Soraya nicht einfach hängen lassen …«, murmelte sie bedrückt.

»Weiß ich doch«, meinte Lou sanfter. »Deshalb luchst du der Stadt auch die tausend Euro ab, während ich im Hintergrund meine Arbeit mache. XluX wird garantiert nicht tatenlos dabei zusehen, darauf kannst du wetten! Außerdem will Flauschbär ja auch sein Zuhause behalten«, fügte sie grinsend hinzu.

Avas blaue Augen blinzelten hoffnungsfroh. »Das heißt, du hilfst mir dabei, Soraya weiter zu trainieren?«

Lou schüttelte jäh ihr Vogelnest. »Denk nicht mal dran«, knurrte sie und hielt ihr stattdessen Avas Handy unter die Nase. »Du hast gehört, was Elsie und Silvester zuletzt dazu gesagt haben, als wir ihnen davon erzählt haben. Mit Catalan an ihrer Seite würde Soraya es schaffen. Also, frag ihn endlich! Oder willst du, dass Florentine das übernimmt?« Lou grinste breit.

»Wehe!« Ava gab sich einen Ruck. Das würde ihr gerade noch fehlen, dass Florentine plötzlich ihre Pferdeliebe entdeckte, nur um Elaf zu beeindrucken. Sie straffte die Schultern. »Also gut.« Sie grapschte sich das Handy und tippte:

AVA: Hi, Elaf! Den Ponytag haben wir geschafft. Endlich Feierabend. Wie sieht's bei dir aus? Kommst du heute noch ins Forsthaus?

Lange brauchte Ava nicht auf Antwort zu warten.

ELAF: Bin schon fertig.

AVA: Echt? Cool! Sitzen grade in der Sattelkammer *grins*

ELAF: Bin in einer Minute da!

Avas Gesicht begann zu strahlen. »Er kommt«, sagte sie und spürte, wie ihr Herz dabei vor Aufregung flatterte.

»Dann frag ihn gefälligst, ob er mit dir zur Burg raufgeht«, befahl Lou. »Sonst mach ich das!«

»Okay, okay, ist ja gut. Ich frag ihn«, lachte Ava und sah ihre Freundin an. »Und? Kommst du dann auch mit?«

Lou verdrehte ihre braunen Nutellaaugen. »Mit euch zwei Turteltäubchen? Nein, danke!« Als Avas Wangen prompt rosa wurden, fügte sie grinsend hinzu: »Ich habe noch was anderes vor. Oder besser gesagt, XluX!«

Genau in dem Moment kam Elaf zur Tür herein. »He, hab ich was verpasst?«, fragte er neugierig.

Die beiden Mädchen sahen sich verschwörerisch an. »Nö«, gackerten sie. XluX war schließlich ihr großes Geheimnis.

Ava wusste nicht, ob es an Elaf lag. Aber dieses Mal war alles anders.

Nicht nur, dass Soraya lammfromm neben Catalan hertrottete, als wäre es das Normalste der Welt, einen Waldspaziergang zu machen. Auch die Stimmung auf der Burg war heute anders. Kein Leuchten der Silbermähne. Kein Knacksen im Unterholz ... Es war einfach schön, so wie man es sich für einen Sommertag erhoffte. Die Grillen zirpten. Der Sommerwind strich sanft über die Gräser und sang sein eigenes Lied. Die Sonne drang dabei zart durch das Blätterdach der Bäume und warf lange Schatten, in denen es angenehm kühl war und gar nicht gespenstisch. Die Burgmauern flüsterten nicht, und von etwas Rotem war weit und breit keine Spur.

Vielleicht, überlegte Ava kurz, lag es ja auch daran, dass sie nicht zur goldenen Stunde hergekommen waren.

Elaf ließ Catalan inzwischen am langen Strick auf der

Burgwiese grasen. So entspannt und souverän, als hätte er das schon tausendmal gemacht. Ava konnte nur staunen. Wenn der junge Holsteiner doch mal guckte, dann zupfte Elaf einfach routiniert am Strick. Von roten Rehen oder feuerroten Silbermähnen ließ sich der Junge mit den waldgrünen Augen nicht so schnell einschüchtern. Und diese Gelassenheit schien er nicht nur auf Catalan zu übertragen, sondern auch auf Soraya. Und auf sie ebenso.

»Krass«, sagte Ava, als sie Soraya neben Catalan zum Stehen brachte und sie ebenfalls grasen ließ. »Das letzte Mal war Soraya ein einziges Nervenbündel. Und heute …« Sie lachte erleichtert auf. Anscheinend hatten sie beim ersten Mal einfach nur Pech gehabt, und die blinde Stute war doch eine viel coolere Socke als gedacht. »Jetzt sehe ich für den Werbedreh doch noch eine Chance. Danke, dass du mitgekommen bist.«

Elaf zuckte mit den Schultern. »Ich mach das gern«, erklärte er. Dabei sah er sie mit seinen waldgrünen Augen an, und Ava spürte, wie die Schmetterlinge in ihrem Bauch vor Aufregung zu flattern begannen. Schon wurden ihre Wangen rosa. Denn endlich waren sie beide mal wieder allein, fiel ihr ein. Und das war mehr als schön. Sie schenkte ihm ein warmes Lächeln.

Elaf aber grinste schief. »Versteh mich nicht falsch. Ich mach das echt gern mit dir. Und auch für Soraya. Aber …« Er blickte verlegen zu Boden, und mit einem Mal war der romantische Moment futsch.

Ava blinzelte irritiert. Was wollte Elaf ihr sagen? Etwa, dass er nicht mehr mit ihr zusammen sein wollte?

»Oh Mann, wenn das meine Kumpels hören, die lachen sich kaputt. Es ist nämlich auch, weil ich ... na ja ... auch Catalan mag«, presste Elaf endlich hervor. Er hob den Kopf und sah Ava unsicher an. »Klingt das bescheuert?«

»Was?« Total erleichtert darüber, schüttelte Ava ihr goldblondes Haar. »Überhaupt nicht, wie kommst denn du darauf?«

»Na, hör mal! Pferdemädchen gibt es überall. Aber hast du schon mal was von einem *Pferdejungen* gehört? Also, ich noch nie. Reiten ist der volle Mädchensport. Dabei würde es mir, glaube ich ... auch Spaß machen«, fügte er schüchtern hinzu.

»Wie jetzt?« Ava riss die Augen auf. Einmal, da hatte Elaf ihre Augenfarbe Andrablau genannt. Wie der Fluss, an dessen Ufer sie gesessen hatten. Da war ein kurzer Moment gewesen, den sie nie mehr vergessen würde. Denn da hatte sich Waldgrün mit Andrablau vermischt. Und das war wunderschön gewesen.

Jetzt war es wieder so. »Ehrlich? Du würdest gern Reiten lernen?«, hauchte Ava verträumt.

Elaf sah sie an, und Waldgrün und Andrablau fanden sich. »Ein bisschen Sport in den Ferien wäre schon cool«, sagte er mit rauer Stimme. »Aber es wird noch dauern, bis ich das Geld für mein neues Downhill-Bike zusammen habe. Bis dahin könnte ich ...« Er brach ab.

Elaf war eigentlich ein leidenschaftlicher Downhill Racer. Doch letzten Sommer hatte er dabei einen schweren Unfall erlitten. Bei dem Sturz hatte er nicht nur sein Bike zu Schrott gefahren, er hatte sich dabei auch sehr schwer am Kopf verletzt. Zum Glück erinnerte jetzt nur noch die Narbe auf seiner rechten Schläfe daran. Und manchmal die dunklen Schatten in seinen Augen. Denn seit dem Unfall war vieles nicht mehr so wie davor. Nicht nur, dass er dadurch die Klasse hatte wiederholen müssen. Auch der Kontakt zu seinen früheren Kumpels war dadurch flöten gegangen. Und manchmal, so hatte Ava das Gefühl, wollte Elaf ohnehin nichts mehr mit dem gefährlichen Trendsport zu tun haben, doch sich das einzugestehen, traute er sich wohl noch nicht. Bestimmt war das ein Grund, warum Elaf jetzt häufiger auf der Soulhorsefarm war, dachte Ava. Was sie natürlich freute. Besonders, als Elaf nun sagte: »Dann könnten wir gemeinsam ausreiten gehen ... oder so ...«

Ava strahlte ihn an. »Das wäre phantastisch«, gab sie flüsternd zu. »Davon träum ich schon die ganze Zeit.«

Elaf tätschelte Catalan den Hals. »Echt? Dann wäre das ja geritzt. Du bringst mir in den Sommerferien das Reiten bei.« Er grinste breit.

Überrumpelt lachte Ava auf. »Moment mal. So einfach ist das nicht. Ich kann dir das Reiten nicht beibringen. Okay, für die Ponyzwerge reicht es, aber wenn du wirklich Reiten lernen willst, dann brauchst du für den Anfang Longenstunden, und die gibt nur Elsie ...«

Elafs Grinsen erlosch. Doch Ava wusste auch so, was er dachte. Die Pferdetrainerin war neuerdings so sehr mit Arbeit eingedeckt, dass sie kaum Zeit für etwas anderes hatte als für ihre vierbeinigen Schützlinge. Und schon gar nicht hatte sie Zeit für Longenstunden. Andererseits ... »Wenn du Catalan reiten würdest«, überlegte Ava laut, »dann hätte er zugleich die nötige Bewegung, und du würdest Elsie dadurch Arbeit abnehmen.«

Elaf blickte zärtlich auf den grauen Wallach. »Du meinst, ich könnte Catalan reiten?«

Ava nickte. Immerhin hatte sie den grauen Holsteiner schon häufiger bewegt, wenn Elsie keine Zeit dafür hatte. So wusste Ava auch, dass Florentines Pferd im Grunde einen ausgeglichenen und besonders lieben Charakter hatte. Na ja, solange die rothaarige Schlange nicht in Sichtweite war. »Es könnte klappen«, sagte sie. »Catalan mag dich. Und auch wenn du anfangs eine unruhige Reiterhand hast, was übrigens völlig normal ist, ist er von Florentine schon einiges gewöhnt. Außerdem nimmt dich Elsie ohnehin am Anfang an die Longe. Dort lernst du alles. Und Catalan lernt, ein ruhiges Reitpferd zu werden. Und außerdem«, Ava lächelte verschmitzt, »könnten wir sie mit Ausmisten-Helfen bestechen, das hilft immer!«

Elaf lachte. Er hob die Hand, und Ava schlug ein. Doch anstatt wieder loszulassen, behielt er ihre Hand in seiner. So standen sie zwischen den Burgmauerresten. Händchen haltend, während Soraya und Catalan vor ihnen friedlich grasten und der Sommerwind ihnen eine leise Melodie ins Ohr säuselte. Ava hätte vor Glück die Welt umarmen können.

Seit Elsie wieder in Cassisburg lebte, war vieles in ihr Leben gedonnert. Schönes wie Schweres. Und auch wenn ihr der Neustart hier nicht besonders leicht gemacht wurde, war sie bereit, für ihren Traum zu kämpfen. Es wurde Zeit, Luxemburg hinter sich zu lassen. Auf keinen Fall wollte sie ihren Gegnern beweisen, dass sie recht behielten und ihr Traum nur ein Traumschloss war. Kronbeek nicht, Rauewitz nicht. Und schon gar nicht ihrem Vater. Die Soulhorsefarm würde Wirklichkeit werden, und wenn sie noch so sehr dafür schuften musste. Nicht umsonst hatte sie sich in der Branche einen exzellenten Ruf als Bereiterin erarbeitet. Letztes Jahr hatte sie sogar die Möglichkeit bekommen, in den USA unter dem berühmten Pferdetrainer Vernon Vanderbrought zu lernen, der mit seinen ganzheitlichen Trainingsmethoden unglaublichen Erfolg verbuchte. Dumm nur, dass Vernon Flugzeuge hasste und daher nicht nach Europa kam. Deshalb trudelten nun viele Anfragen bei ihr ein, was wiederum gar nicht so dumm für sie selbst war. Auch der großartige Auftritt von Ava und Soraya auf dem Cassisburg-Championat vor einigen Wochen hatte geholfen, dass der Laden hier nun so richtig brummte. Elsie konnte es sich mittlerweile sogar erlauben, gewisse Anfragen abzulehnen, was ein großer Luxus war. Denn oft waren die Pferdebesitzer schwieriger als die Pferde selbst. Es ging also langsam in die richtige Richtung. Jetzt musste nur noch der Bürgermeister Stärke zeigen und Elsie die Zeit geben, die sie brauchte, um die Summe für den Kauf des Forsthauses aufzubringen.

850 000 Euro! Wenn Elsie daran dachte, wurde ihr ganz schwindelig. Der Umbau in ein Pferdezentrum würde nämlich noch mal einen ordentlichen Batzen Geld verschlingen. Und manchmal fragte die junge Pferdetrainerin sich, wie sie das alles schaffen sollte … doch da waren auch Dinge, die Elsie Hennelly Hoffnung schenkten.

Erst letzte Woche konnte sie eines der kniffligeren Problempferde entlassen, weil die vielen Trainingsstunden sich endlich bezahlt gemacht hatten. Aus dem anfänglich hysterischen Pferd war ein ruhiges Ausreitpferd geworden. Das Strahlen der Besitzerin, als Elsie und sie gemeinsam einen Spazierritt in den Wald wagten, hatte sie jetzt noch vor Augen. So sollte Reitsport ihrer Meinung nach sein. Eine harmonische Einheit zwischen Pferd und Mensch, und genau dafür lohnte es sich zu kämpfen. Und das Beste daran war, dass Elsie in letzter Zeit nicht allein dafür kämpfte. Graps, so wie sie Großvater liebevoll nannte, half ihr stets, und Ava, Lou und Elaf ebenso. Deshalb war ihr auch sofort klar, dass sie Elafs Wunsch erfüllen würde, als ihr die beiden vorhin schüchtern davon erzählten. Denn das war eine gute Gelegenheit, sich für ihre ständige Hilfe zu revanchieren. Auch wenn es bedeutete, dass Elsie dafür eine Extraschicht einlegen musste. Aber das war es ihr wert! Vor allem, weil Ava mit einer Sache recht behielt: Wenn Elaf mit Catalan zurechtkam, dann musste Elsie sich um ein Pferd weniger kümmern. Vor allem, weil der Holsteiner ihre Hilfe ja gar nicht mehr nötig hatte. Was Ava jedoch nicht wusste, war, dass Florentine sich zuletzt darüber beschwert hatte, dass Ava *ihr Pferd* ständig ritt. Und das sollte aufhören, sonst würde sie Catalan augenblicklich wieder zu Rauewitz stellen, hatte Florentine angedroht.

Eigentlich konnte Kronbeeks eingebildete Göre Elsie den Buckel runterrutschen. Doch zugleich wusste die Pferdetrainerin auch, wie sehr Soraya an Catalan hing. Deshalb hatte sie sich wohl oder übel auf diesen bescheuerten Deal eingelassen … der jedoch nicht besagte, dass jemand anders Kronbeeks Springpferd bewegen durfte. Und deshalb grinste Elsie jetzt gewitzt.

Zum ersten Mal in seinem Leben saß Elaf auf einem Pferd. Genauer gesagt, auf Catalan. Und dabei machten beide eine ziemlich gute Figur.

»Und? Wie fühlt es sich an?«, rief Ava von der Bande aus, während Elsie in der Reithalle die Longe führte und Elaf ein paar Sitzübungen durchführen ließ.

»Nicht schlecht.« Er grinste unter dem Reithelm, den Ava ihm zuvor geborgt hatte. »Es ist ein bisschen wie Downhill-Biken. Also, was das Gleichgewicht betrifft.«

Ava musste lachen. »Du Streber!« Aber genau darum

ging es beim Reiten. Um die Balance! Manchen Menschen fiel das ewig schwer, andere hingegen waren richtige Naturtalente. Meist dann, wenn sie außer dem Reiten noch andere Sportarten machten und somit ein gutes Körpergefühl besaßen. Das konnte Ava auch bei den Ponyzwergen beobachten. Elafs Schwester zum Beispiel ging zum Geräteturnen, und genau so saß sie auf Flauschbär. Superzentriert, während andere Kinder wie ein nasser Mehlsack im Sattel hingen.

Es half also enorm, kein Couch-Potato zu sein – doch das war Elaf ohnehin nicht. Der schwarzhaarige Junge stellte sich richtig gut im Sattel an. Obendrein passte Catalan zu ihm. Die zwei hatten eindeutig einen Draht zueinander, und vielleicht, überlegte Ava mit hüpfendem Herzen, würde ihr Traum vom gemeinsamen Ausritt schneller Wirklichkeit werden als gedacht. »Du hast es voll drauf«, rief Ava ihm deshalb begeistert zu.

Auch Elsie wirkte zufrieden. »Ja, Jungs haben oft das Talent fürs Reiten«, meinte sie. »Aber viele lassen sich davon abschrecken, weil es als Mädchensport gilt.«

»Mädchensport? Ich weiß gar nicht, was ihr meint«, feixte Elaf. »Können wir vielleicht einen Gang zulegen?«

Elsie lachte empört. »Also hör mal, Catalan ist doch kein Rennwagen!« Dennoch schnalzte sie mit der Zunge, und der Holsteiner fiel augenblicklich in lockeren Arbeitstrab.

Elaf versuchte tapfer, im Takt mitzugehen, so wie Elsie es ihm vorhin erklärt hatte. Dabei hielt er sich vorne am

Sattel fest, am sogenannten Vorderzwiesel, und blickte dabei nicht nach unten, sondern zwischen Catalans Ohren hindurch. Tatsächlich klatschte Elaf bald nicht mehr in den Sattel, sondern schaffte es, sich Catalans Bewegungen anzupassen.

Damit war nicht nur Elsie zufrieden. »Wenn du jetzt dranbleibst und regelmäßig übst, hast du den Dreh bald raus«, lobte sie.

Elaf nickte begeistert. Auch er schien großen Spaß daran zu haben. Und Catalan wirkte auch nicht sonderlich unglücklich, sondern schnaubte mehrmals zufrieden ab.

Als Ava und Elaf den Holsteiner nach der ersten Reitstunde gemeinsam absatteln gingen, konnte Ava nicht anders, als Elaf anzuhimmeln. Auch Elafs waldgrüne Augen funkelten, als wäre eben die Morgensonne darin aufgegangen, obwohl es draußen längst dämmerte. Von dunklen Schatten in seinen Augen war dieses Mal keine Spur, und Avas Herz klopfte noch mehr.

#ITSAWRAP

Gnadenlos knallte die Nachmittagssonne vom Himmel, und die Fliegen umkreisten sie, wie die Aasgeier in einem dieser Zeichentrickfilme, die nachmittags gern im Fernseher liefen. Ava hatte das Gefühl, in der Sommerglut zu zergehen wie eine Kugel Limetteneis mit Karamell- und Kokosstückchen, was zufällig ihre Lieblingseissorte war. Wenn sie nur daran dachte, lief ihr das Wasser im Mund zusammen.

Das Café von Elafs Eltern war bloß einen Steinwurf von ihnen entfernt. Nur den Burggraben hinunter und die Durmerlin-Allee hindurch. Dann könnten sie sich im Schatten des kleinen Pavillons mit den leckersten Eissorten der Welt die Bäuche vollschlagen. Niemand machte so gutes Eis wie Elafs Vater. Mit Sicherheit war es deshalb im Café schon brechend voll. Dass heute auf der Burgruine der Werbefilm gedreht wurde, hatte sich längst herumgesprochen.

Eine Traube Schaulustiger stand bereits abseits der Burgmauern. Sie alle hatten ihre Handys gezückt. Auch Betty und Teresa, zwei Schulfreundinnen aus ihrer Klasse, befanden sich unter ihnen. Sie winkten Ava und Elaf fröhlich vom Rand des Sets aus zu, und Ava winkte zurück. In letzter Zeit hatte sie mit den beiden so was wie Freundschaft geschlossen. Was Florentine natürlich ein ziemlicher Dorn im Auge war. Denn seit Ava in der Klasse an Beliebtheit dazugewonnen hatte, büßte die falsche Schlange ordentlich an Macht ein. Nicht mal Nivo war mittlerweile noch scharf drauf, für Florentine den Kopf hinzuhalten. Dass er sich von ihr hatte anstacheln lassen und jetzt die Konsequenzen dafür tragen musste, kränkte ihn ziemlich in seiner Fiesling-Ehre. Erst gestern hatte Ava beobachtet, wie Florentine und Nivo sich auf der Waldweide deswegen ordentlich gefetzt hatten. Nivo war daraufhin einfach abgedampft und hatte die gute Florentine glatt allein in der Sommerglut schuften lassen. Was für eine Sensation! Noch vor einem halben Jahr hätte es niemand aus der Klasse gewagt, sich gegen das rothaarige Biest zu wenden. Jetzt hingegen stand Florentine allein da, und das geschah ihr nur recht!

Irgendwo geisterte auch Lou auf dem Set herum. Natürlich mit ihrer heiß geliebten Kamera. Sie wollte unbedingt ein Making-of vom Werbedreh machen und es dann auf den Soulhorsefarm-Account stellen. Und auch XluX würde seinen Teil auf Instagram beitragen, dessen war Ava sich sicher. Lou war längst so etwas wie eine Doppelagentin, und manchmal fragte Ava sich im Stillen, ob dieses Spiel ewig gut gehen würde. Schließlich hatte auch sie selbst XluX' wahre Identität durchschaut. Okay, zugegeben, es hatte schon etwas gedauert, bis Ava es kapiert hatte. Anfangs hatte sie ja Elaf in Verdacht gehabt, hinter dem gehypten Instagram-Star zu stecken. Doch als Ava vor einiger Zeit den Zettel in Lous Zimmer entdeckt hatte, der dort zufällig rumlag, war es ihr wie Schuppen von den Augen gefallen. Darauf hatte nämlich gestanden: X = die Unbekannte + Lu = Luise = XluX

Lous richtiger Name war Luise Samtwander, und die konnte nun mal teuflisch gut fotografieren, was Avas beste Freundin regelmäßig auf dem Soulhorsefarm-Kanal unter Beweis stellte. Aus Sicherheitsgründen verschwiegen sie deshalb, wer die genialen Fotos dort machte. Doch wer es wirklich wissen wollte, musste nur die Augen aufsperren. Lou war schließlich die Einzige im Forsthaus, die anstatt einer Mistgabel mit einer Kamera in der Hand herumlief. Es war also denkbar, dass irgendjemand irgendwann Lous Handschrift auf den beiden Kanälen erkannte und dann eins und eins zusammenzählte. Doch was würde dann geschehen? Denn während Lou den Werbedreh auf *Soulhorsefarm* in den letzten Tagen ordentlich angeteasert hatte, stand *Theofficialxlux* auf Instagram dem Ganzen enorm kritisch gegenüber. Wie würde die Fanbase also reagieren, wenn sie die Wahrheit rauskriegte? Ava konnte nur hoffen, dass das nie der Fall sein würde. Falls es nämlich doch so war … darüber wollte sie lieber nicht nachdenken. Schon gar nicht jetzt! Auf der Burgruine ging es auch so schon geschäftig genug zu, und Soraya war wegen des vielen Rummels ganz schön unruhig. Auch wenn Elaf mit Catalan dicht neben ihnen stand und ihnen Sicherheit gab. »Ruhig, meine Schöne«, sagte sie und ließ Soraya an Catalans Kruppe schnuppern. Das schien die blinde Stute etwas zu beruhigen, dennoch waren der Lärm und das Gewusel der Leute eine große Herausforderung. Sie hatten zwar in der letzten Woche pausenlos dafür geübt. Am Schluss konnte Ava mit Soraya sogar schon ein Stück zur Ruine hinauftraben, ohne dass Silverhorse sich im Wald erschreckte oder gar stolperte. Das hier jedoch war eine ganz andere Nummer! Es schien, als hätte jemand die Burg in einen gigantischen Riesenameisenhaufen verwandelt. Kameraleute, Marketingberater, Regieassistenten, Lichtausstatter, Schauspieler in Ritterkostümen, Make-up-Artisten, Stadtbeamte ... Ava hatte längst den Überblick verloren, wer hier wer war. Es reichte aus, Dylan zu kennen, den Mann mit der nerdigen Brille und dem Klemmbrett unterm Arm. Er schien so was wie die Oberameise zu sein. Jedenfalls war er es, der Ava stets das Storyboard unter die Nase hielt, wenn Soraya einen Einsatz hatte, damit sie die Silberstute dann so vor die Kamera dirigierte, wie Dylan sich das vorstellte.

Ts, als ob das so einfach war! Ava stöhnte genervt auf.

Auch Elaf neben ihr sah nicht besonders glücklich aus. »Jep, ich hab auch die Schnauze voll. Wie lange sollen wir denn noch hier rumstehen?«, murrte er.

Rasch schenkte Ava ihm ein dankbares Lächeln. »Bis die Sonne das alte Stadtwappen erreicht, darauf warten sie, hat mir Dylan vorhin gesagt«, erklärte sie und versuchte dabei, das nervöse Ziepen in ihrem Bauch zu ignorieren. Seit dem Vorfall mit dem roten Reh hatte sie es vermieden, um diese Zeit zur Burg zu gehen, was sich in den letzten Tagen ohnehin als leicht herausstellte. Denn vormittags musste Elaf im Café aushelfen. Und nachmittags trainierten sie mit Soraya oder schmissen einen Ponynachmittag, ehe Elaf abends eine Longenstunde von Elsie bekam. Dabei begleitete Ava ihn gern mit Soraya in der Reithalle. Und auch wenn das noch nicht als gemeinsamer Ausritt galt, fühlte es sich immer mehr danach an! Vor allem, weil Elaf unglaubliches Talent fürs Reiten besaß. Wenn er weiterhin so ehrgeizig dranblieb, würden sie bestimmt bald einen kleinen Ausritt wagen können. Vor allem jetzt, wo Soraya sich an den Wald gewöhnt hatte.

Jetzt mussten sie nur diesen doofen Werbedreh heil überstehen. Und die goldene Stunde, dachte Ava nervös. Sie konnte also nur hoffen, dass diesmal alles gut ging. »Wenn es so weit ist, soll ich mit Soraya rüberkommen, und danach können wir endlich verduften«, fügte sie hinzu.

»Und wenn wir sie inzwischen einfach ein bisschen grasen lassen? Vielleicht entspannt es sie ja«, schlug Elaf vor, als die Silberstute nun wieder zu schnorcheln begann.

»Ich weiß nicht«, murmelte Ava und zupfte an Sorayas Strick, um sie runterzuholen. »Dylan hat gesagt, ich soll in der Nähe bleiben …«

»Und was ist mit dort drüben?« Elaf deutete auf eine

Stelle, die ganz in der Nähe des Burgturms war. Dort war es nicht nur schattig, es stand auch hohes, dichtes Gras da. Und Leute waren dort auch nicht.

»Okay!« Ava nickte erleichtert und folgte Elaf und Catalan. Doch als sie neben dem Burgturm ankamen, wurde schnell klar, warum hier niemand stand. Die Böschung lag zwar im Schatten, war aber übersät von Brennnesseln und anderem Gestrüpp. Wenig begeistert fingen die Pferde zu grasen an.

»Zumindest ist es hier kühl«, murrte Elaf.

Ava nickte schlapp. Sie fühlte sich völlig kaputt. Dieses ständige Warten zwischen den Szenen war nicht nur richtig ätzend, sondern auch verdammt anstrengend. »Hoffentlich hat der Tag bald ein Ende«, murmelte sie.

Noch dazu war das Kamerateam heute bereits um fünf Uhr morgens bei ihnen im Forsthaus angerückt, damit sie die mystische Stimmung des Huldernebels einfangen konnten. Ava hatte Soraya dafür gestern noch bis spät am Abend herausgeputzt, und sich selbst auch ein bisschen. Denn obendrein hatte Ava dann auch noch erfahren, dass sie nun ebenfalls im Film mitspielen sollte, und zwar auf Sorayas Rücken. Die Anordnung war von Herrn Graf höchstpersönlich gekommen. Ava sollte vor laufender Kamera auf der Lichtung im Morgengrauen Soraya reiten, und zwar in voller Turniermontur, während der Huldernebel um ihre Beine kroch.

Eigentlich war Ava nicht scharf darauf gewesen, im Film

mitzuspielen. Hinterher jedoch, als sie ein paar von den Filmsequenzen hatte sehen dürfen, musste sie zugeben, dass es kein blöder Schachzug von Herrn Graf gewesen war. Soraya sah mit dem für Working Equitation typischen iberischen Sattel, der barocken Showtrense und der moosgrünen Satteldecke aus Samt wahrhaft wie ein echtes Feenpferd aus.

Ava hatte ebenfalls ihre Working-Equitation-Turnierjacke aus moosgrünem Samt an, und Elsie hatte ihr dafür sogar ihre geliebten braunen Schnürstiefel geliehen. Dahinter noch der wilde Feenhügel und der Huldernebel ... Plötzlich hustete Soraya, und Ava schreckte aus ihren Gedanken hoch.

»Was hat sie denn?«, fragte Elaf verwundert.

Schnell beugte Ava sich zu Soraya vor, um ihr Maul zu kontrollieren. »Keine Ahnung«, murmelte sie und klopfte ihr den Hals, während die Silberstute mit ihren milchigen Augen verdutzt blinzelte. »Hast wohl zu gierig gefressen, was, meine Schöne?«

Als Soraya daraufhin abschnaubte und mit dem Kopf schlug, als würde sie nicken, mussten Ava und Elaf lachen.

»Sie gibt es sogar zu«, sagte er und kraulte der Stute ebenfalls das Fell, was Ava total freute. Nicht nur, weil Elaf sich rührend um Soraya kümmerte. Es war auch, weil die Silberstute in letzter Zeit viel freundlicher und umgänglicher ihm gegenüber geworden war. Inzwischen durfte Elaf sie sogar streicheln, und das wirkte so, als hätte die blinde Stute ihn in ihre kleine Herde mit aufgenommen.

In dem Moment trat Dylan an sie heran. »Die Sonne steht bald richtig. Kommst du bitte mit Soraya an den markierten Platz, wie wir das vorhin besprochen haben?« Er deutete auf die Stelle. »Und achte darauf, dass die Augen etwas von der Mähne bedeckt sind. Nichts für ungut, aber ich glaube nicht, dass das echte Feenpferd von damals blind gewesen ist. Und sieh zu, dass du den Strick dabei so lang wie möglich hältst, damit du aus dem Kamerabild bist. Dann müssen wir hinterher nicht so viel schneiden. Es soll ja so aussehen, als wäre das Feenpferd *wild and free*. Also, ohne das Ding da auf dem Kopf …«

»Halfter«, murrte Ava. »Und ja, ich weiß. Du hast es mir vorhin schon gesagt, so ungefähr hundert Mal.«

Der junge Mann mit der megadicken Hornbrille auf der Nase ruderte entschuldigend mit seinem Klemmbrett in der Luft. »Okay, sorry, wollte nur sichergehen. Wir haben für diese Sequenz eben nur *one chance*. Wenn die Sonne hinter den Baumwipfeln verschwunden ist und wir das verpatzen, war's das, und ich bin einen Kopf kürzer«, hängte Dylan theatralisch an.

»Und das wollen wir doch nicht«, raunte Elaf leise hinter ihr. »Also, mach schnell, dann können wir endlich von hier abhauen. Ich stell mich mit Catalan dort drüben hin. Dann sind wir in Reichweite, nur zur Sicherheit.«

Dankbar schenkte Ava Elaf ein Lächeln und dirigierte Soraya auf die gewünschte Stelle. Dabei redete sie beruhigend auf das Silberpferd ein, damit es auch wirklich stillhielt und das tat, was Dylan ihr eingetrichtert hatte. Ava legte Sorayas silbernen Schopf so, dass die milchigen Augen etwas davon bedeckt wurden. Soraya aber schnorchelte wieder. Sie schien Catalan zu suchen, denn sie hob den Kopf und spitzte die Ohren, die Nüstern waren dabei weit gebläht.

Dieses Mal war das aber nicht von Nachteil. Denn so wirkte Silverhorse noch schöner. Noch mystischer. Dazu die imposante Burgkulisse im Hintergrund mitsamt der untergehenden Abendsonne. Alles war perfekt! Na ja, solange Soraya weiter stehen blieb und nicht gleich austickte. Es war Soraya deutlich anzusehen, dass alles schon wieder in ihr pulsierte, doch warum nur? Lag das wirklich an der goldenen Stunde? Geschah hier um diese Zeit tatsächlich etwas Magisches, das Soraya spürte?

»Nur noch ein bisschen«, versprach Ava. »Dann sind wir fertig. Also, steh, meine Schöne! Steeeh!« Die Arbeit mit den Stimmkommandos machte sich jetzt mehr als bezahlt. Soraya blieb wirklich reglos stehen, und Ava seufzte erleichtert auf. Gleich hatten sie es geschafft. Aus den Augenwinkeln sah sie, wie die Kameras auf sie gerichtet wurden. Alles lief nach Plan. Gleich würde die Sonne …

»Was für ein Clown!«, bellte plötzlich der Kameramann dazwischen und deutete wütend in die Richtung des Burgturms. »Der soll gefälligst aus dem Bild verschwinden, aber dalli!«

Genervt drehte Ava sich um. Wer war hier, bitte schön, so dämlich und rannte ausgerechnet *jetzt* ins Bild? Dann aber musste Ava lachen, als sie sah, wer dieser Clown war! »Was tust du denn hier? Wir drehen hier gerade, das weißt du schon, oder?«

Ihre beste Freundin grinste sie verlegen an. »Bin gleich weg«, nuschelte Lou. Tatsächlich sah Lou mit der Jeanslatzhose, die sie heute trug, dem Kringelshirt und den zweifarbigen Chucks wie ein Clown aus. »Ich will nur schnell auf den Burgturm rauf«, erklärte sie und machte Anstalten, auf die Sandsteinmauer zu klettern. »Für ein paar Luftaufnahmen ...«

»Mädchen, bist du lebensmüde?«, rief der Kameramann, als ihm klar wurde, was Lou vorhatte. »Der Turm ist für Besucher gesperrt! Siehst du das Schild dort nicht?«

»Aber da ist ein Brett«, verteidigte Lou sich und deutete auf den Übergang zwischen Burgmauer und Turm. »Wenn man oben auf der Mauer ist, kann man ganz leicht ins Innere des Turms. Dort in der Mitteletage ist eine Leiter, ich kann sie sehen. Die führt rauf bis unters Dach. Und von dort hat man eben die beste Sicht.«

»Runter! Sofort!«, befahl nun auch Dylan und verscheuchte Lou, indem er sie glatt an den Latzhosenträgern packte und einfach aus dem Kamerabild zog. Dabei nuschelte er etwas von Sonne und Untergehen und *no time*.

»Oh Mann! Was soll denn das? Dann klettere ich eben auf die Eiche«, murrte Lou beleidigt, als Dylan sie endlich losgelassen hatte.

Belustigt sah Ava zu, wie Lou blitzschnell die Chucks auszog und sich die Kamera über die Schultern warf. Dann hangelte sie sich auch schon wie ein Äffchen den großen Stamm hinauf, noch ehe Dylan sie erneut an den Hosenträgern packen konnte. Schon war sie in der Baumkrone verschwunden.

Kurz guckten alle am Set verdutzt, ehe der Kameramann rief: »Jetzt aber schnell! Und Action!«

Ava versuchte, sich wieder zu konzentrieren. Denn auch sie merkte, dass der Augenblick gekommen war. Die goldene Stunde, auf die alle gewartet hatten.

Die Sonnenstrahlen fielen nun im perfekten Winkel auf das Wappen, und die Silbermähne des alten Feenpferds begann wieder zu leuchten. Ava hielt die Luft an, als sie nach oben blickte. *Flammenrot.* Die Mähne des Feenpferdes brannte schon wieder wie Feuer. Klar, was sonst!

Auch wenn Ava nicht an dieses blöde Orakel glauben wollte, rumorte es dennoch in ihrem Bauch. Warum nur machte sie das Feenfeuer so nervös? Das Orakel war doch reiner Aberglaube!

Wenigstens blieb Soraya immer noch stehen, obwohl sie ebenfalls mächtig kribbelig wirkte. Bestimmt, weil Lou neben ihnen im Baum herumkletterte, versuchte Ava sich einzureden. Und nicht wegen des Feenfeuers. Nein! Denn so etwas war einfach unmöglich. Das alles war bloß reine Einbildung!

Und trotzdem hatte Ava erneut das ungute Gefühl, dass jemand sie anstarrte. Sie spürte eindeutig das Kribbeln im Nacken. Doch als sie sich umdrehte, war da niemand. Nur der Burgturm mit seinem Wappen und den Restmauern befand sich hinter ihnen … und das Feenpferd mit seiner Feuermähne …

Plötzlich durchzuckte Ava die Erinnerung. Misstrauisch guckte sie hinauf zum Wappen. Sie hätte schwören können, dass sie dort eben einen Schatten in einem der Bogenfenster gesehen hatte. Und war der nicht auch ein bisschen rot gewesen? Irritiert schüttelte sie den Kopf. Nein, das war unmöglich! Mit Sicherheit spielte ihr übermüdetes Gehirn ihr einen fiesen Streich. Dort oben auf dem Turm konnte niemand sein. Und schon gar nicht wurde das Feenpferd zur goldenen Stunde lebendig! Wenn sie sich nicht schnell am Riemen riss, würde Soraya Avas Unsicherheit spüren – und dann war die ganze Arbeit futsch!

Wie von selbst suchte Ava Elafs Blick. Als er sie anlächelte, fühlte sie sich prompt besser.

Soraya hingegen hob den Kopf. Und dann stieß sie ein markantes, gellendes Wiehern aus, das ihnen allen zugleich durch Mark und Bein fuhr und erst Sekunden später im Wald verebbte. Dabei klang es wie eine Warnung. Avas Nackenhaare sträubten sich. Nicht nur sie wirkte plötzlich wie erstarrt. Auch allen anderen erging es gleich. Innerhalb einer Sekunde wurde es auf der Burg mucksmäuschenstill. Keiner bewegte sich, keiner redete. Alle blickten wie gebannt auf das silberne Pferd, dessen Fell sich im Abendlicht rötlich spiegelte, als würde es in Flammen stehen. Für einen Augenblick stand die Welt still. Die Zeit verschwamm vor ihren

Augen, und das Vergangene wurde mit einem Schlag spürbar. Fast konnte man meinen, das echte Feenpferd stand vor ihnen. Ava hätte schwören können, dass nicht nur sie davon erzitterte.

»Wir haben es!« Die Stimme des Kameramanns durchbrach schließlich den Bann. Die Wirklichkeit ordnete sich wieder in der richtigen Reihenfolge ein, indem sie sich drehte wie ein Zeitkarussell, und der Trubel gewann erneut Oberhand. Die Leute begannen zu reden und rannten umtriebig herum.

Sofort ging Ava mit Soraya auf Elaf zu, während Dylan hinter ihnen jubelte. »It's a wrap, Leute! Wir haben es geschafft! Amazing job! Well done!«

Eilig begannen die Werbeleute ihre Sachen einzupacken. Die Zaungäste trollten sich, und ein wildes Durcheinander folgte.

»Wollen wir auch abhauen?«, fragte Elaf.

Ava nickte heftig. »Ich hol nur noch schnell Lou!« Sie übergab Elaf Sorayas Strick und lief hinüber zur alten Eiche.

Dort war ihre beste Freundin eben aus der Baumkrone geplumpst.

Sie schüttelte sich die Blätter aus dem Lockendutt und jubelte: »Der Einsatz hat sich gelohnt. Das werden Megafotos!« Sie sah Ava strahlend an. »Hast du meine Chucks?«

»Nein, wieso?«

Lou guckte verwundert. »Ich habe sie vorhin doch hier ausgezogen. Wo sind sie denn jetzt?«

Ava suchte den Platz ebenfalls mit ihren Augen ab, doch von Lous Schuhen fehlte plötzlich jede Spur. Auch die Werbeleute hatten sie nicht weggeräumt, wie Dylan ihnen versicherte.

Lous Chucks blieben spurlos verschwunden.

»Na toll«, knurrte sie, als sie Ava in Socken über die spitzen Steine folgte. »Wer klaut, bitte schön, meine Schuhe? Was mache ich denn jetzt?«

»Du könntest auf Catalan nach Hause reiten«, schlug Elaf vor, als sie ihm davon erzählten.

»Oder auf Soraya?« Ava grinste ihre Freundin an. Als Lou daraufhin jedoch noch grimmiger guckte, fügte sie hastig hinzu: »Frag doch einfach Dylan, ob du mit ihnen zurück in die Stadt fahren kannst. Die sind mit Autos da. Und deine Schuhe tauchen schon wieder auf, wetten?«

Lou seufzte. »Echt super! Eine Fahrt mit Dylan! Yeah, I'm so excited!«, äffte sie seine Stimme nach und tippelte in Socken rüber zu den Marketingleuten, die eben ihr Equipment fertig verstaut hatten.

Ava sah, wie Lou in einen der Geländewagen kletterte. Dylan winkte noch mal, dann fuhr der erste Wagen schon davon. Auch die anderen folgten ihm bald, und mit einem Schlag kehrte wieder Stille auf der Burg ein. Es war, als würde der alte Platz vor Erleichterung aufatmen.

Instinktiv guckte Ava hoch zum Wappen. Ohne die Abendsonne sah das Feenpferd gar nicht mehr so spektakulär aus. Und auch nicht so gruselig. Ava zuckte mit den Schultern.

»Was ist?«, fragte Elaf.

»Ach, ich glaube, ich sehe schon Gespenster. Lass uns einfach gehen, ja?« Zügig lenkte sie Soraya in Richtung Wald. So konnte Ava nicht sehen, wie am Bogenfenster erneut ein rötlicher Schatten vorüberhuschte ...

Klamm fühlen sich meine Beine an. Ich kauere hinter der alten Mauer, rieche den Moder in den Ritzen und spüre, wie heftig mein Herz gegen die Rippen schlägt. Es kommt mir vor, als könnte ich nichts anderes hören als dieses Herztrommeln. Wawumm. Wawumm. Wawumm.

Beinahe hätte es mich verraten, beinahe wäre ich aufgeflogen, weil ich zu abgelenkt war. Hier oben, in meinem Reich. Ich dachte, hier wäre ich sicher ...

Wie konnte ich auch ahnen, dass sie hierherkommen!

Na gut, es kommen ständig Leute rauf zur Burg. Aber die gucken bloß oder sitzen auf den Mauerresten herum und schießen Selfies. Und dann starren sie stundenlang ins Tal, wo sich die Stadt zu ihren Füßen ergießt, in der Hoffnung, dass sie Abstand kriegen von dem, was dort unten auf sie lauert.

Aber deswegen ändert sich nichts. Ich weiß das nur zu gut. Das Sitzen und Starren bringt gar nichts, ich habe es schon oft ausprobiert. Immerhin hocke ich schon lange genug auf dem Turm. Na ja, wenigstens haben sie mich hier oben noch nicht gefunden.

Nein, das stimmt nicht ganz. Das Silberpferd sieht mich

immer, was erstaunlich ist, denn es ist ja *blind.* Vielleicht hat es mehr vom Feenpferd, als sie alle ahnen ...

Quatsch! Jetzt fängst du auch noch damit an. Das ist doch alles nur Gelaber. Dafür habe ich jetzt die Schuhe, und das ist gar nicht so übel! Die verschiedenen Farben sind zwar lächerlich, aber das ist egal. Es hat sich gelohnt, sie zu holen, auch wenn ich damit ein verdammtes Risiko eingegangen bin. Erschöpft krieche ich hinter der Mauer hervor und lasse mich auf meinen Schlafsack plumpsen. Endlich bin ich wieder allein. Die Geräusche des Waldes verfangen sich unter der Kuppel des Turms und lullen mich ein wie in eine weiche Decke. Ich atme erleichtert aus. Der alte Burgturm gehört eben nur mir allein. Es ist mein Platz! Und niemand darf ihn mir wegnehmen. In Zukunft werde ich das Brett verstecken müssen, dann kommt auch niemand auf die Idee, hier hochzuklettern. Dieser Gedanke ist beruhigend, und mein Herz schlägt wieder normal.

Der Sommerwind singt nun ein Abendlied und lässt die Blätter rauschen, die Gräser pfeifen. Schön ist es, dem Zephyr beim Wispern zuzuhören, und ich fühle mich auf sonderbare Weise darin geborgen. In Gedanken spiele ich mit einer roten Haarspitze und schnappe mir dann den Apfel, den ich vorhin einem Kameramann stibitzt habe. Dann überkreuze ich die Beine im Schneidersitz, der Rucksack dient mir als Rückenlehne. Mit der einen Hand halte ich den Apfel, mit der anderen scrolle ich im Handy rum. Ab und zu blicke ich hinaus auf den orangefarbenen Horizont hinter den Baumwipfeln. Plötzlich drängt sich ein jäher Gedanke in mein Bewusstsein. Ich blicke auf den Apfel in meiner Hand. Vielleicht, überlege ich, sollte ich dem Feenpferd den Apfel bringen. Es ist schließlich das einzige Wesen, das über mich Bescheid weiß. Und vielleicht wird es Zeit, etwas dagegen zu unternehmen.

#STALKER

Die Blätter tanzten über ihnen in den Bäumen, als würden sie kleine Pirouetten drehen, die wiederum flirrende Schattenbilder auf den moosigen Waldboden warfen. Der Sommerwind spielte mit ihnen Fangen, und das klang, als summte er dabei fröhlich, ein Lied, das so alt war wie die Erde selbst. Wohlig seufzte Ava auf.

Soraya war so entspannt wie schon lange nicht mehr. Ava ließ sie daher einfach am langen Zügel gehen. Dabei ritt sie ohne Sattel und spürte die Wärme und die geschmeidigen Bewegungen unter ihr.

Auch Elaf ritt ohne Sattel. Er hatte die Beine fest um Catalans Bauch geschlungen, die Knie etwas angezogen. Jederzeit dazu bereit, auf dem Waldweg einen Galopp hinzulegen. Als er sich nun zu ihnen umdrehte, hatten seine Augen die Farben des Waldes angenommen. Sie leuchteten jetzt sommergrün und verschmolzen förmlich mit der Umgebung. In Elafs Blick lag etwas Wildes, Freies. »Bereit?«, fragte er voller Vorfreude.

Ava nickte atemlos. Sie griff in Sorayas Silbermähne und

nahm die Zügel auf. Das Silberpferd spannte augenblicklich seine Muskeln an, als hätte es darauf gewartet. Ungeduldig schlug es mit seinem Kopf, und Ava ließ es gewähren. Auch Soraya lechzte nach Freiheit, Ava spürte das nur zu gut. Ihr ging es genauso. Gleich würden sie gemeinsam fliegen! Dieses Mal auf eine Weise, die gänzlich anders war. Ohne Vorschriften, ohne Plan, ohne Ziel. Einfach, weil sie es jetzt konnten!

Schon ließ Elaf Catalan angaloppieren. Der große graue Wallach sprang mit donnernden Hufen über den Waldweg. Soraya setzte hinterher. Zuerst langsam, dann immer schneller. Der Wind peitschte Ava ins Gesicht, und die sommerwarme Waldluft füllte ihre Lungen. Sie spürte, wie der Wind in ihre Haare fuhr und sie schweben ließ.

Dieser Moment! Wie lange hatte sie auf ihn gewartet! Auch Soraya wieherte vor Begeisterung, und beinah hatte Ava das Gefühl, von innen heraus zu glühen! Alles schien nun zu glühen!

Sie schenkte Elaf ein strahlendes Lächeln, als er sich zu ihnen umdrehte, immer noch im wilden Galopp um die Wette mit dem Wind.

Dabei erstarrte sein Gesicht. In Elafs Augen spiegelte sich jetzt nicht mehr der Sommerwald, sondern etwas, das Ava schreckliche Angst einjagte. Doch wie war das möglich? Die Burg war doch weit entfernt, das Feenpferd nicht in Sicht, und dennoch lag es in seinen Augen.

Das Feenfeuer.

Bestürzt wendete Ava den Blick ab … und sah es somit selbst.

Nun wusste sie, woher das Glühen kam. Sorayas Mähne brannte lichterloh! Und das Silberpferd wieherte nicht, sondern schrie vor Schmerz! Panisch versuchte Ava, Soraya durchzuparieren, doch sie reagierte nicht, sondern rannte wie von Sinnen weiter, an Catalan und Elaf vorbei. Schon ließen sie die beiden weit hinter sich. Jetzt waren nur noch sie beide übrig, das Silberpferd und das Goldmädchen. In Flammen. Vergeblich versuchte Ava, Soraya zum Stehen zu bringen, um etwas gegen das Feenfeuer zu unternehmen. Doch es schien, als wäre das Schicksal unausweichlich. Schließlich brach das Silberpferd zusammen und begrub Ava mit seinem schweren Körper unter sich. Das Letzte, das sie spürte, war Sorayas schneller, heißer Atem. Dann wurde es dunkel.

Jäh schreckte Ava hoch und sah um sich. Sie war ja gar nicht im Wald, sondern lag in ihrem Bett. Durch die Jalousien drang die Sonne grell ins Zimmer. Ava blinzelte. Das Handy neben ihr vibrierte pausenlos. Doch das Einzige, das sie wahrnahm, war dieses Brennen in ihrer Brust. Es war so stark, dass sie kaum Luft kriegte. Mühsam versuchte Ava, sich zu beruhigen, ihren Atem unter Kontrolle zu bringen. Es war nur ein Traum gewesen! Oder besser gesagt, ein Albtraum! Und der war verdammt echt gewesen. Ava schluckte schwer.

Denn seit Silverhorse in ihr Leben gekommen war, hatte sie schon mal so etwas erlebt. Da hatte sie auch von Soraya geträumt, und es hatte sich im Nachhinein als wahr herausgestellt. Ava konnte nicht erklären, wie so etwas möglich war. Eines aber wusste sie: Das alles war ganz schön unheimlich! Deshalb hatte sie das mit dem Traum damals auch nicht an die große Glocke gehängt. Nicht mal Lou wusste bis jetzt davon ... und das sollte auch so bleiben. Mit Esoterik und dem ganzen Firlefanz hatte sie nichts am Hut. Es kam ihr eher so vor, als ob die Träume eine Art Botschaft waren. An sie. Fragte sich nur, von wem?

Von ihrem Unterbewusstsein? Oder stammten sie von Soraya? Oder waren es gar die Feen, die über die Traumwelt mit ihr kommunizierten? Damit Ava das Feenpferd behütete, weil es ihre Bestimmung war? Wie beim verwundeten Ritter in der Legende? Ava stöhnte auf. Wenn eines stimmte, dann, dass sie alles dafür geben würde, um Soraya zu beschützen. Ging es Silverhorse nicht gut, ging es ihr nicht gut. Und wenn der Traum ihr damit sagen wollte, dass ihre Idee mit dem Ausreiten mies war, dann war das zwar bitter, aber Ava würde es akzeptieren und Soraya zuliebe ihren eigenen Wunsch in den Wind schlagen.

Andererseits war es bloß ein Traum gewesen, mehr nicht. Sollte sie also wirklich so schnell klein beigeben?

Vielleicht war ihr Hirn einfach matschig von gestern und spielte ihr einen dummen Streich? Immerhin hatte sie seit dem Beginn der Sommerferien so gut wie keine freie Minute gehabt. Ava fühlte sich wirklich etwas benommen. Außerdem brannten Pferde nicht einfach so, das war schlicht unmöglich. Bestimmt steigerte sie sich da in etwas hinein.

Soraya ging es gut, der Werbefilm war im Kasten, und die Ferien hatten gerade erst angefangen. Alles war bestens! Kein Grund, sich Sorgen zu machen. Das Feenfeuer hatte nichts zu bedeuten. Dieser Sommer würde schön werden! Etwas anderes wollte Ava auch gar nicht zulassen. Nicht nach den letzten Monaten! Und dennoch blieb dieses ungute Gefühl. Auch wenn sie sich noch so sehr einredete, dass alles in Ordnung war und der Traum nur ein dummer Traum war.

Bei Feengold ist dir das Schicksal hold. Bei Feenfeuer ist es nicht geheuer.

Ha, ha, sehr witzig, ihr Feen!, dachte Ava knurrend und zog sich wütend das Kissen über den Kopf, in der Hoffnung, dass dadurch ihre wirbelnden Gedanken Ruhe gaben. Da brummte das Handy erneut. Eigentlich hatte Ava es auf lautlos geschaltet, doch dann vergessen, die Vibrierfunktion ebenfalls auf *Off* zu stellen. Wer zum Teufel rief sie dauernd an? Konnte man nicht ein Mal in Ruhe ausschlafen? Doch plötzlich jagte Ava ein eiskalter Schauer über den Rücken. Was, wenn etwas mit Soraya nicht stimmte? Brummte deshalb ihr Handy in einer Tour, und hatte sie deshalb diesen Traum? Weil er eine Warnung war? Vor ihrem inneren Auge sah Ava schon Elsies Nummer auf dem Display aufleuchten, doch dann seufzte sie auf, als sie sich das Handy gekrallt hatte.

Lou, dreizehn Anrufe in Abwesenheit, stand dort. Wütend schüttelte Ava den Kopf. Es war erst zehn Uhr morgens! Quasi mitten in der Nacht, wenn man endlich mal ausschlafen konnte. Hatten die beiden nicht ausgemacht, dass sie heute einfach nur chillen wollten?

Ava war noch völlig kaputt vom gestrigen Drehtag, und Soraya brauchte ebenfalls eine Pause. Kein Reiten, keine Ponytage, kein Ausmisten, sondern bloß Rumhängen und einen Rieseneisbecher im Durmerlin-Café verdrücken. Schon gar nicht wollte Ava noch länger an diesen bescheuerten Traum denken. Jetzt aber mit Lou zu quatschen, darauf hatte sie ebenfalls keine Lust. Denn dazu war sie schlichtweg zu müde. Doch wieder vibrierte das Handy. Dieses Mal kam eine Textnachricht auf WhatsApp.

LOU: Geh endlich ran! Ich muss mit dir reden!
AVA: Hab noch gepennt. *gähn* Was ist denn los?
LOU: Kann ich am Handy nicht sagen. Können wir uns treffen? Gleich? Oben auf der Burg?

Verwundert blickte Ava auf Lous Zeilen. Irgendetwas musste passiert sein. Lou wirkte richtig durcheinander. Auf keinen Fall konnte sie sie jetzt hängen lassen. Schon gar nicht, weil Lou ja auch ständig für sie da war. Ava gab sich also einen Ruck.

AVA: In einer Stunde, okay? Aber nicht oben auf der Burg.

LOU: Wieso nicht? Ich muss was überprüfen. Außerdem will ich meine Schuhe wiederhaben.
AVA: Und ich bin dir noch einen Eisbecher schuldig. *grins*

Die Burg und sein bescheuertes Wappen konnten Ava gerade echt gestohlen bleiben. Außerdem musste Elaf im Café seiner Eltern aushelfen. So konnte sie wenigstens zwei Fliegen mit einer Klappe schlagen und nicht nur Lou den versprochenen Eisbecher spendieren, sondern auch Elaf sehen.

AVA: Sag bloß, du willst kein Eis? *schock*
LOU: Von mir aus, dann im Café. Bis später!
AVA: *daumenhoch*

Sie legte das Handy weg und streckte sich. Wenn sie nicht zu spät kommen wollte, musste sie sich beeilen. Schon wieder! Mühsam kroch Ava aus den Federn. Als sie ins Badezimmer schlurfte, hörte sie ihre Mutter in der Küche klappern. Sofort besserte sich Avas Laune. In der Wohnung roch es nämlich herrlich nach Porridge. Selbst gemacht mit Blaubeeren und Ahornsirup. So, wie sie ihn am liebsten mochte. Den konnte sie sich auf keinen Fall entgehen lassen. Hastig rannte sie zurück ins Zimmer und tippte:

AVA: Sagen wir in zwei Stunden. *grins*

Dann marschierte sie schnurstracks in die Küche, wo ihre Mutter den Tisch für sie beide gedeckt hatte. Ihr Vater war um diese Zeit schon längst bei der Arbeit. Ihre Mutter aber hatte derzeit ebenfalls Sommerferien, weil sie als Grundschullehrerin arbeitete.

Paula Gildstein strahlte ihre Tochter an. »Ich dachte, wir frühstücken mal wieder zusammen. In letzter Zeit hast du ja kaum noch Zeit für irgendwas anderes als für deine Soraya.«

Ava ließ sich auf den Küchenstuhl fallen. »Super Idee!«, seufzte sie dankbar. Das war genau das, was sie jetzt brauchte. Der süß-kräftige Duft des Porridges stieg ihr in die Nase und vertrieb für einen Moment den dämlichen Albtraum.

»Da bist du ja! Endlich!« Ava hatte eben ihr Rad abgeschlossen, als Lou auch schon auf sie zugerannt kam.

»Tut mir leid«, erklärte Ava. »Meine Mum hatte schon Frühstück gemacht. Da wollte ich sie nicht hängen lassen.« Sie nickte erstaunt auf Lous Chucks. »Cool! Du hast sie ja wieder. Wo waren sie denn?«

»Das sind die anderen zwei«, knurrte Lou.

Stimmt, jetzt fiel es Ava auf. Die Farben waren anders herum. Links rot und rechts grün. Sie lachte. »Gar nicht so blöd mit den verschiedenen Schuhen. So hast du automatisch immer zwei Paar.«

Lou aber antwortete nicht, sondern guckte weiter grimmig. Irgendwas schien sie ordentlich durcheinanderzubringen. So still und knurrig hatte Ava ihre Freundin schon lange nicht mehr erlebt.

Anfangs, als Ava neu in die Klasse gekommen war, war Lou ständig so gewesen. Hatte kaum ein Wort gesagt, sondern nur vor sich hin gestarrt. Wie jetzt! Was war nur los mit ihr? War sie etwa sauer, weil Ava gestern ihren Job beim Filmdreh gut gemacht hatte? Tja, bestimmt würde sie es bald erfahren.

Gemeinsam gingen sie auf den Pavillon zu und setzten sich an einen der Tische, die im Freien standen. Er war mit einem großen Sonnenschirm beschattet, und das war auch gut so. Nicht nur, weil es schon wieder ziemlich heiß war. Auch der Blick auf die mächtige Burgruine, die über ihnen auf dem Felsmassiv thronte, wurde so versperrt. Viele Gäste kamen wegen dieser Aussicht hierher. Ava aber war heilfroh, die Ruine nicht sehen zu müssen.

Als einer der Kellner kam, bestellten sie zwei große Eisbecher. Und auch dieses Mal sah es einfach zu köstlich aus. Von Elaf hingegen fehlte jede Spur. Wie es schien, hatte er wohl Spüldienst.

»Und?«, fragte Ava, als sie den ersten Löffel Eis im Mund hatte. Genüsslich schloss sie für einen Moment die Augen. Elafs Vater machte wirklich mit Abstand das beste Eis der Stadt. »Was gibt es denn so Dringendes?«

Lou sah sich unsicher um. Das Café war um diese Zeit nicht so voll wie sonst. Erst drei Tische weiter saß jemand und las in der Zeitung. Dennoch beugte Lou sich jetzt zu

Ava rüber und flüsterte: »Hast du heute schon auf Insta geguckt?«

Ava runzelte die Stirn. Lou hatte es zuletzt geschafft, ihr altes Handy neu aufzusetzen, damit Ava sich die App endlich aufs Handy laden konnte, was sie auch getan hatte. Dennoch konnte Ava sich nicht für diesen Kram begeistern. Was nicht bedeutete, dass sie es nicht toll fand, was Lou auf Insta zustande brachte. Dennoch war es eben Lous Ding. Nicht ihres. Ava steckte sich eine Himbeere in den Mund und grinste. »Ich bin mir sicher, du hast mal wieder gezaubert.«

Lou verdrehte ihre Nutellaaugen und kramte ihr Handy hervor.

»Schau mal!«, erklärte sie dann und hielt Ava ihr Smartphone unter die Nase. »Das habe ich auf den Soulhorse-farm-Account gestellt.«

Es war ein Schnappschuss von der gestrigen goldenen Stunde. Soraya sah wirklich prachtvoll aus. Stolz trug sie den Kopf hoch, und ihre silberne Mähne leuchtete im Abendlicht. Als Ava jedoch das flammende Wappen darüber sah, lächelte sie gequält. »Wow! Schon so viele Likes!«, presste sie hervor.

Lou aber reagierte nicht, sondern wischte weiter. Dabei senkte sie ihre Stimme. »Und schau mal, das hat XluX gepostet«, murmelte sie.

Ava blickte auf eine Luftaufnahme der Stadt. Ein Meer aus Häusern ergoss sich darauf, mit Asphaltschlangen und

Fabriktürmen. In der Mitte befand sich ein einziger grüner Fleck entlang der Andra. Er war rot eingekringelt. Darunter stand: #neucassisburg #xluxsiehtalles #sowieesdannaussieht

Betroffen betrachtete Ava das Foto. »Echt schrecklich«, murmelte sie, als ihr die Bedeutung hinter dem Foto klar wurde. »Wenn Neu-Andra kommt, wird die Stadt sich total verändern.« Sie suchte Lous Blick. »Bist du deshalb so durch den Wind?«

»Quatsch«, unterbrach Lou sie. »Noch ist Neu-Andra nicht gebaut. Es ist wegen …« Sie brach ab und blickte sich erneut um. Dann scrollte sie auf dem Handy und raunte so leise, dass Ava die Ohren spitzen musste, um Lou zu verstehen. »Deswegen.« Sie drehte ihr das Smartphone hin und sah dabei nun richtig käsig aus. »Als ich das Foto gestern Abend online gestellt habe, habe ich kurz darauf diese Nachricht hier bekommen. Und zwar auf dem Account von XluX.«

Ava las die Zeilen.

Hübsches Foto von der Eiche, liebe XluX.
#nichtnurdusiehstalles

Für einen Moment klappte Ava der Mund auf. »Shit« war alles, was sie schließlich herausbrachte. Fassungslos starrte sie ihre Freundin an. Langsam dämmerte ihr, was los war.

»Kapierst du jetzt, warum ich mit dir quatschen musste?«,

flüsterte Lou. »Jemand ist mir auf der Spur! Jemand, der mich ausspioniert und jetzt Bescheid weiß.« Hastig steckte sie das Handy wieder weg, als wäre es ein Beweismittel.

Lous Worte hallten in Avas Kopf nach. *Jemand, der mich ausspioniert …*

Mit einem Schlag musste Ava an die Situationen denken, in denen Soraya sich in letzter Zeit so seltsam verhalten hatte. Wie auch gestern bei der goldenen Stunde … bei der Ava sogar das merkwürdige Gefühl gehabt hatte, angestarrt zu werden.

»Wie? Du meinst, du hast einen Stalker?«, murmelte sie verblüfft. »Oh Mann! Weißt du was? Das passt sogar!« Ava riss vor Überraschung die Augen auf. »Soraya hat das die ganze Zeit mitbekommen, dass da jemand ist. Im Wald. Deshalb war sie auch so komisch drauf. Nur wir haben das eben nicht gerafft …« Ava hielt inne. »Okay, da war schon so ein Gefühl, wenn ich ehrlich bin. Aber ich wollte nichts sagen. Weil das eben total gruselig gewesen wäre, wenn ich damit richtiggelegen hätte. Und schließlich mussten wir ja auch noch trainieren, und so sicher war ich mir dann auch wieder nicht«, gab sie kleinlaut zu, als Lou mit großen Augen zurückstarrte.

»Du wusstest es?«, japste sie.

Rasch schüttelte Ava den Kopf. »Nein, natürlich nicht. Na gut, vielleicht …Mensch, tut mir total leid. Ich hätte was sagen sollen. Aber ich hab gehofft, dass ich mir das alles nur einbilde. Bestimmt deshalb der Traum.«

Irritiert schüttelte Lou den Kopf. »Welcher Traum?«

»Ach, hab nur schlecht geträumt heute, das ist alles«, antwortete Ava ausweichend und flüsterte stattdessen: »Aber so hat er es rausgekriegt. Er hat gesehen, wie du gestern auf die Eiche geklettert bist, und dann das Pic auf Insta. Da hat er es durchschaut.«

»Mist, du hast recht! Daran hab ich gar nicht gedacht! Bis jetzt war ich immer total vorsichtig. Hab drauf geachtet, dass mich niemand sieht, wenn ich Fotos mache. Deshalb die ganze Geheimnistuerei. Damit so was nicht passiert! Und jetzt doch! Verdammt, wie konnte ich nur so hirnlos sein?« Lou sah Ava verzweifelt an. »Und bestimmt hat der Verrückte auch meine Chucks geklaut. Damit kommt er sich wohl richtig cool vor. Was mach ich denn jetzt? Ich kann doch nicht zur Polizei ...« Ihre Stimme wurde ganz dünn.

Ava schluckte schwer. Lou hatte recht und Ava keine passende Antwort parat. Das Einzige, an das sie gerade denken konnte, war: Ach, hätte ich doch nur den Mund aufgemacht und davon erzählt, dass ich mich beobachtet gefühlt habe. Dann wäre das hier vielleicht gar nicht passiert. So aber war Lous Geheimidentität jetzt wohl aufgeflogen. Immerhin wusste der Stalker, das XluX ein Mädchen war und kein Junge. Das war Beweis genug.

»Hast du ihm zurückgeschrieben?«, fragte Ava mit schlechtem Gewissen.

Lou schüttelte ihre braunen Locken, die heute mit einem

sonnengelben Band zusammengehalten wurden. »Ich hab den Account gecheckt. Er ist ein Fake und führt ins Leere. Außerdem bin ich nicht doof und schreib dem«, knurrte sie.

»Eben«, versuchte Ava, sie beide zu beruhigen. »Jetzt warte erst mal ab. Vielleicht hat sich da jemand bloß einen blöden Scherz erlaubt. Oder es ist einer, der sich bloß wichtigmacht und dein Geheimnis sowieso behüten will. XluX ist ein Held hier, vergiss das nicht. Wer will dir schon schaden?«

»Florentine!«, kam es prompt aus Lous Mund. »He, wart mal.« Lous Nutellaaugen begannen zu funkeln. »War da nicht was Rotes, als wir vor einiger Zeit mit Flauschbär und Soraya bei der Ruine gewesen sind? Und jetzt rate mal, wer rote Haare hat!«

Verblüfft ließ Ava den Eislöffel in die Schale knallen. Konnte es sein, dass die Oberzicke ihnen schon die ganze Zeit hinterherspionierte, um ihnen mal wieder das Leben schwer zu machen, und so zufällig auf Lous Geheimnis gestoßen war?

Ava stöhnte auf. »Kann die uns nicht ein Mal in Ruhe lassen?«

Lou wollte gerade etwas sagen, als plötzlich Elaf an ihrem Tisch stand. »Wer denn?«, fragte er fröhlich.

#FEENFEUER

Elaf sah zwischen Ava und Lou hin und her. »Was habe ich verpasst, während ich eine Million Eisbecher gespült habe? Ich glaube, meine Hände waren noch nie so sauber wie jetzt. Mir wachsen bestimmt bald Schwimmhäute!« Elaf grinste breit, als er beiden je eine kleine Schale mit Eis unter die Nase hielt. »Ach ja, Paps experimentiert mal wieder an einer neuen Eissorte rum«, erklärte er und stellte schwungvoll die Eisschüsseln vor ihnen auf den Tisch. »Na, und jetzt weiß er nicht, ob er sie in die Karte aufnehmen soll oder nicht. Normalerweise macht Ria den ultimativen Geschmackstest, doch heute weigert sie sich. Tja, und als ich euch zwei hier draußen sitzen gesehen habe ... voilà! Ich präsentiere Orangen-Kurkuma mit Erdmandelkrokant. Ähm, ja ... seid ehrlich, okay?«

Ava zwang sich zu einem Lächeln. »Ja, klar!«, war alles, was sie rausbrachte. Hastig nahm sie einen Löffel davon. »Wow, schmeckt interessant«, sagte sie schnell.

Auch Lou probierte. Doch ihr war anzusehen, dass sie

mit den Gedanken ganz woanders war. Sie verzog den Mund, als hätte sie in eine Zitrone gebissen. »Deine Schwester ist schlau, Elaf! Ria wusste schon, warum sie nicht probieren wollte. Also, ich bleibe definitiv bei Schoko!«

Elafs markante Augenbrauen kräuselten sich. »Echt? So mies?«

Lou schob die Eisschale von sich. »Noch mieser, wenn du es genau wissen willst.«

»Ach, mir schmeckt's!«, meinte Ava freundlich und steckte sich wie zum Beweis noch einen Löffel Eis in den Mund.

»Na ja, du findest ja auch Limetteneis gut«, meinte Lou schulterzuckend. »Das gilt also nicht.«

Ava grinste. »Ja, genau, und du bist völlig unparteiisch, du Schokojunkie!« Wenn es nach Lou ging, gab es nur eine Eissorte, die in ihren Augen genießbar war, nämlich Schoko!

Elaf seufzte. »Sorry, fifty-fifty ist leider zu wenig. Orange-Kurkuma ist somit durchgefallen«, sagte er und schenkte Ava ein schiefes Lächeln. »Aber ich glaube, er wird's ohnehin verkraften. Seit ich ihm nämlich vom Werbedreh erzählt habe, will Paps jetzt glatt eine Eissorte für Soraya entwerfen und es dann *Feeneis* nennen. Er meint, das wird ein Renner.«

»Ernsthaft?« Ava verschluckte sich fast am Eis.

Elaf grinste noch breiter. »Wenn er die Silberfarbe hinkriegt, schon. Das wird zwar etwas knifflig werden, aber

Paps hat da schon ein paar Ideen mit schwarzem Tee und so …« Er machte eine Pause und blickte wieder zwischen den beiden Mädchen hin und her. »Und? Was ist jetzt mit dem Beef? Kommt schon, sonst rede ich hier nur noch von Eissorten.« Er stöhnte auf.

Hastig linste Ava rüber zu Lou, doch die zuckte bloß mit den Schultern.

»Ach, da ist nichts«, murmelte sie bloß.

So blieb auch Ava nichts anderes übrig, als zu schweigen, obwohl ihr das echt nicht leichtfiel. Elaf hatte das einfach nicht verdient, so ausgeschlossen zu werden. Doch sie hatte Lou schließlich versprochen, niemandem von XluX zu erzählen, und so entstand eine peinliche Stille, die auch Elaf mitkriegte.

»Okaaay«, sagte er daraufhin. »Wenn nichts ist, dann kann ich ja wieder abwaschen gehen«, murmelte er und stiefelte davon.

Bedrückt blickte Ava ihm hinterher. Es war offensichtlich, dass Elaf gekränkt war. In letzter Zeit hatten sie zu dritt eine Menge durchgestanden, und ginge es nach Ava, hätte sie Elaf schon längst von XluX erzählt. Vielleicht hätte er ja sogar eine brauchbare Idee, wie sie Florentine zum Schweigen bringen konnten. »Ich finde, du solltest ihn einweihen«, sagte sie.

Lou aber schüttelte den Kopf. »Wenn Florentine dahintersteckt, dann weiß es bald sowieso jeder«, murrte sie mit Grabesstimme.

Ich schleiche durchs hohe Gras. Lautlos wie ein Tiger.

Niemand hört mich. Niemand sieht mich, und das gibt mir ein verdammt gutes Gefühl. Jetzt, wo ich es weiß!

Ich kenne diese Aussicht nur zu gut, bin selbst schon etliche Male auf die alte Eiche geklettert. In der Hoffnung, dass mich die Dinge dort nicht erwischen, die unten auf mich lauern. Der Blick von der Baumkrone ist in der Tat noch besser als vom Turm. Trotzdem erwischen sie mich. Auch in der Baumkrone, aber zumindest weiß ich es jetzt.

Wow!

Fast bin ich beeindruckt. Ach was, ich bin es!

Damit habe ich schließlich nicht gerechnet. Und hätte ich gestern Abend nicht zufällig durch Insta gescrollt, hätte ich es auch niemals herausgefunden. Doch jetzt weiß ich es. Ich weiß, wer XluX ist! Hammer!

Sollten sie also hinter mein Geheimnis kommen, dann weiß ich jetzt ihres. Und dieses Gefühl macht mich verdammt sicher. Und stark. Damit werden sie mich nicht mehr verpfeifen, wenn es hart auf hart kommt. Jetzt bin ich *safe*.

Deshalb habe ich gestern zur Sicherheit auch noch die Nachricht geschickt. Sie sollen ruhig wissen, dass ich Bescheid weiß. Okay, nicht ich. Sondern jemand.

Jemand weiß es! Das reicht fürs Erste völlig.

Mit diesem Gefühl der Überlegenheit trete ich aus dem Dickicht. Dort vorne ist schon das Forsthaus. Ich spiele mit dem Apfel in meiner Hand. Eigentlich ist es nicht mehr nötig, zum Silberpferd zu gehen. Wenn es mich beim nächsten Zusammentreffen verrät, ist das jetzt nicht mehr weiter schlimm. Und dennoch will ich irgendwie zu ihm, ich kann nicht anders. Ich lasse den Blick über die Lichtung schweifen. Heute scheint es ruhig zu sein, das kommt mir gelegen. Bis jemand mitkriegt, dass ich hier gewesen bin, bin ich längst wieder weg. Ich gucke hinüber zu dem Platz, wo das Silberpferd sonst immer steht, und will schon losstarten. Doch dieses Mal ist der Paddock leer. Verdattert bleibe ich am Waldrand zwischen den Bäumen stehen. Hinter mir gurgelt die Hulder. Seltsam, denke ich.

»Komm schon!«, bettelte Ava, nachdem sie für sie beide bezahlt hatte. Ihr Taschengeld war jetzt zwar auf ein Minimum geschrumpft, aber versprochen war nun mal versprochen. Sie schwang sich auf ihr Rad und sah ihre Freundin an.

Lou zuckte mit den Schultern. »Weiß nicht«, nuschelte sie, immer noch blass um die Nase. »Was hast du denn vor?«

Ava grinste. »Wir gehen schwimmen«, beschloss sie. Denn auch sie hatte ein mulmiges Gefühl. Der Albtraum von heute Morgen saß ihr noch in den Knochen, und das Wissen, dass Florentine plötzlich Lous Geheimnis wusste, machte das Ganze nur noch schlimmer. Höchste Zeit also, dass sie etwas dagegen unternahmen. Und wo ging das besser als an ihrem Lieblingsort? »Bei der Affenhitze kann man auch gar nicht anders«, meinte sie. »Wir waren schon ewig nicht mehr dort. In der Sandgrube können wir wenigstens ungestört quatschen und uns überlegen, was wir mit Florentine anstellen. Gefallen lassen wir uns das jedenfalls nicht!«

Das schien ein gutes Argument zu sein, denn Lou seufzte: »Von mir aus«, und schwang sich ebenfalls aufs Rad.

Gemeinsam fuhren sie das kurze Stück durch den Wald in Richtung Forsthaus. Verschlafen lag es in der grellen Mittagssonne. Nichts regte sich, nicht mal eine Brise wehte auf der Lichtung. Die Koppeln waren staubtrocken, die Luft flirrte, und Ava fragte sich, wann es wohl mal wieder regnen würde. Ein bisschen Abkühlung würde den Weiden nicht schaden, und ihr selbst auch nicht. Es war inzwischen so heiß, dass Ava das Gefühl hatte, ihr Hirn brutzelte schon davon. Vermutlich war das auch der Grund, dass sie es erst mitkriegte, als sie schon vor dem Forsthaus standen. »Nanu? Wo ist denn Soraya?« Verblüfft schaute Ava rüber zu dem leeren Paddock. »Und Catalan?«

Lou zuckte mit den Schultern. »Keine Ahnung. Vielleicht hat Elsie sie über Mittag in den Stall gestellt, weil es so heiß ist.« Geräuschvoll pustete sie sich eine braune Locke aus dem Gesicht. Lous blau-grüne Tunika klebte förmlich an ihrem Körper, und Ava fragte sich, warum ihre Freundin so was bei dieser Hitze überhaupt trug. Lou sollte einfach das anziehen, was sie wollte. Doch im Grunde war das ihre Sache. Ava sah ihre Freundin daher fragend an. »Kommst du mit?« Sie nickte zum Stallgebäude, in dem sich Sorayas Box befand. »Ich will kurz Hallo zu ihr sagen!«

Lou aber schüttelte ihr Vogelnest. »Geh ruhig allein. Ich

schau nach Flauschbär, und dann lass uns schwimmen gehen, okay?«

Ava nickte und lief los.

Auf dem Hof war es ruhig, was nichts Ungewöhnliches für diese Uhrzeit war. Nach dem Essen machte Silvester gern ein Mittagsschläfchen, und Elsie arbeitete im Büro den Schreibkram ab, weil es im Forsthaus herrlich kühl war und sie den Pferden in der Mittagshitze ebenfalls ein Päuschen gönnte. War vielleicht das der Grund, warum Soraya nicht draußen war?

Als Ava die Stallgasse betrat, spürte sie die Kühle, die ihr entgegenkam. Die alten Mauern des Forsthauses schirmten die Julihitze ziemlich gut ab. Ava holte Luft, dann blinzelte sie, bis sich ihre Augen an die Dunkelheit gewöhnten ... und stutzte. Der Stall war leer. Bis auf zwei Boxen am Ende der Stallgasse.

»Hä, Catalan? Was machst du denn hier?«, fragte Ava verblüfft, als sie darauf zuging. Sonst stand der Holsteiner hinter der Reithalle im Ausbildungsstall bei den anderen Gastpferden und nicht hier vorne bei Guinevere und den anderen Stuten. Hatte Elsie ihn etwa hier reingestellt, damit Soraya Gesellschaft hatte? Oder war es umgekehrt? Verwundert ging Ava weiter. Catalan hob den Kopf und schnaubte leise zur Begrüßung, dann widmete er sich wieder seinem Heusack. Von Soraya hingegen kam kein Mucks. Sie hob nicht mal den Kopf wie sonst, wenn sie Avas Schritte in der Stallgasse hörte.

»Ernsthaft? Heute kein Hallo, meine Schöne?«, murmelte Ava und schob die Boxentür auf. »Bist wohl auch ziemlich platt von ges…« Sie verstummte.

Soraya trug auf einmal eine Fliegenmaske auf dem Kopf. Aber nicht eine gewöhnliche, die nur die Ohren bedeckte. Sondern eine spezielle, die ihre Augen verdunkelte. Eine Augenmaske also. So eine, die die Pferde trugen, wenn sie Probleme mit ihren Augen hatten. Ava hatte die schon im Internet gesehen, doch warum hatte Soraya jetzt so eine auf? Und dann traf sie die Antwort wie der Blitz!

Sorayas Augen!

Mit pochendem Herzen ging Ava auf sie zu, während ihr ein eiskalter Schauer über den Rücken jagte. Mit einem Mal war es hier drin nicht mehr angenehm kühl, sondern eisig geworden. Ava fröstelte.

Die schöne Silberstute hob kurz den Kopf, dann senkte sie ihn wieder, so, als wäre sie in der Tat ziemlich schlapp. Ava kniete sich deshalb zu ihr ins Stroh und hob vorsichtig die Maske an, um in ihre Augen zu blicken. Beide waren rot und tränten. Auch die Augenlider waren geschwollen. Dabei blinzelte Soraya, als würde sie das Licht nicht vertragen, obwohl es hier drin ziemlich dunkel war. Als Ava in Sorayas trübe Augen blickte, begannen ihre Gedanken im Kopf herumzuwirbeln, als wären sie in einen wilden Schneesturm geraten, und Ava fröstelte noch mehr. Mit einem Mal keimte ein schrecklicher Verdacht in ihr auf. Konnte das möglich sein?

»Wie … wieso?«, stotterte sie, während sie sanft über Sorayas Hals strich, um sie zu trösten. Das Fell der Silberstute war angenehm warm, und beinah hatte Ava das Gefühl, dass nicht sie das Silberpferd tröstete, sondern das Pferd sie. Impulsiv schlang sie die Arme um den Pferdehals. »Warum ausgerechnet jetzt? Gestern ist doch noch alles noch gut gewesen?« Als ihre stammelnden Worte in der Stille des Stalls verklungen waren, wurde Ava klar, dass das so nicht stimmte.

Gestern war nichts gut gewesen! Zumindest nicht für Soraya. Denn gestern war der Drehtag gewesen – und Silverhorse mächtig angespannt, was Stress bedeutete. Doch der war nicht gut, schon gar nicht für Pferde, die ERU hatten. Ava plumpste ins Stroh, als ihr klar wurde, dass sie mit ihrem Verdacht recht hatte: Soraya hatte also wieder einen Entzündungsschub!

Innerlich hatte sie zwar gewusst, dass so etwas stets passieren konnte, und es deshalb schrecklich gefürchtet – aber es dennoch verdrängt. Nun aber war es so, und … sie … sie … war sie etwa daran schuld? »Weil ich den Dreh zugelassen und mitgemacht habe, obwohl ich wusste, dass es nicht gut für dich ist!« Beklommen blickte Ava zu Soraya, die schrecklich teilnahmslos in ihrer Box stand. Schon spürte sie, wie ihr die Tränen hochstiegen. Sie brannten in der Kehle wie Feuer. Wie *Feenfeuer*!

Ava wurde eiskalt. Der Traum! Hatte er sie etwa vorgewarnt? Wie das Feenfeuer auf der Burg? Hatte das Wappenpferd ihr etwa die ganze Zeit sagen wollen, dass sie auf den Werbedreh hätte pfeifen sollen?

Doch Ava hatte nur an ihren perfekten Sommer gedacht …

Aber nicht nur sie, fiel ihr plötzlich ein, und eine Welle der Wut überrollte sie. War Silvester nicht genauso daran schuld? Hatte er sie nicht hinterlistig dazu überredet?

Zornig auf Silvester, aber noch viel mehr auf sich selbst, rappelte Ava sich hoch und lief zurück in den Innenhof. Neben der Sattelkammer befand sich der Eingang zum Wohntrakt der Hennellys.

Wie immer empfing Ava die übliche Kulisse im Flur, die sie im Grunde so sehr mochte. Wo sonst wie üblich Mäntel und Jacken auf den Kleiderhaken hingen, baumelten hier unzählige Halfter. Auf dem Treppengeländer befand sich ein Springsattel, auf den Stufen davor lag eine Abschwitzdecke. Elsies braune Schnürstiefel lehnten in einer Ecke. Als ein leises Schnarchen aus der Küche an ihr Ohr drang, ließ Ava mit Karacho die Hoftür ins Schloss fallen und marschierte schnurstracks in Elsies Büro. Sie fand die Pferdetrainerin hinter ihrem Laptop.

»Du bist also schon bei ihr gewesen?«, sagte Elsie prompt, als sie in Avas Gesicht blickte.

Das Mädchen nickte. »Aber warum hast du mich denn nicht gleich angerufen?«, klagte Ava. Klar, es war nicht ihr Pferd, trotzdem hätte sie gern sofort Bescheid gewusst.

»Hab ich doch«, antwortete Elsie. »Gleich heute Morgen, aber du bist nicht rangegangen.«

»Oh!« Schuldbewusst biss Ava sich auf die Lippen. Klar doch, dachte sie dann. Sie hatte das Handy ja auf lautlos gestellt und dann geglaubt, die vielen Anrufe seien nur von Lou gekommen, sodass sie später in der Anrufliste nicht mehr nachgeschaut hatte. Dabei hatte sie anfangs sogar richtiggelegen, erinnerte Ava sich jetzt. Nach dem Albtraum war die Angst um Soraya übermächtig gewesen, sodass sie geglaubt hatte, irgendetwas stimme nicht mit ihr. Es war also wirklich eine Botschaft gewesen … doch diese Erkenntnis half ihr jetzt auch nicht viel weiter. »Sie hat einen neuen Schub, oder?«, fragte Ava stattdessen. »Wegen … dem Werbedreh?«

»Das kann man so nicht sagen«, meinte Elsie sanft. »Solche Schübe können jederzeit auftreten, so ist die Krankheit nun mal.«

Ava seufzte. Schließlich hatte sie im Internet schon eine Menge darüber gelesen, und dennoch breitete sich nun eine ungeahnte Schwere in ihr aus. Kurz hatte sie nämlich gehofft, Elsie hätte vielleicht eine andere Erklärung dafür, eine viel harmlosere. So aber schien alles darauf hinzudeuten, dass sich Sorayas Augen tatsächlich wieder entzündet hatten. Doch je mehr Schübe ein Pferd ertragen musste, umso geschädigter wurde das Auge. Sie bedeuteten nicht nur schreckliche Schmerzen, sondern auch, dass man das Pferd irgendwann davon erlösen musste. Indem man in einer Operation die Augen entnahm, also amputierte, sodass danach nur noch die leeren Augenhöhlen übrig blieben.

Was für eine schauerliche Vorstellung, dachte Ava beklommen. Allein der Gedanke daran ließ sie zittern. Würde Soraya mit ihrem Temperament überhaupt damit zurechtkommen? Mit so einer Operation und der ganzen Nachversorgung? In ihrer gewohnten Umgebung war Silverhorse vielleicht ein liebes Pferd. Doch Ava hatte in den letzten Tagen selbst miterlebt, wie Soraya sein konnte, wenn ihr etwas Unbehagen bereitete. »Hast du schon den Tierarzt herbestellt?«, murmelte sie.

Elsie schüttelte ihr kurzes braunes Haar. »Noch nicht. Ich würde lieber gern noch etwas warten. Oft tut Boxenruhe gut, und die Augen beruhigen sich, falls es doch kein Entzündungsschub ist und sie auf etwas anderes reagiert. Im Sommer haben viele Pferde Probleme mit den Augen. Und sonst trägt sie ja jetzt die Augenmaske. Die hält nicht nur die Fliegen fern, sondern dunkelt auch die Augen ab. Das wird ihr vorerst Erleichterung verschaffen, und morgen sehen wir weiter.«

»Und wenn es morgen nicht besser ist?«, hakte Ava nach.

Elsie seufzte. »Dann müssen wir mit ihr in die Klinik. In dem Stadium wird meist ein Ultraschall von der Netzhaut gemacht, um zu erkennen, wie weit die Entzündung schon fortgeschritten ist. Unser Tierarzt kann das aber nicht vor Ort machen. Sein mobiles Ultraschallgerät ist derzeit defekt, sonst hätte er sie gleich hier untersucht. Ich habe vorhin mit ihm telefoniert. Wir müssen leider in die Klinik. Ich hoffe aber sehr, dass es nicht so weit kommt. Du weißt ja, wie schwierig sie ist. Erst recht in fremder Umgebung.«

»Na, wer wird denn hier gleich den Teufel an die Wand malen!« Eine polternde Stimme dröhnte plötzlich hinter ihnen, und Ava zuckte vor Schreck zusammen. Sie hatte Silvester gar nicht kommen hören, obwohl er sonst mit seinem Gehstock und den humpelnden Schritten einen Höllenlärm veranstaltete. Hastig drehte sie sich zu ihm um. Elsies Großvater blieb in der Tür stehen. Seine sonst so wachen Augen wirkten noch etwas schläfrig und sein weißer Bart etwas zerknittert. Schadenfroh erkannte Ava, dass das Türzuknallen vorhin seine Wirkung gezeigt hatte.

Silvester Hennelly schüttelte seinen weißhaarigen Kopf. »Jetzt macht euch doch nicht gleich verrückt«, meinte er gutmütig. »Soraya hatte schon früher Probleme mit der Hitze. Und die Fliegen tun auch das Ihrige dazu. Sie war gestern eben sehr lange draußen, es kann gut sein, dass die Augen nur gereizt sind. Es ist schon merkwürdig, dass sie den Schub plötzlich auf beiden Augen hat. Warten wir also erst mal ab, und dann sehen wir weiter. Vielleicht ist ja alles halb so wild.«

Es war offensichtlich, dass Silvester sie damit nur trösten wollte, doch Ava klappte vor Zorn der Mund auf. *Halb so wild?* Sag mal, ging's noch? Wie konnte Silvester nur so gelassen reagieren! Soraya stand nur wenige Meter weiter in ihrer Box und hatte schreckliche Schmerzen – und er quatschte bloß rum! Dabei war es doch eigentlich seine verdammte Aufgabe, auf *sein* Pferd zu achten! Und mit einem Mal explodierten Avas Emotionen. »Ist es aber!«, schrie sie wutentbrannt und funkelte Silvester an. »Es ist schlimm! Und es ist auch, verdammt noch mal, unsere Schuld, dass das passiert ist, deine und meine! Du hast uns zu diesem Quatsch doch erst überredet. Ich wollte das gar nicht. Der Werbedreh war viel zu viel für sie. Schon nach dem Turnier habe ich dir gesagt, dass jetzt Schluss damit ist. Ständig soll Soraya uns retten und wird rumgeschoben wie eine Zirkusnummer, weil sie das Feenpferd sein soll – aber wer ... wer rettet sie?«

Silvester schien es die Sprache verschlagen zu haben. Er sah Ava nur mit seinen seltsamen Augen an, und das machte sie glatt noch wütender. »Abwarten bringt nichts, kapierst du das endlich? Hättest du das schon früher gerafft, wäre sie erst gar nicht blind!«, blaffte sie ihn an. Als Ava merkte, wie sehr die letzten Worte ihn getroffen hatten, wandte sie hastig den Blick ab und stürmte aus dem Büro. Im Grunde war es verdammt unfair, so etwas zu behaupten. Vor allem, weil Albertinas Tod mit einer der Gründe war, warum Silvester Sorayas Krankheit erst spät erkannt hatte. Elsies Großvater hatte deswegen schreckliche Gewissensbisse, das hatte er ihr selbst mal im Vertrauen erzählt. Es ihm auf diese Weise heimzuzahlen, war schon ziemlich heftig. Das wurde ihr im nächsten Moment schlagartig bewusst, doch jetzt war es zu spät. Ava hatte es bereits gesagt. Leider passierte ihr so etwas ständig. Durch ihr feines Gespür trug sie viel zu oft ihr Herz auf der Zunge und sprach Dinge aus, die vielleicht der Wahrheit entsprachen, aber eben auch sehr verletzend waren. Wie eben! Kurz überlegte sie umzukehren, um sich zu entschuldigen. Doch als sie Elsie hörte, die ihren Großvater verteidigte, indem sie rief: »Ava, das war jetzt aber so was von daneben! Graps hat recht, die geröteten Augen können auch von der Hitze kommen«, da wurde Ava nur noch zorniger!

»Na gut! Wenn ihr nichts unternehmt, dann mach ich das eben!«, fauchte sie und stürmte auf den Hof hinaus, wo sie im nächsten Moment mit niemand Geringerem als mit Florentine zusammenkrachte. »Wo kommst du denn so plötzlich her? Spionierst du uns wieder nach?«, schnauzte Ava ihre Erzfeindin an.

Florentine schüttelte irritiert ihr langes rotes Haar, das sie heute zu zwei eleganten Zöpfen geflochten hatte. »Was läuft denn bei dir nicht richtig?«, murrte sie und ging geradewegs in Richtung Schuppen, wo sie die Mistkarren und Schaufeln bunkerten. »Dir blöder Bitch habe ich das erst zu verdanken, dass meine Ferien für die Tonne sind. Aber glaub mir, dafür wirst du schon noch bezahlen!« Florentine ließ ihre Zöpfe fliegen, als sie Ava ein fieses Grinsen über die Schultern warf, und verschwand dann in der Holztür.

Wie vom Donner gerührt blieb Ava stehen. Das klang ja wie eine Drohung! Wenn das kein Beweis dafür war, dass Florentine hinter der anonymen Nachricht auf Insta steckte.

Doch dafür hatte sie gerade überhaupt keinen Kopf. Ava wollte nur weg von hier. Nein, das stimmte nicht ganz. Eigentlich wäre sie am liebsten bei Soraya geblieben. Doch dann hätte sie sich wohl oder übel mit Elsie und Silvester aussprechen müssen, und das schaffte sie auf keinen Fall. In ihrem Bauch herrschte das absolute Gefühlschaos, und das musste sie erst mal unter Kontrolle kriegen, ehe sie den beiden gegenübertrat. Hastig rannte sie zu den Rädern.

»Was ist denn passiert?«, fragte Lou augenblicklich, die dort auf sie wartete.

»Soraya hat wieder einen Schub.« Mühsam brachte Ava die Worte über die Lippen. Als Lou sie fragend anguckte, erklärte Ava, was das zu bedeuten hatte.

Ihre Freundin kräuselte daraufhin die Stirn. »Das heißt, wir gehen also nicht schwimmen?«

»Nein« war alles, was Ava herausbrachte. Dann sprang sie auch schon auf den Fahrradsattel und gab ihrem Rad die Sporen.

AVAWIELAVA

Den ganzen Nachhauseweg brodelte es in Avas Bauch. So sehr, dass sie die Fahrt im Rekordtempo zurücklegte. Irgendwann verlor sie Lou hinter sich, doch deswegen trat sie nicht weniger schnell in die Pedale. Noch immer sah sie Silvesters Gesichtsausdruck vor sich, als sie ihm ihre Angst entgegengeschleudert hatte. Ja, es verfolgte sie beinahe. Denn es war Angst, die Ava so zu schaffen machte, nicht Wut. Das wurde ihr allmählich klar, je länger sie das Rad durch die Stadt jagte. Als sie endlich zu Hause ankam und sich heulend ins Bett verkroch, wich das letzte Fünkchen Selbstbeherrschung schließlich auch noch und machte einer tiefen Verzweiflung Platz. Ava spürte sie jetzt so deutlich, dass sie nicht anders konnte. Dicke Tränen rollten über ihre Wangen. Bald war ihr Kissen ganz durchnässt davon. Doch sie konnte nicht anders. Die Angst, nach Flint jetzt auch noch Soraya zu verlieren, war zu mächtig. Zu stark! So bemerkte sie ihre Mutter erst, als sie schon ins Zimmer gekommen war und sich auf die Bettkante setzte.

»Ich habe geklopft, aber du hast mich nicht gehört«, sagte Paula Gildstein und strich Ava behutsam über den Rücken. »Was ist denn los? Ich hab dich so herzzerreißend schluchzen gehört. Ist was mit Soraya?«

Ava nickte schniefend und begann zu erzählen. Dabei wurde das Gesicht ihrer Mutter immer betroffener.

»Davor haben wir uns, ehrlich gesagt, schon gefürchtet«, gab Paula Gildstein schließlich zu, als Ava geendet hatte. »Dein Vater und ich waren uns von Anfang an darüber im Klaren, dass ein krankes Pferd nicht unbedingt das Beste für dich ist, nachdem du schon Flint verloren hast. Auch wenn es nur dein Pflegepferd ist und nicht dein eigenes ...« Ihre Mutter brach ab, als Ava ihr einen wütenden Blick zuwarf.

»Ich werde sie bestimmt nicht im Stich lassen, falls du darauf hinauswillst«, knurrte sie.

Paula Gildstein schüttelte lächelnd den Kopf. »Davon bin ich auch nicht ausgegangen«, antwortete sie, und so etwas wie Stolz klang in ihrer Stimme. »Was meint denn Elsie dazu? Oder Silvester? Kann man da nichts dagegen unternehmen?«

»Schon, aber die tun gar nichts«, stöhnte Ava und erzählte den Rest. Daraufhin wich die Freundlichkeit aus den Augen ihrer Mutter, und Paula Gildstein seufzte.

»Mensch, Ava! Wir haben doch schon so oft darüber gesprochen. Du wirst lernen müssen, deine Gefühle besser unter Kontrolle zu haben, um mit deiner Begabung umzugehen.«

Ava schniefte empört. Ts, Begabung, blablabla! Ihr kam ihre besondere Persönlichkeit eher wie ein Klotz am Bein vor. Dabei gab es sogar einen Namen für das, was sie war. Hochsensibel. Und das hatte nichts mit Hochintelligenz zu tun oder gar damit, dass sie eine Heulsuse war. Nein, das war Ava ganz und gar nicht. Sie war eher ... na, wie Lava eben, schoss es ihr durch den Kopf. Denn *Ava wie Lava* umschrieb es ganz gut, wie sie sich in solchen Momenten fühlte. Hochsensibel zu sein, bedeutete nichts anderes, als dass man Reizen gegenüber sehr empfänglich war. Und dadurch konnte es schon mal passieren, dass man sich vorschnell in etwas reinsteigerte. Eben weil man die Dinge um sich herum sehr viel klarer, intensiver und dadurch auch impulsiver wahrnahm, als andere Menschen es vermochten. Das war Fluch und Segen zugleich.

Um ehrlich zu sein, wäre Ava gern oft so wie alle anderen. Okay, vielleicht nicht so plump wie Nivo, diese Kartoffel. Oder so kaltherzig wie Florentine. Aber nicht ständig das Gefühl haben zu müssen, dass einem gleich der Kopf platzte, weil alles auf einmal einströmte, das wäre schon nicht übel. Nur auf dem Rücken eines Pferdes gelang es Ava, völlig sie selbst zu sein und zugleich die ganze Energie des Tiers zu spüren. Würde sie ihr ganzes Leben auf dem Pferderücken verbringen, wäre diese Sache mit der Hochsensibilität tatsächlich von Vorteil. So hingegen ... »Danke, ich pfeif drauf!«, schnarrte sie.

Ihre Mutter sah sie streng an. »Es liegt nun mal an dir,

was du daraus machst, Ava! Du kannst rumjammern oder etwas daran ändern. So läuft das. Aber auf alle Fälle wirst du dich bei ihm entschuldigen. Und bei Elsie«, fügte sie bestimmt hinzu.

»Das weiß ich selbst«, murrte Ava trotzig, weil sie es nicht leiden konnte, wenn ihre Mutter so mit ihr sprach. Sie war kein kleines Kind mehr! Schon bald würde sie dreizehn sein, und da konnte sie doch wohl schon für sich selbst entscheiden, wie sie zu sein hatte oder eben nicht.

Aber hatte ihre Mutter trotzdem nicht auch ein bisschen recht? Nicht nur mit dem, was Silvester betraf?

Zwar nervte es oft, dass ihre Mutter stets das Positive im Leben sehen wollte. Paula Gildstein war auch die Einzige von ihnen gewesen, die nach der Firmenpleite am schnellsten auf die Beine gekommen war. Während Avas Vater noch immer mit seinem neuen Leben in Cassisburg haderte und Ava selbst erst kürzlich das Gefühl verspürte, wieder Boden unter den Füßen gefunden zu haben, war ihre Mutter von Beginn an mit Feuereifer und Optimismus an die Sache herangegangen. Neues Leben, neues Glück, hatte sie damals gesagt und einfach das Beste daraus gemacht. Konnte es also nicht schaden, ein bisschen was von Mamas Rat anzunehmen? Ava linste vorsichtig unter dem Kissen hervor. »Kann ich deinen Computer haben, bitte?«

Ihre Mutter seufzte. »Klar, ich bring ihn dir.«

Wenige Zeit später saß Ava im Schneidersitz auf ihrem Bett und scrollte durchs Internet. Alles, was sie zu ERU fand, las sie sich wissbegierig durch. Und je mehr sie darüber las, umso mehr kam sie zur Erkenntnis, dass Elsie und Silvester recht hatten. Entzündungsschübe konnten jederzeit auftreten, man war nicht vor ihnen gefeit. Womit die beiden jedoch völlig danebenlagen, war, erstmal abwarten zu wollen. Trat ein Schub auf, war rasches Handeln unabdinglich. Nur so konnte man verhindern, dass die Netzhaut zu sehr angegriffen wurde.

Es war also richtig gewesen, ihre Meinung zu sagen, dachte Ava. Ja, es hätte freundlicher sein können. Das war ihr im Nachhinein auch klar. Doch was jetzt? Wie sollte sie Elsie und Silvester verklickern, dass Soraya dringend Hilfe brauchte, und zwar sofort!

Aus reiner Neugierde begann Ava die Tierarztkliniken rund um Cassisburg zu googeln, und blieb schließlich an einer Adresse kleben.

Dr. Katja Grünberg, stand da. Tierärztin mit Fachrichtung Augenheilkunde, Neueröffnung in Cassisburg. Wenn das kein Zufall war! Sofort klickte Ava auf den Button, der sie zu der Website von Dr. Grünberg weiterleitete, und staunte. Die Tierärztin schrieb in einem eigenen Menüpunkt explizit über ERU bei Pferden. Das schien so etwas wie ihr Fachgebiet zu sein. Als Ava das Foto neben dem Artikel betrachtete, auf dem die Ärztin gerade ein Pferdeauge untersuchte, begann ihre Haut vor Aufregung zu kribbeln. Das konnte nun echt kein Zufall mehr sein! Es war vielmehr ein Zeichen! Denn diese Tierärztin hielt ein tragbares Ultraschallgerät in der Hand! Genau so eines, das Soraya laut Elsie brauchte! Ava zögerte keine Sekunde. Sie nahm ihren ganzen Mut zusammen und schrieb Dr. Grünberg eine Mail:

Liebe Frau Dr. Grünberg,

mein Name ist Ava Gildstein. Ich bin fast dreizehn Jahre alt und schreibe Ihnen das deshalb gleich zu Beginn, damit Sie wissen, womit Sie es zu tun haben. Oder besser gesagt, mit wem. Ich habe nämlich kein Geld, um Sie bezahlen zu können. Aber ich bin so verzweifelt, dass ich nicht anders kann, als Sie um Ihre Hilfe zu bitten.
Ich habe gelesen, dass Sie neu in der Stadt sind. Daher weiß ich nicht, ob Sie schon mal von der Legende des Feenpferds oben auf der alten Burgruine gehört haben? Es hatte damals Mertlin, Freiherr von Cassisburg, vor vielen Jahrhunderten das Leben gerettet. Doch niemand wusste, woher das silberne Pferd so plötzlich gekommen war. Da meinten die Leute, es müsse wohl von den Feen geschickt worden sein.
Genau so ein silbernes Pferd ist mein Pflegepferd. Sie heißt Soraya und ist leider seit einiger Zeit blind, weil sie ERU hat. Bis jetzt ging es ihr damit gut. Sie zeigte keine Schmerzen, und ich kann sie sogar supertoll reiten. Seit heute ist das jedoch anders. Ich glaube, sie hat

einen erneuten Entzündungsschub. Ihre beiden Augen sind ganz rot und geschwollen. Ihre Besitzer wollen aber noch etwas abwarten, weil sie hoffen, dass es vielleicht von selbst wieder gut wird. Aber ich habe im Internet gelesen, dass das bei ERU ein großer Fehler ist.
Da Soraya aber sehr temperamentvoll ist, würde es für sie fürchterlichen Stress bedeuten, für eine Untersuchung in die Pferdeklinik zu fahren. Viel besser wäre es, wenn das in ihrer gewohnten Umgebung geschehen würde. Und da ich gesehen habe, dass Sie ein mobiles Ultraschallgerät besitzen, wollte ich Sie deshalb fragen, ob Sie sich vielleicht dazu bereit erklären würden, Soraya anzuschauen, ohne Geld …
Ich weiß, das ist nicht üblich – und meine Bitte bestimmt auch ziemlich dreist. Aber glauben Sie mir – ich schreibe Ihnen nur, weil ich völlig verzweifelt bin. Ich will Soraya auf gar keinen Fall verlieren. Und noch viel weniger will ich, dass sie Schmerzen hat. Sie ist mein Leben. Ohne sie weiß ich gar nicht, was ich machen soll.

Ihre Ava Gildstein

Als Ava fertig getippt hatte, starrte sie auf die Zeilen. Das würde niemals klappen, aber sie war so verzweifelt, dass ihr nichts Besseres einfiel. Hastig schrieb sie noch ihre Telefonnummer hinzu und klickte dann eilig auf *Senden*, ehe sie es sich noch mal anders überlegte. Im Grunde wusste sie, dass das schon wieder eine ihrer übereilten und deshalb meist unglücklichen Ideen war. Kein Tierarzt dieser Welt würde eine so teure Untersuchung einfach umsonst machen. Aber wie Mama schon sagte: Nichts zu tun, war auch keine Lösung.

Doch Elsie würde mit Sicherheit wieder toben, wenn sie rauskriegte, was Ava eben getan hatte. Aber irgendwie war ihr das egal. Sie tat es für Soraya! Und mit diesem Wissen klappte sie den Laptop zu.

Das Smartphone schrillte am nächsten Morgen. Verschlafen hob Ava ab. »Ja?«, nuschelte sie.

»Hallo, Ava, hier ist Doktor Grünberg. Hab ich dich geweckt?«

Mit einem Schlag saß Ava kerzengrade im Bett. Sie hatte zwar nur noch gedöst, weil sie nicht wusste, wie sie das mit Silvester und Elsie wieder geradebiegen sollte, ohne dass sie sich dabei noch mehr in die Wolle kriegten. Jetzt aber war sie wirklich wach!

»Nein, gar nicht«, stammelte sie aufgeregt. »Sie haben meine Mail gelesen?«

Doktor Grünberg lachte durchs Telefon. »Offensichtlich, und ob du es glaubst oder nicht, ich möchte dir helfen. Dir und deiner Soraya! Von euch beiden hab ich nämlich schon gehört. Als Kind habe ich in Cassisburg gelebt und kenne die Legende also nur zu gut. Früher wollte ich auch immer ein Feenpferd haben«, erzählte Doktor Grünberg. »Und als wir vor Kurzem wieder hergezogen sind, habe ich dich sogar in der Zeitung gesehen. Ihr zwei habt das Working-Equitation-Turnier am Cassisburg-Championat gewonnen, nicht?«

»Ja«, antwortete Ava atemlos. Sie konnte kaum glauben, was da eben passierte. »Und Sie würden uns wirklich helfen? Und wollen kein Geld dafür?«

Die Tierärztin seufzte durchs Telefon. »Solange das unter uns bleibt«, meinte sie verschwörerisch. »Sonst kriege ich am Ende nur noch solche Aufträge. Und von denen kann ich schlecht leben.«

»Ja, klar«, sagte Ava schnell. »Tut mir leid ...«

»Das braucht es nicht«, meinte die Tierärztin. »Ab und an kann ich mir so etwas schon leisten. Du hast außerdem völlig recht. Deine Soraya braucht in der Tat schnelle Hilfe. Kannst du also in einer Stunde im Stall sein? Sie steht im Forsthaus, richtig? Ich weiß, wo das ist. Und die Besitzer sind damit einverstanden?«

»Ja, ja, klar«, stammelte sie aufgeregt, obwohl das natürlich nicht wirklich der Wahrheit entsprach. Doch davon wusste die Tierärztin zum Glück nichts.

»Gut, dann bis gleich!« Doktor Grünberg legte auf.

Ava aber saß immer noch wie versteinert im Bett. Die Tierärztin wollte wirklich kommen? Soraya würde bald Hilfe kriegen? Das war ja phantastisch ... nur ... hatte das Ganze einen gehörigen Haken! Und der wurde ihr jetzt schlagartig bewusst. Gestern war es ihr noch egal gewesen, was Elsie und Silvester dazu sagen würden. Die Wahrscheinlichkeit, dass ihr Plan klappte, ging schließlich gegen null. Jetzt hingegen sah die Sache anders aus, und deshalb musste Ava sich schleunigst etwas einfallen lassen. Das aber schaffte sie nicht ohne Lou. Und schon gar nicht ohne Elaf!

Hoffentlich waren die beiden nicht sauer auf sie, dachte Ava beklommen. Elaf gestern so dumm dastehen zu lassen, hatte ihr echt leidgetan. Und Lou hatte sie in ihrem Wutanfall ja auch eiskalt abserviert. Und wenn schon, dachte sie. Ohne die beiden ging es einfach nicht, und deshalb tippte sie ins Handy:

AVA: SOS! Es gibt Neuigkeiten! Kommt so schnell es geht ins Forsthaus! *dankehände*

Dann sprang sie aus dem Bett und vertrödelte keine Sekunde mehr. Sie durfte auf keinen Fall zu spät kommen. Das Letzte, was Ava jetzt brauchte, war eine wütende Elsie und eine verärgerte Tierärztin, weil keine von beiden voneinander wusste.

Doch Ava hatte Glück. Sie schaffte es noch vor Doktor Grünberg, auf dem Hof zu sein. Elaf und Lou kamen kurz nach ihr angeradelt, und Ava erzählte ihnen atemlos, was geschehen war.

Lou guckte daraufhin etwas sonderbar. »Ach so«, murmelte sie. »Und ich dachte, es hat was mit … ach, egal.« Sie brach ab und linste rüber zu Elaf.

Er hingegen schüttelte seine schwarzen Haare. »In deiner Haut möchte ich jetzt nicht stecken«, meinte er. »Lieber gehst du gleich zu ihr, und wir fangen die Tierärztin ab, wenn sie aufkreuzt.« Er holte sein Handy aus seiner Hosentasche und blickte auf die Uhrzeit. »Und das kann jederzeit so weit sein.«

Ava schenkte ihnen ein dankbares Lächeln und rannte los. Während der Kies unter ihren Schritten knirschte, fragte sie sich, wie Elsie wohl reagieren würde. Sie war bei Weitem die schwierigere Nuss. Deshalb musste sie erst Elsie knacken, ehe sie zu Silvester ging. Er glich eher einem gutmütigen alten Brummbären, der ihr bestimmt nicht mehr böse war, wenn Ava ihm die ganze Sache erst mal in Ruhe erklärte. Elsie hingegen konnte schon mal aufbrausen, wenn ihr danach war.

Wird schon schiefgehen, sprach Ava sich leise Mut zu und bog auf den Weg zur Reithalle ein. Wie immer fand sie Elsie dahinter im Ausbildungsstall.

Nachdem Soraya heute Morgen wieder nicht auf ihrem Paddock stand, ging Ava davon aus, dass sich Sorayas Zustand nicht gebessert hatte. Das gab ihr den Mut, den sie brauchte. Doch als die Pferdetrainerin sie auf sich zukommen sah, schnitt Elsie ihr prompt das Wort ab, ehe Ava überhaupt den Mund aufmachen konnte.

»Oho! So eilig heute? Dich drückt wohl das schlechte Gewissen«, knurrte sie und rammte die Gabel ins Heu. »Das war gestern verdammt unfair von dir! Graps hat es auch so schon schwer genug. Das Letzte, was er braucht, ist, dass du ihm einredest, es sei seine Schuld. Die gibt er sich auch so schon zur Genüge. Was glaubst du, warum sich der Sturkopf nicht operieren lässt? Dabei hat er jeden Tag unerträgliche Schmerzen, aber nein, er kann uns ja nicht im Stich lassen, sagt er. Nicht schon wieder ...« Als Elsies Stimme brach, senkte Ava beschämt den Kopf.

Sie hatte die beiden mehr verletzt, als ihr klar gewesen war. »Tut mir leid«, murmelte sie deshalb aufrichtig. »Eigentlich habe ich das ja gar nicht so gemeint. Ich war gestern einfach nur so wütend.«

Elsie schnaubte. »Das ist auch gut, dass du das jetzt einsiehst, denn eines will ich dir sagen: Auch wenn du damit recht hast, war das total daneben von dir.«

Ava nickte betroffen, doch dann blinzelte sie und hob überrascht den Kopf. »Ehrlich? Du findest, ich hatte recht?«

Die Pferdetrainerin nickte. »Sorayas Augen sind über Nacht nicht besser geworden. Ich mache also jetzt schnell den Stall fertig, denn vielleicht kriegen wir mit ein bisschen Glück heute noch einen Termin in der Klinik. Dann packen wir sie sofort in den Hänger, okay? Ich nehme an, du willst dabei sein, wenn sie untersucht wird?«

Ava war so verdattert, dass sie zuerst gar nicht darauf reagieren konnte. In ihrem Kopf war plötzlich nur ein Gedanke – und der war ihr in diesem Moment so richtig klar geworden. Auch Elsie machte sich Sorgen, das war ihr deutlich im Gesicht abzulesen. Sie kämpfte also gar nicht allein für Soraya! Doch da war noch etwas *anderes*, das Ava plötzlich spürte. Etwas, das schwer zu beschreiben war, weil es im Grunde Unsinn war. Etwas, das man nicht verstand und dennoch spürte. Und wie! Avas Haut prickelte richtig davon. Vor allem, als sie sich im Stillen fragte: Kann so viel Glück reiner *Zufall* sein? Oder hatten die Feen schon wieder ihre Finger im Spiel? So fühlte es sich zumindest an, und deshalb sagte Ava jetzt: »Elsie, ich muss dir was sagen!«

Als sie mit der Wahrheit herausrückte, blieb die Pferdetrainerin erstaunlich lange still. Erst als Ava geendet hatte, schüttelte sie den Kopf. »Wann wirst du begreifen, dass wir ein Team sind?«, fragte sie traurig. »Du hättest mich doch fragen können! Vertraust du mir so wenig?«

Ava zuckte hilflos mit den Schultern. Dass Elsie sie nicht anschrie oder tobte, machte die Sache nicht unbedingt einfacher. Dadurch erkannte Ava deutlich, dass sie schon wieder viel zu weit gegangen war. Irgendwie schien ihr das in letzter Zeit nur noch zu passieren. Lag das etwa daran, dass sie so viel hatte aufgeben müssen und jetzt umso mehr für das neue Leben kämpfte, für das hier? »Bei Flint konnte ich nichts tun«, gab Ava leise zu. »Bei Soraya soll mir das nicht mehr passieren. Noch mal ertrage ist das nicht …«

Elsie seufzte, als sie im nächsten Moment ein Auto die Kiesauffahrt hochfahren hörte. »Komm«, sagte sie. Und das klang wie ein Friedensangebot.

#DERWAHRHEIT INSAUGESEHEN

Doktor Katja Grünberg entpuppte sich als zierliche Frau mit dunkelblondem Pagenkopf und hellblauen Augen. Als sie aus ihrem Van stieg, mit einem schweren Alukoffer in der Hand, war Ava überrascht. Sie hatte sich die Tierärztin nicht so klein vorstellt. Ob sie mit Soraya überhaupt zurechtkam? Die war ja kaum größer als sie selbst!

Eben, dachte sie eilig, als ihr klar wurde, in eines der dümmsten Vorurteile getappt zu sein, die es überhaupt im Pferdesport gab. Wenn auch nur aus reiner Sorge um Soraya! Doch Kraft oder gar Gewalt hatte bei Pferden noch nie zu etwas Gutem geführt. Das wusste Ava eigentlich am besten. Sie war schließlich auch kein Zweimeterschrank, und dennoch vertraute Soraya ihr blind.

»Wie schön es hier immer noch ist«, staunte die Tierärztin und stellte ihren schweren Koffer ab, als Ava sie begrüßen ging. Dabei ließ sie die Augen über das Forsthaus und die Lichtung schweifen. Ihr Blick blieb am Feenhügel hängen, der im Schatten am Waldrand lag. »Als Kind wollte ich immer den Feenhügel besuchen, damit sie mir ein silbernes Pferd schenken. Aber bekommen habe ich ein einäugiges Pony. Mein Pirat war daran schuld, dass ich später Tierärztin werden wollte.« Sie wandte sich lächelnd an Ava. »Du musst Ava sein?«

Ava nickte, während ihre Nerven zu flattern begannen. Schon bald würde sie wissen, was los war ... doch konnte sie die Wahrheit überhaupt ertragen?, überlegte sie bange. Und Elsie, und Silvester erst? Wie würden sie darauf reagieren, wenn die Tierärztin ihnen das Schlimmste mitteilte – und zwar, dass Sorayas Augen nicht mehr zu retten waren ...

»Guten Tag!« Elsies Stimme zog Ava aus dem Gedankenstrudel. »Ich bin Elsie Hennelly. Meinem Großvater gehört die Stute. Es ist wirklich nett, dass Sie so schnell gekommen sind, um sich Soraya anzusehen.«

Sie streckte der Tierärztin die Hand entgegen, und Frau Doktor Grünberg schlug ein, doch dabei verdunkelte sich ihre Miene. »Ich will Ihnen ja nicht zu nahetreten, aber schnelles Handeln ist bei periodischer Augenentzündung überaus wichtig. Wussten Sie das nicht?«

»Natürlich«, antwortete Elsie und sah Ava von der Seite verblüfft an. »Was hast du denn erzählt? Etwa, dass wir Soraya nicht untersuchen lassen wollen?«

Als Ava verlegen den Kopf einzog, kam ihr die Tierärztin zu Hilfe. »Sie hat nur gemeint, dass Sie noch abwarten wollten.«

»Bloß eine Nacht«, seufzte Elsie. »Sie hat die Entzündung dieses Mal auf beiden Augen. Das war vorher noch nie der Fall.«

»Das ist in der Tat selten, doch bei Mondblindheit kommt auch das manchmal vor«, erklärte die Tierärztin.

»Deshalb wären wir heute ja auch in die Pferdeklinik gefahren. Bitte glauben Sie nicht, dass wir Pferde verwahrlosen lassen«, stellte Elsie klar.

Doktor Grünberg hielt inne. »So etwas in der Art habe ich mir schon gedacht. Jugendliche in diesem Alter haben oft eine interessante Weltansicht, nicht? Ich weiß das, weil ich selbst einen Sohn habe, der so alt ist.« Sie nickte zum Auto.

Erst jetzt sah Ava, dass auf dem Beifahrersitz jemand saß. Der Junge trug schwarze Klamotten und hatte dieselbe Haarfarbe wie seine Mutter. Nur, dass ihm seine Haare bis übers Kinn fielen und somit sein halbes Gesicht verdeckten. Obendrein hatte er Kopfhörer auf und guckte ziemlich grummelig aus der Wäsche. Erst recht, als Doktor Grünberg ihm zuwinkte, er solle aus dem Auto steigen. Da verdrehte er bloß die Augen und blickte stur in die andere Richtung.

Die Tierärztin seufzte. »Sie müssen entschuldigen, Kian hat es derzeit nicht leicht. Wir sind eben erst hierhergezogen. Alles ist fremd für ihn, und Freunde hat er hier auch noch keine.« Sie blickte kurz zu Ava rüber und straffte dann die Schultern. »Aber aus diesem Grund bin ich gar nicht hier. Wollen wir uns also der Patientin widmen?«

Elsie wirkte nun etwas versöhnlicher. Doktor Katja Grünberg schien sehr nett zu sein. Zu dritt gingen sie auf den Hof zu.

Lou und Elaf, die bisher aus sicherer Entfernung zugeguckt hatten, kamen nun auch mit. Ava war froh darüber. Vor allem, als Elaf an ihre Seite trat und ihr zulächelte. Das Gefühl, das er ihr dadurch gab, war schön und beruhigend zugleich. Zum Glück schien er nicht mehr auf sie böse zu sein. Dennoch begann ihr Herz zu rasen, als sie die Stallgasse betraten. Catalan stand wieder neben Sorayas Box, damit die silberne Stute Gesellschaft hatte.

Vor ihrer Box blieben sie stehen, und Elsie zögerte.

»Ich weiß nicht, ob Ava Ihnen erzählt hat, dass Soraya ziemlich unberechenbar ist. Es kann sein, dass wir sie sedieren müssen, damit Sie überhaupt an sie rankommen. Eigentlich vertraut sie nur Ava«, fügte sie hinzu.

»Dann geh du mal zu ihr«, schlug die Tierärztin Ava vor und stellte den wuchtigen Koffer ab.

Ava nickte. »Na, meine Schöne«, wisperte sie und zog langsam die Boxentür auf.

Catalan schnüffelte neugierig durch die Gitterstäbe, doch Soraya hatte längst gespürt, dass etwas anders war. Sie schnaubte unsicher unter ihrer Augenmaske und trat nervös von einem Bein aufs andere.

»Ich weiß«, murmelte Ava und nahm sie am Halfter, damit die Stute erst gar nicht auf die Idee kam, ihnen ihr Hinterteil zu präsentieren und auszuschlagen. Dabei zog Ava sie fest zu sich und strich Soraya über das silbergraue Fell. »Das hier ist nur zu deinem Besten«, raunte sie Silverhorse beruhigend ins Ohr. »Ich vertrau auf dich. Du kannst das, vergiss das nicht.« Mit der anderen Hand kramte Ava ein Himbeerleckerli aus ihren Jeansshorts, auf die Soraya derzeit total versessen war. Doch anstatt es der Silberstute zu geben, hielt Ava die Bestechung Doktor Grünberg hin. »Wollen Sie sie füttern? So hat sie gleich die Möglichkeit, Sie zu riechen. Das könnte helfen. Soraya braucht manchmal einfach etwas Zeit, um sich was Neues zu erschnuppern.«

Die Tierärztin tat, was Ava ihr vorgeschlagen hatte. Und das mit einer Selbstverständlichkeit, die Ava staunen ließ. Doktor Grünberg ging nämlich nicht sofort auf die Silberstute zu, wie es die Menschen sonst ständig machten. Sie streckte bloß die Hand aus und ließ Soraya zu sich kommen. So kriegte Soraya die Zeit, die sie brauchte, um sie ausgiebig zu beschnuppern, bis Silverhorse zu der Erkenntnis kam, dass von Doktor Grünberg wohl keine Gefahr ausging. Denn irgendwann fraß die blinde Stute das Himbeerleckerli und verlangte nach mehr, indem sie die Tierärztin freundschaftlich in den Bauch stupste.

»Frechheit«, lachte Elaf hinter den Gitterstäben. »Ich hab viel länger gebraucht, bis sie mich akzeptiert hat.«

»Du hast es ja auch noch nie mit Himbeerleckerlis probiert«, erklärte Ava.

»Dafür mit kiloweise Möhren!« Elaf grinste, und alle lachten.

Dabei spürte Ava, wie ihr ein Stein vom Herzen fiel. Bis jetzt zeigte sich Soraya von ihrer besten Seite. Die Feen schienen wohl wirklich ihre schützende Magie über sie gelegt zu haben. Denn dass Soraya so brav war, überraschte nicht nur Ava, sondern auch Elsie.

Die Pferdetrainerin sah nun viel entspannter aus. Beinah konnte man glauben, dass sie froh darüber war, dass Ava den Alleingang gewagt hatte.

»Wie schön sie ist«, schwärmte Frau Doktor Grünberg, während sie Soraya vorsichtig über den Hals strich. Dabei leuchteten ihre Augen. Soraya zog eben viele Menschen in ihren Bann. »Genau von so einem Pferd habe ich als Kind immer geträumt. Aber mein Pirat war dennoch alles für mich. Er hat mir eine Menge beigebracht. Auch wie man mit blinden Pferden umgeht. Wir sollten sie also in der Box untersuchen, das verunsichert sie nicht so. Kannst du ihr bitte mal die Augenmaske abnehmen?« Sie sah Ava an. »Und es ist besser, wenn du sie mit zwei Stricken anbindest. So hat sie mehr Führung.«

Während Elaf Ava einen zweiten Führstrick durch die Gitterstäbe reichte, saß Lou stumm auf den Heuballen vor Sorayas Box und sah dem Geschehen zu. Elsie lehnte an der Boxentür. Die Tierärztin öffnete nun ihren Koffer und holte die verschiedensten Geräte heraus. Viele davon hatte Ava noch nie im Leben gesehen. Aber sie erinnerten sie ein wenig an die Utensilien, die auch ein Zahnarzt benutzte. Wie eine Lupenbrille oder die kleine Lampe, mit dem die Tierärztin nun begann, Sorayas Augen zu durchleuchten, nachdem Ava sie angebunden hatte. Soraya blinzelte nun heftig, als der Lichtkegel auf die Pupillen traf. Das Licht schien unangenehm für sie zu sein. Ava kraulte sie am Widerrist, damit Soraya ruhig blieb und Doktor Grünberg sie weiter untersuchen konnte. Doch so einfach war es dann doch nicht. Soraya begann mit dem Kopf zu schlagen und tänzelte nervös hin und her.

»Ich gebe ihr zur Sicherheit lieber eine Beruhigungsspritze«, sagte Doktor Grünberg. »Sonst steigert sie sich zu sehr rein, und dann lässt sie uns gar nicht mehr an sich ran.«

Elsie nickte.

Die Tierärztin zog die Spritze auf, tätschelte Soraya den Hals und schon war die Nadel drin. Und das lief so geschickt und routiniert ab, dass die blinde Stute gar nicht die Möglichkeit bekam, Rabatz zu machen. Als das Mittel zu wirken begann, untersuchte Doktor Grünberg ihre Augen weiter. Ava stand die ganze Zeit neben Soraya und streichelte sie, während die Tierärztin zuerst das eine, dann das andere Auge begutachtete. Dabei stellte sie eine Menge Fragen über Sorayas bisherigen Krankheitsverlauf, doch Elsie gab nur zögerlich Antwort.

»Ich war nicht dabei, als sie damals den ersten Schub hatte. Mein Großvater könnte Ihnen dazu mehr erzählen, doch er fühlt sich heute nicht besonders wohl.«

Ava hob den Kopf. War es etwa wegen des Streits von gestern? Sie suchte Elsies Blick, doch die redete schon wieder weiter: »Aber ich weiß aus seinen Erzählungen, dass man lange gar nichts merkte. Die Entzündung kam schleichend und fand im hinteren Augenabschnitt statt. Auch eine Trübung konnte man bis vor Kurzem nicht sehen. Dass sie allmählich blind wurde, merkte Großvater erst, als es zu spät war. Danach hatte sie noch ein oder zwei Schübe, die wir mit einer speziellen Augensalbe behandelten. Jetzt war lange Zeit nichts. Sie wirkte auch sehr zufrieden auf mich, vor allem, seit sie wieder Vertrauen gefasst hat. Hauptsächlich in Ava«, hängte Elsie dran.

Dankbar warf Ava ihr einen Blick zu, und Elsie lächelte versöhnlich.

»Ja, ERU hat leider viele Gesichter«, meinte die Augenärztin. »Viele Pferde haben Schmerzen, manche nicht. Auch Soraya scheint so ein Glücksfall zu sein. Ich mache jetzt zur Sicherheit einen Ultraschall. Damit ich sehen kann, wie es um sie steht. Viele Pferde leiden ja still vor sich hin und zeigen keine deutlichen Schmerzsymptome.« Wieder ging sie zu ihrem Koffer und holte nun einen kleinen Kasten heraus, der ein bisschen aussah wie ein altmodischer Laptop. Daran war ein langes Kabel befestigt, an dessen Ende eine Ultraschallsonde hing. »Kannst du das Gerät für mich halten?«, fragte sie Elaf.

Er nickte, und die Tierärztin drückte ihm den Kasten in die Hand. Flink presste sie auf ein paar Tasten, bis das Gerät zu surren anfing. Gespannt blickte Ava auf den Monitor, auf dem sich bald ein schwarz-weißes Bild abzeichnete, während die Tierärztin mit der Sonde über Sorayas Augenpartie fuhr. Es war nun so still im Stall, dass nur das Surren des Ultraschallgeräts zu hören war. Nicht mal Catalan mampfte in der Nachbarbox sein Heu. Auch er schien zuzusehen, was hier gerade passierte. Soraya stand ganz still, was natürlich an der Beruhigungsspitze lag. Dennoch hatte Ava das Gefühl, dass sie insgeheim spürte, dass das hier nun wichtig war. Sie versuchte, so ruhig wie möglich zu bleiben, aber insgeheim raste ihr Herz.

Nach einigen Minuten des bangen Wartens nahm Doktor Grünberg die Sonde wieder ab und verstaute das Gerät im Koffer. »So etwas habe ich bisher noch nie erlebt«, sagte sie dann verblüfft. »Soraya scheint in der Tat ein wahres Feenpferd zu sein, so viel Glück hat sonst kaum ein Pferd mit ERU.« Die Ärztin blickte zuerst zu Elsie, dann zu Ava. »Denn soweit ich derzeit feststellen kann, hat sie gar keinen Schub. Es wirkt fast so, als hätte sie eine allergische Reaktion. Könnte das denn möglich sein? Hat sie gestern vielleicht etwas gefressen, was sie sonst nicht bekommt?«

Elsie schüttelte den Kopf. »Nein, ich habe sie gefüttert wie immer.«

»Aber auf der Burg«, warf Elaf ein, »da haben wir sie doch grasen lassen. Weißt du noch?« Er schaute durch die Gitterstäbe zu Ava rüber. »Auf dem komischen Flecken, wo so viel Zeugs rumstand.«

»Jaaa«, raunte sie, als ihr Hirn endlich wieder in der Realität angekommen war. Kurz hatte sie nämlich so etwas wie einen Blackout, als sie hörte, was Doktor Grünberg eben gesagt hatte. Da prickelte es in Ava so sehr, dass ihr Kopf förmlich unter Strom stand. Noch immer fiel es ihr schwer, sich zu konzentrieren. Sie konnte nur an eines denken: *Soraya hat gar keinen Schub!*

Was für eine Mega-Wahnsinns-Nachricht!

Vor Erleichterung ließ Ava den Kopf gegen Sorayas Schulter plumpsen, ehe sie antwortete: »Stimmt. Sie hat ja dann auch ein paarmal gehustet. Aber Catalan hat das ja auch gefressen, und er hat nichts.«

Die Tierärztin packte den Rest in ihren Koffer. »Das kann durchaus möglich sein, dass Pferde unterschiedlich darauf reagieren. Allergien bei Pferden werden in letzter Zeit leider immer häufiger. Das liegt an den immer schlechter werdenden Umweltbedingungen. Auch Pflanzenschutzmittel sind oft daran schuld.«

»Interessant, dass du das auch mal einsiehst«, sagte plötzlich eine fremde Stimme im Hintergrund. Kian, der Sohn der Tierärztin, stand urplötzlich in der Stallgasse. Niemand hatte ihn kommen hören. Doch jetzt stand er da und blickte sich missmutig um. Die Hände hatte er in die Hosentaschen gesteckt, seine Kopfhörer trug er um den Hals.

Ava merkte, wie Lou auf dem Heuballen plötzlich wieder zum Leben erwachte, als Doktor Grünberg erklärte: »Mein Sohn interessiert sich sehr für Umweltthemen. Und deshalb ist auch das Einzige, das er derzeit an Cassisburg spannend findet, dieser XluX. Keine Ahnung, wer das ist, aber euch sagt er bestimmt etwas. Er soll ja bei euch gerade sehr angesagt sein.« Sie blickte rüber zu Ava, Lou und Elaf, ehe sie den Koffer schloss und aufstand. Kian überragte sie locker um einen Kopf.

»Schon«, antwortete Elaf, während Lou auf den Heuballen ihre Nutellaaugen aufriss. »Aber niemand weiß, wer er wirklich ist.«

»Ich glaube, das ist es ja, was ihn so spannend macht«, überlegte Kians Mutter. »Wenn ihr mich fragt …«

»Dauert es noch lange?« Unwirsch schnitt Kian seiner Mutter das Wort ab. Es war ihm anzusehen, wie peinlich er es fand, dass seine Mutter über ihn redete. »Draußen ist es affenheiß! Und so geil finde ich diesen Typen dann auch wieder nicht. Er ist halt der Einzige, der das Kaff hier etwas aufmöbelt.«

»Bin ja schon fertig«, sagte sie und deutete auf Ava, Elaf und Lou. »Das sind übrigens Ava und ihre Freunde. Sie sind so alt wie du.«

»Hi«, schnarrte Kian, ohne die drei eines Blickes zu würdigen. »Können wir jetzt fahren?«

Doktor Grünberg nickte. Es war überdeutlich, dass zwischen den beiden dicke Luft herrschte. Kians Mutter versuchte aber, es sich nicht anmerken zu lassen. Sie wandte sich noch einmal an Ava. »Mit ein bisschen Glück klingen die allergischen Symptome genauso schnell ab, wie sie gekommen sind. Ich gebe dir eine Augensalbe. Die lässt die Entzündung schneller abheilen.« Gekonnt zeigte sie Ava, wie man die Salbe auf den Finger gab und sie im Auge verteilte. »Außerdem kannst du ihre Augen vorher auch mit einem Sud aus Steinkleeblüten auswaschen. Das nimmt die Schwellung an den Lidern. Und ab jetzt, wenn es so heiß ist, immer schön die Maske drauf, okay? Damit die Augen nicht zu sehr gereizt werden. Das ist bei Pferden mit ERU extrem wichtig.«

Ava nickte. »Hast du gehört? Du wirst wieder gesund!« Sie nahm Soraya von den Stricken und schloss hinter sich die Boxentür.

Doktor Grünberg aber widersprach. »Du darfst nicht vergessen, dass Sorayas Augen krank sind. Es kann Jahre dauern, bis der nächste Schub kommt. Oder aber schon morgen. Man kann das nicht voraussehen, und für eine Vitrektomie ist es zu spät. Ihre Linsen sind beidseitig eingetrübt, die Netzhaut aber hat sich nicht gelöst. Was jedoch nicht bedeutet, dass das nicht noch passieren kann. Achte also gut auf sie.«

»Das werde ich«, versprach Ava.

»Danke«, sagte Elsie, als sie dann den Stall verließen. »Sie haben uns eine Menge Stress erspart. Nicht nur Soraya. In der Tierklinik wäre sie bestimmt nicht so gelassen geblieben. Natürlich begleiche ich Ihre Rechnung!«

»Ach, das geht schon in Ordnung«, meinte Kians Mutter. »Ich wollte ohnehin mal das Feenpferd sehen. Es freut mich, wenn ich helfen konnte. So einen glimpflichen Ausgang bekommt man nicht alle Tage. Das war auch für mich heute etwas Besonderes. Im Grunde hatten Sie mit Ihrer Erstvermutung recht.«

»Diese Lorbeeren gebühren meinem Großvater«, sagte Elsie schnell. »Er hat schon sein ganzes Leben mit Pferden zu tun und dadurch eine Menge Erfahrung gesammelt. Ich lerne jeden Tag von ihm, obwohl eigentlich ich hier die Pferdetrainerin bin.«

Doktor Grünberg nickte. »Ja, davon habe ich schon gehört, dass Sie hier ein Pferdezentrum errichten wollen.« Sie nickte rüber zum Wald und den Wiesen. »Bei dieser Lage kann ich mir das gut vorstellen. Wenn Sie also wieder mal was brauchen, Ava hat ja jetzt meine Nummer.« Die beiden Frauen lachten.

Als sie das Auto erreicht hatten und Doktor Grünberg ihre Sachen im Kofferraum verstaute, stöhnte sie. »Puh! Eine wirkliche Saharahitze ist das heute. Derzeit bereitet das Wetter vielen Pferden Probleme. Da fällt mir ein«, sie wandte sich noch mal Ava zu, »du könntest Soraya auch mit dem Schlauch abwaschen, damit die Pollen aus dem Fell gehen. Oder ihr geht mit ihr baden, falls hier irgendwo die Möglichkeit besteht.«

Avas Augen begannen zu leuchten. »Ehrlich? Da weiß ich sogar den perfekten Ort dafür!«

»In dem winzigen Bach dort drüben wird dein Gaul aber nicht genug Platz haben«, meinte Kian schief grinsend und nickte zur Hulder rüber.

»Den hat sie auch nicht gemeint«, meinte Elaf prompt.

»He, entspann dich«, grinste Kian. »War ja bloß 'n Witz!«

Elaf aber lachte nicht. Er sah den Jungen bloß mit schmalen Augen an. Was Ava ihm nicht verübeln konnte. Sie fand den Sohn der Tierärztin auch ziemlich ätzend.

Lou hingegen tat plötzlich so, als wäre Kian total cool. »Weißt du denn schon, in welche Schule du kommen wirst?«, fragte sie. Seit gestern im Durmerlin-Café hatte sie kein einziges Mal mehr gelächelt, fiel Ava auf. Jetzt aber tat sie es.

Besonders, als Kian murrte: »In die Urs-Franklin. Achte Klasse.«

»Echt?« Lou schüttelte ihren Lockendutt. »Dann kommst du ja vielleicht zu uns!«

»Wirklich? Ihr geht auch dorthin?«, fragte Doktor Grünberg, die eben den Kofferraumdeckel zufallen ließ, überrascht. »Das ist ja mal ein Zufall! Siehst du, Kian! Jetzt hast du schon jemanden kennengelernt. Ging ja doch ganz schnell, wie ich dir versprochen habe. Bald wirst du dich in Cassisburg wie zu Hause fühlen.«

Unter Kians kinnlangem Haar leuchteten seine Wangen mit einem Schlag knallrot. »Hurra!«, knurrte er. Dann stieg er grußlos ins Auto und setzte die Kopfhörer auf.

Lous Nutellaaugen leuchteten dabei, als wäre heute Weihnachten.

Erst als das Auto von Doktor Grünberg verschwunden war, merkte Ava, wie erschöpft sie sich plötzlich fühlte. Die

Angst um Soraya hatte ordentlich an ihr gezerrt. Dennoch rannte sie sofort zurück zu ihr in den Stall. Die anderen verstanden das zum Glück und ließen sie allein mit dem silbernen Pferd. Und das war genau das, was sie jetzt brauchte!

Als Ava die Stallgasse betrat, hörte sie Sorayas Hufe scharren. Die Spritze hatte also schon ihre Wirkung verloren. Ungeduldig schlug die silberne Stute mit dem Kopf, als Ava die Boxentür aufschob. Doch sie ging nicht darauf ein, sondern fiel Soraya stattdessen einfach um den Hals. Dass die blinde Stute keinen weiteren Entzündungsschub hatte, glich einem Wunder. Ihrem ganz persönlichen Wunder, das Ava zeigte, dass doch alles gut werden konnte.

Und dieses Gefühl schien nun auch auf Soraya überzugehen, wie es schon so oft zwischen den beiden geschehen war. Silverhorse wurde unter Avas Berührung nun ganz still und ließ den Kopf auf ihre Schulter sinken. Zärtlich schnaubte sie dabei in Avas Ohr. So als würde sie dasselbe fühlen. Wieder einmal waren sich die beiden näher, als man es mit Worten beschreiben konnte. Es war, als wären sie eins. Ein Herz und eine Seele.

Schon spürte Ava, wie sich der Knäuel in ihrem Bauch löste und die fiese Magenschnecke sich trollte. Ava schniefte. Und dann konnte sie endlich den Tränen freien Lauf lassen, die sie während der Untersuchung die ganze Zeit zurückgehalten hatte. Und während Ava dabei den würzigen Duft einatmete, der von Sorayas warmem Fell ausging, wisperte sie: »Ich danke euch, Feen.«

WASIMBUSCH

Jetzt gab es nur noch eine Sache, um die Ava sich kümmern musste, ehe sie den ganzen Schlamassel abhaken konnte.

Sie fand Silvester schließlich dort, wohin er sich auch sonst immer verkrümelte, wenn ihm danach war. Auch Elaf, Lou und Ava nutzten den Ort gern für ihre Geheimbesprechungen. Denn der Jägerhochsitz befand sich bloß einen Steinwurf vom Forsthaus entfernt und war gut verborgen in der Baumkrone einer mächtigen, alten Zeder.

Silvesters Versteck nannten sie deshalb den Hochsitz. Doch der hatte zum Glück nichts mit der Jagd nach Tieren zu tun. Vielmehr glich er einem Baumhaus, in dem man sich bestens verschanzen konnte, wenn man seine Ruhe haben wollte. Von hier oben hatte man nicht nur eine geniale Aussicht, Silvester bunkerte auch Karamellbonbons im Regal neben der Holzbank und in letzter Zeit sogar Kekse. Die befanden sich in einer Blechdose mit Weihnachtsmotiv drauf. Und immer, wenn Ava und ihre Freunde sie leer gefuttert hatten, wurde die Blechdose prompt nachgefüllt.

Ava hegte also den Verdacht, dass Elsies gutmütiger Großvater längst darüber Bescheid wusste, dass auch sie sein Versteck kannten und nutzten.

Darüber beschwert hatte er sich aber noch nie. Silvester Hennelly war nun mal ein großzügiger Mensch. Das wurde ihr wieder einmal deutlich bewusst, als Ava den Kopf durch die Luke steckte und der alte Förster sie traurig anblickte.

Seit Ava ihn kannte, hatte er sie in allem unterstützt, was Soraya anging. Und dadurch nicht nur der Silberstute eine zweite Chance gegeben, sondern auch ihr selbst. Im Grunde war es also Silvester Hennelly, dem Ava es zu verdanken hatte, dass Cassisburg für sie ein neues Zuhause geworden war. »Darf ich reinkommen?«, fragte sie reumütig.

Elsies Großvater nuschelte etwas in seinen weißen Bart, was ziemlich nach *Bist eh schon da* klang. Ava deutete das als *Ja*, schlüpfte durch die Luke und ließ sich auf den Schemel neben Silvester fallen.

»Ich wollte mich entschuldigen«, sagte sie dann so hastig, dass sich ihre Zunge vor Aufregung fast verhaspelte. »Ich meine, es war blöd, so was zu sagen, tut mir leid.«

»Mhm« war alles, was daraufhin als Antwort kam. Dabei blickte der alte Förster zum Fenster hinaus, als wäre sie gar nicht da, und Ava begriff, dass ein bloßes *'tschuldigung* hier nicht ausreichte.

Aber wie sollte sie erklären, was gestern passiert war? Dass sie die gemeinen Dinge nur aus reiner Angst gesagt hatte? Und sie jetzt gar nichts mehr bedeuteten, weil alles gut war? Doch war überhaupt alles gut? Klar, für sie schon, dachte Ava plötzlich. Aber für Silvester?

Und dann fiel ihr etwas auf. Es war wichtig, das spürte Ava. Auch wenn es im Grunde total simpel war. Ava gelang es dadurch, Silvester wirklich zu sehen mit all seinen Facetten. Und zwar nur ihn und sonst niemanden, nicht mal sie selbst – und das war das Entscheidende. Hier war ja sonst keiner, und er saß auch bloß einen Meter von ihr entfernt auf der schmalen Holzbank. Den Blick abgewandt, dabei grübelnd und grummelnd. Und ja, auch alt, erschöpft … und verletzt. Und da erkannte Ava es!

Bis jetzt war Elsies Großvater immer ein Mysterium für sie gewesen. Jemand, zu dem sie aufschaute, weil er die Dinge mit rasiermesserscharfem Verstand betrachtete und sie mit einer Selbstverständlichkeit durchblickte. Anfangs hatte das Ava gehörig Angst eingejagt. Silvesters wache, intelligente Augen konnten ganz schön gruselig sein. Es war, als würde er damit in die Herzen der Menschen sehen, in die Tiefen ihrer Seelen und darin lesen, wie es sonst niemand vermochte. Nicht mal die Menschen bei sich selbst.

Und auch wenn das verdammt unangenehm war, hatte Ava sich von Anfang an auf seltsame Weise von Silvester verstanden gefühlt. Elsies Großvater war jemand, der sie so sah, wie sie *wirklich* war … und genau das passierte jetzt gerade wieder. Dieses Mal aber umgekehrt. Es war also nicht Silvester, der genau hinsah, sondern Ava. Und so wurde ihr mit einem Schlag klar, dass sie die ganze Zeit nur an sich gedacht hatte. Dabei hatte Silvester doch auch Gefühle. Er hing genauso an Soraya wie sie. Doch das laut auszusprechen, kostete Ava verdammt viel Mut.

»Weißt du, ich hatte solche Angst und wollte nicht begreifen, dass du auch welche hast«, gab sie leise zu. »Soraya ist alles, was dir von Albertina geblieben ist. Doch ich habe nur an mich gedacht und geglaubt, es sei dir egal. Dabei war das nur deine Art, damit umzugehen. Und das hat mich so wütend gemacht, dass ich dann diese fiesen Dinge gesagt habe. Das tut mir im Nachhinein wirklich leid. Besonders, weil sie ja gar nicht stimmen. Du kannst nichts dafür, dass Soraya blind geworden ist ... Das hab ich jetzt begriffen ... Und das Einzige, was wir tun können, ist, zu akzeptieren, dass das eben so ist ...« Avas Stimme verebbte.

Endlich drehte Silvester den Kopf zu ihr. Er sah sie mit seinen hellen Augen an. Und wieder war es, als würde er in sie hineinsehen. Er nickte. »Jetzt glaube ich dir«, sagte er. »Entschuldigung angenommen.«

Ava senkte den Kopf. »Danke«, nuschelte sie.

Der alte Förster griff daraufhin nach seinem Gehstock. »Dann machen wir Soraya mal reisefertig, würde ich sagen. Elsie will mit ihr gleich in die Klinik fahren.« Silvesters buschige weiße Augenbrauen kringelten sich, als Ava sich mit der flachen Hand auf die Stirn schlug und sie laut juchzte. »Was hast du denn?«, fragte er verdutzt. »Hat dich etwa eine Wespe gestochen? Ich glaube, sie haben hier irgendwo ein Nest gebaut.«

Ava schüttelte heftig den Kopf, und dabei strahlte sie Silvester an.

»Nein, gar nicht! Aber ich habe was total Wichtiges vergessen zu erzählen«, rief sie und sprang übermütig auf. Sie hatte das Beste ja noch gar nicht erzählt … und stieß sich glatt an einem der Holzbalken. Taumelnd plumpste Ava zurück auf den Schemel. »Autsch!« Sie lächelte gequält. »Aber du hattest recht. Soraya hat gar keinen Schub!« Hastig erzählte Ava dann, was sich in der Zwischenzeit ergeben hatte, während Silvester hier oben gewesen war. Dabei brummte ihr Kopf ordentlich. Das würde eine schicke Beule geben, dachte Ava. Doch diesen Dämpfer hatte sie vermutlich verdient. Außerdem ließ der Schmerz rasch nach, als Silvesters besorgte Miene einem erleichterten Strahlen wich und er lachend polterte: »Herrschaftszeiten! Was für ein Sturkopf du nur bist, Ava!« Er grinste unter seinem weißen Nikolausbart. »Zum Glück«, fügte er dann hinzu.

Als Ava endlich zurückkam, war Elaf nicht mehr da. Wie es schien, hatte er wohl schon wieder ins Café gemusst. Oder es war ihm einfach zu blöd gewesen, so lange auf sie zu warten.

Nur Lou hockte auf den Steinstufen vor der Sattelkammer im Schatten.

Prompt drückte Ava das schlechte Gewissen. Seit gestern hatte sie nicht einmal nachgefragt, wie es Lou gerade ging. Vor lauter Sorge um Soraya hatte Ava ihr Dilemma mit XluX völlig vergessen oder es einfach beiseitegeschoben. Auch hier hatte sie nur an sich gedacht, obwohl Lou sonst immer für sie da war. Höchste Zeit also, den Spieß umzudrehen. Ava ließ sich auf die Steinstufen neben ihrer Freundin plumpsen.

»Hey«, sagte sie und stupste Lou sanft an die Schulter. »Danke, dass du gewartet hast.«

Lou nickte. »Und?«, wollte sie dann wissen. »Hast du mit ihm gesprochen?«

»Ja, schon. Es hat etwas gebraucht, bis ich es hingekriegt habe, aber jetzt ist alles wieder gut.« Erleichtert seufzte Ava auf. »Schon unglaublich, dass Soraya so ein verdammtes Glück gehabt hat, oder? Ich muss immer daran denken, was Doktor Grünberg vorhin gesagt hat. Also, dass Soraya ein echtes Feenpferd sein muss ...« Avas Stimme wurde leiser. »Langsam glaube ich auch daran, dass das hier ein besonderer Ort ist.«

»Ich hätte nichts dagegen«, murmelte Lou und schlang die Arme um ihre Knie. »Ein bisschen Feenglück könnte ich jetzt auch gut gebrauchen.«

Ava sah ihre Freundin von der Seite an. »Tut mir leid, dass ich dich gestern hängen gelassen habe. Es war einfach ... zu viel ...«

»Klar«, sagte Lou, »trotzdem ...« Sie drehte den Kopf nach hinten, um zu gucken, ob die Luft rein war. Als niemand auf dem Hof zu sehen war, fuhr sie fort. »... noch ist es ruhig auf Insta«, flüsterte sie dann. »Nix mit Enthüllungen oder so. Auch keine fiesen neuen Nachrichten. Aber wie ich Florentine kenne, war das erst der Anfang. Die führt mit Sicherheit was im Schilde.«

»Ja, das glaube ich auch«, antwortete Ava und erzählte, wie offen Florentine ihr gestern damit gedroht hatte. Es war also nur noch eine Frage der Zeit, bis ihre verhasste Mitschülerin die Bombe platzen ließ.

Mit einem Mal war Lou den Tränen nah. »Ich weiß gar nicht, wie ich das meinen Eltern erklären soll, wenn das rauskommt«, schniefte sie. »Nicht nur, dass sie dann alles wieder an sich reißen werden. Mit Sicherheit finden sie es auch nicht besonders gut, dass ihre Tochter eine solche Unruhestifterin ist. Was werden da nur ihre Kunden denken? Boah, ich hör sie jetzt schon schwafeln!« Wütend wischte Lou sich eine Träne aus dem Gesicht. »Wenn ich nur wüsste, was Florentine damit will! Will sie sich nur rächen, oder steckt mehr dahinter? Will sie etwa, dass ich für sie den Strafdienst übernehme?« Sie sah Ava Hilfe suchend an.

»Genau, so weit kommt's noch!«, stöhnte Ava empört. »*Sie* ist doch das Miststück hier! Und deshalb wird sie uns auch nicht so einfach auf die Nase binden, was sie vorhat.« Ava machte eine Pause. »Aber Elaf vielleicht schon. Du hast ja selbst mitgekriegt, wie sie ist, wenn er in der Nähe ist. Vielleicht kann er was aus ihr rausquetschen. Ich finde, du solltest ihn wirklich einweihen.«

»Ach, das sagst du doch nur, weil du ihn dabeihaben willst«, grummelte Lou.

Ava verdrehte ihre wasserblauen Augen. Lou hatte schon früher so reagiert. Damals dachte sie noch, ihre beste Freundin sei über beide Ohren in Elaf verliebt und deshalb eifersüchtig. Mittlerweile aber wusste Ava es besser. Lou fühlte sich einfach oft als fünftes Rad am Wagen, wenn sie zu dritt rumhingen, und Ava konnte das auch ein Stück weit verstehen. Doch wenn ihre Freundin das Steuerrad herumreißen wollte, brauchten sie eben Elaf dazu. Ava schüttelte also ihren goldblonden Pferdeschwanz und antwortete bestimmt: »Wenn jemand was aus Florentine rauskriegt, dann er.«

Lou knurrte. »Na gut, ich überlege es mir.«

In dem Moment kam Elsie aus dem Forsthaus. Wie vom Donner gerührt, blickte sie auf die beiden Mädchen, die verschwörerisch die Köpfe zusammengesteckt hatten. »Um Himmels willen! Ihr zwei brütet doch nicht schon wieder etwas aus?«

»Nö«, antworteten die Mädchen im Chor.

Elsie sah die beiden misstrauisch an. »Wer's glaubt«, lachte sie und ließ sich ebenfalls auf die Steinstufen fallen, um in ihre braunen Schnürstiefel zu schlüpfen. »Und? Hast du Soraya schon gewaschen?«, fragte sie dann, als die Mädchen keinen Mucks von sich gaben.

»Nein, aber ich kann das gleich machen!« Ava sprang auf.

Doch Elsie schüttelte den Kopf. »Warte lieber noch ein bisschen, bis sich die größte Nachmittagshitze gelegt hat. Dann sind auch die Bremsen nicht mehr so lästig. Inzwischen versorgen wir ihre Augen. Ich habe schon den Sud aus dem Tee, den mir Doktor Grünberg dagelassen hat, zubereitet. Zuerst waschen wir ihre Augen damit aus, und dann kriegt sie wieder die Augensalbe. Ich glaube, es ist besser, wenn du das machst.« Elsie grinste schief. »Und später könnt ihr ja mit ihr in die Sandgrube gehen und sie im See etwas planschen lassen. Ein bisschen die Beine zu vertreten, täte ihr gut. Soraya ist es nicht gewohnt, so lange in der Box zu stehen. Sonst ist sie ja immer draußen.«

Ava und Lou warfen sich einen vielsagenden Blick zu. Die Sandgrube war genau das, was sie jetzt brauchten!

Träge schleppe ich mich durch den Wald. Sogar hier steht die Luft vor Hitze. Nicht mal zwischen den Farnen ist es jetzt noch kühl. Ich spüre, wie antriebslos ich bin, und das kommt nicht nur von der Sommerglut. Es ist auch diese verdammte Einsamkeit, die mir langsam echt zu schaffen macht. Sie lähmt mich, doch wenn ich durchhalte, wird alles wieder gut werden. Zumindest besser als vorher.

Als ich zu einer Weggabelung komme, zögere ich nicht lange und schlage den Weg ein, den ich noch nicht kenne. Den wollte ich ohnehin die ganze Zeit schon auskundschaften. Warum also nicht gleich jetzt? Langsam gehe ich weiter. Bald wird der Boden unter mir sandiger, das Blätterdach über mir luftiger. Die Sonne dringt durch die Ritzen, der Weg führt steil bergab. Ein seltsames Orange beginnt sich durch die Blätter zu schieben. Als ich den Waldrand erreiche, bleibe ich staunend stehen.

Da ist Sand! Jede Menge! Soweit das Auge reicht! Als wäre ich weit, weit gegangen und plötzlich auf der anderen Seite der Erde wieder rausgekommen. Dazwischen glitzert es blau. Kann das wirklich möglich sein? Als ich auf den kleinen See zulaufe, sehe ich, dass das Wasser klar und sauber ist. Ohne zu überlegen, reiße ich mir die Klamotten vom Leib und springe hinein. Und dann schwimme ich, bis ich keinen einzigen quälenden Gedanken mehr in mir habe. Erst danach setze ich mich ans Ufer. Das hier muss mal eine Sandgrube gewesen sein, überlege ich dabei. Darum das Loch und darum der See. Dazwischen stehen in ein paar Senken Holzkonstruktionen rum. Eine Brücke, ein Tisch, ein Kreuzsprung ... Kann es sein, dass sie hierherkommen, um zu reiten?

Egal! Jetzt bestimmt nicht. Jetzt ist es viel zu heiß dafür. Mit Sicherheit werde ich noch einige Zeit hier meine Ruhe haben. Selbstvergessen spiele ich mit dem Sand, male Schnörkel hinein, Kringel und andere Sachen. Als meine Haare wieder trocken sind, verlasse ich schließlich diesen wunderbaren neuen Ort, den mir der Wald geschenkt hat.

Die Luft flirrte noch immer über dem Wasser, als tanzten winzige Libellen in der Abendsonne. Hellorange Flecken wie von hauchzarten Flügeln, flimmernd in der Julihitze, während der Himmel dahinter in ein dramatisches Rot überging.

In der Sandgrube regte sich kein Lüftchen. Der See hatte

längst Badewannentemperatur erreicht, doch das schien Soraya nicht viel auszumachen. Die schöne Silberstute stand bis zum Bauch im Wasser und spielte mit ihren Nüstern mit dem kalten, oder eben nicht mehr ganz so kalten, Nass.

Ava sah ihr belustigt zu. Mit der Fliegenmaske, die Soraya wieder trug, sah sie aus, als hätte sie eine Tauchermaske auf.

»Fehlt nur noch der Schnorchel«, rief auch Lou vom Ufer aus, ehe sie sich wieder dem spektakulären Abendhimmel widmete. Dieses Mal mit ihrer Handykamera. Im quietschgelben Bikini. Lou-Style eben.

Ava lachte und schwamm mit kräftigen Zügen auf Soraya zu. »Na, mein kleines Seepferdchen«, sagte sie und stemmte sich auf ihren Rücken. »Komm, wir gehen wieder, ehe du noch zum Fisch wirst. Außerdem hast du gehört, was Elsie gesagt hat. Deine Augen dürfen nicht nass werden.« Behutsam dirigierte sie Soraya in Richtung Ufer. Mittendrin blieb die Silberstute jedoch stehen und bewegte ihre grauen Ohren unruhig unter der Fliegenmaske.

Alarmiert blickte Ava hoch zu den Dünen. Wollte Soraya ihr damit sagen, dass schon wieder jemand in der Nähe war? Die blinde Lusitanostute irrte sich in solchen Dingen so gut wie nie, das hatte Ava endlich begriffen. Sie tat also gut daran, Sorayas Instinkten zu vertrauen, auch wenn sich augenscheinlich kein Blättchen regte. Doch irgendetwas schien im Busch zu sein, es war eindeutig. Denn wie zum Beweis gab Soraya nun ein durchdringendes Schnauben von sich, das Ava in den Beinen kitzelte. Auch sie trug bloß einen Bikini, und deshalb rutschte sie jetzt zur Sicherheit von Sorayas Rücken und nahm sie am Führstrick. Widerwillig folgte ihr das Silberpferd.

»Was hat sie denn?«, fragte Lou verunsichert.

Ava zuckte mit den Schultern. »Sie scheint etwas zu spüren.« Vielleicht war es ja Elaf, dachte sie mit hüpfendem Herzen. Sie hatte ihm vorhin eine Nachricht geschrieben, dass sie noch schwimmen gehen wollten, doch dummerweise musste er tatsächlich im Café seiner Eltern aushelfen. Aber vielleicht hatte er es ja dennoch geschafft? Erwartungsvoll blickte Ava zu den Dünen hoch. Elaf fehlte ihr. Nach den ereignisreichen Tagen sehnte sie sich mehr denn je nach seiner Nähe. Doch irgendwie schien gerade nie Zeit dafür zu sein.

»Florentine«, murrte Lou plötzlich. »Ist sie uns etwa schon wieder gefolgt?«

Ava riss die Augen auf. »Meinst du? Falls ja, dann ist sie dieses Mal zu weit gegangen. Die Sandgrube ist unser Versteck!«, knurrte sie und ging mit Soraya wütend auf jene Stelle zu, an der die Stute geschnuppert hatte. Mit einem Satz sprang Ava hinter eine Düne.

»Und?«, rief Lou.

Irritiert schüttelte Ava den Kopf.

Buchstaben.

Jemand hatte etwas in den Sand gekritzelt und es dann

mit Schnörkeln und Kringeln und Punkten verziert. Dazwischen waren drei eindringliche Worte in den Sand geschrieben.

Ich war hier.

Als Ava die Zeilen im Sand las, rann ihr ein kalter Schauer über den Rücken. Es klang wie eine Botschaft. Oder eigentlich wie eine Warnung! Und wieder einmal hatte Soraya recht behalten. Es war also wirklich jemand in der Sandgrube gewesen ... nur ... ob das tatsächlich Florentine gewesen war? Ava war sich mit einem Mal nicht mehr so sicher. Denn eines daran war irgendwie merkwürdig. Die Fußspuren führten vom Gekritzel nicht zum Forsthaus, sondern schlugen den Weg ein, der zur Burgruine hinaufführte. Ava wusste das, weil Silvester ihr mal erzählt hatte, dass Albertina nach dem Training früher gern mit Soraya dort hochgeritten war.

Warum sollte Florentine diesen Umweg machen? Der Pfad war ziemlich steil und die rothaarige Schlange nicht unbedingt der große Outdoor-Typ. Vielleicht hatten sie ihre Erzfeindin ja vorschnell verdächtigt.

Ich war hier.

Ava fröstelte, obwohl die Sandgrube immer noch einem Backofen glich. Doch dieser Gedanke war kälter als die Juliglut. Was, wenn diese Botschaften gar nicht von Florentine stammten, sondern am Ende jemand anders dahintersteckte?

»Oh, *shit*«, murmelte Lou, als sie jetzt hinter Ava getreten war und auf die Notiz im Sand starrte. »Das ist ja echt ganz schön krank. Was machen wir denn jetzt?«

Ava kniff die Augen zu und blickte in Richtung der Burgruine. Es war an der Zeit, dem Ganzen auf die Schliche zu kommen, ehe sie sich noch mehr davon einschüchtern ließen. »Na, den Spuren folgen«, antwortete sie bestimmt.

#SCHATTENMÄDCHEN

So schnell sie konnten, brachten sie Soraya zurück zum Hof, dann rannten sie auch schon wieder in die Sandgrube. Zum Glück war der Weg so sandig, dass es leicht war, die Spuren auf dem Boden auszumachen.

Als sie ihnen folgten, viel Ava etwas auf. Die Schuhabdrücke waren kaum größer als ihre eigenen. Genau genommen waren sie genauso groß wie die von Lou. Sogar das Muster der Sohlen stimmte mit Lous Chucks überein. Während sie dem steilen Weg weiter hinauf folgten, versuchte Ava sich zu erinnern, welche Schuhe Florentine in letzter Zeit auf dem Hof getragen hatte. Um dann verwundert festzustellen, dass sie keine Ahnung hatte. Wenn sie und Nivo auf den Hof kamen, um die Koppeln von Pferdeäpfeln zu befreien, versuchte Ava ihnen stets so gut es ging aus dem Weg zu gehen. Doch je steiler der Pfad wurde, umso mehr drängte sich der Verdacht in Ava auf, dass ihre verhasste Mitschülerin hier niemals hochgeklettert wäre. Dazu war Florentine schlichtweg zu faul. Schließlich erzählte Ava Lou von ihren Bedenken und meinte: »Tja, zumindest ist es kein Massenmörder. Oder es ist einer, trägt aber Mädchenschuhe.« Sie grinste. Es war der schwache Versuch, die Stimmung etwas aufzulockern. Denn je dichter der Wald um sie herum wurde, desto dunkler wurde es jetzt auch.

Lou lachte nicht. »Ha, ha, sehr lustig«, knurrte sie bloß. »Wir laufen gerade unserem Unheil entgegen, und du machst auch noch Witze drüber. Was ist, wenn du recht hast, und es ist tatsächlich jemand anders? Jemand Verrücktes? Dann sollten wir besser umkehren, weil ...« Abrupt blieb sie stehen und sah Ava mit ihren großen Nutellaaugen an. Lou trug heute einen einfarbigen Jumpsuit, der ausnahmsweise mal nicht nach Hippie aussah, sondern ihr richtig gut stand. Dazu hatte sie sich ihre Locken nach dem Schwimmen einfach zu einem luftigen Bun zusammengedreht. Das Einzige, was an Lou jetzt noch bunt war, waren ihre Schuhe. Und auf die guckte sie jetzt. »Florentine trägt keine Chucks. Aus Prinzip nicht, hat sie mir mal gesagt. Weil die für sie total assi sind. Nur ... wenn es nicht Florentine ist, die mich stalkt, wer zum Teufel ist es dann?«

»Das werden wir herausfinden«, murmelte Ava, »wenn wir weitergehen.«

Lou straffte die Schultern. »Also gut! Wenn wir das jetzt nicht in die Hand nehmen, geht das ewig so weiter. Dann ist der ganze Sommer futsch, und darauf kann ich echt verzichten.«

»Eben!« Hastig hakte sich Ava bei Lou unter, ehe sie beide der Mut verließ. »Wir werden schon noch ein bisschen Feenglück von heute abkriegen. Außerdem sind wir in der Überzahl. So schnell lassen wir uns doch nicht unterkriegen. Gemeinsam schaffen wir das!«

Lou lächelte ihr dankbar zu. Dann gingen sie Schulter an Schulter rasch weiter. Bald sahen sie die alte Cassisburg zwischen den Blättern aufblitzen. Die Sonne war schon hinter den Baumwipfeln verschwunden, und die Ruine lag somit im Schatten. Dämmrig aber war es noch nicht. Dennoch sah das alte Gemäuer mal wieder so gar nicht einladend aus.

Lou schien ähnlich zu denken, denn sie flüsterte: »Wenn wenigstens Flauschbär hier wäre.«

»Oder Elaf«, murmelte Ava.

Jäh löste Lou sich von ihrer Umklammerung und sah Ava verärgert an. »Mensch, kannst du auch mal an was anderes denken als an deinen Lover?«, murrte sie genervt. »Wehe, du kneifst jetzt. Wir schaffen das auch ohne ihn.«

»Da redet gerade die Richtige«, meinte Ava spöttisch.

»Wenn du Flauschbär meinst, der zählt nicht«, murrte Lou.

»Ha, ha, du weißt genau, wen ich meine. Ich hab's heute Morgen doch gesehen, wie toll du ihn gefunden hast.« Ava grinste, als Lou prompt rosarote Wangen kriegte. Sie hatte also recht behalten, doch ihre Freundin wollte das nicht zugeben.

Denn Lou drehte ihr den Rücken zu und nuschelte:

»Quatsch! Ich wollte nur höflich sein, das ist alles. Was geht mich dieser Kian an. Lass uns lieber nachschauen gehen, okay? Ich glaube, die Spuren führen …« Lou trat ein paar Schritte nach vorn. »Ja, genau. Zum Turm!«

Jetzt sah Ava sie auch. Neugierig folgten sie den Abdrücken. Über diesen Kian konnten sie schließlich auch später noch quatschen. Jetzt war erst mal der Stalker dran. Vor dem Verbotsschild blieben sie stehen.

»Ich hab doch gewusst, dass man hier ganz leicht rauf kann«, sagte Lou und kletterte wie zum Beweis auf die Burgmauer und spähte um die Ecke. »Da hat jemand absichtlich das Brett und die Leiter versteckt, damit keiner hochkommt.« Sie stellte sich auf Zehenspitzen und hangelte danach. »Aber nicht mit mir!«

Lou wirkte mit einem Mal wie ausgewechselt. Da war keine Spur mehr von Furcht, sondern wilde Entschlossenheit.

Ava konnte ihre Freundin verstehen. Sie hatte gestern schließlich auch nicht einfach tatenlos zusehen können, wie Soraya litt, sondern das Schicksal selbst in die Hand genommen. Lou schien nun das Gleiche tun zu wollen, auch wenn Ava jetzt doch ein mulmiges Gefühl hatte.

Was war, wenn der Stalker es nur darauf abgesehen hatte, sie beide in den Wald zu locken? Der Gedanke war ihr vorhin noch nicht gekommen. In der Sandgrube war es ja auch hell und sonnig gewesen. Jetzt hingegen fing es doch langsam zu dämmern an. Die Hitze des Tages legte sich, die Vögel stimmten ihr Abendlied an, und der Mond war am Horizont emporgeklettert. Sonst war keine Menschenseele weit und breit zu sehen. War es nicht besser, umzukehren?

Andererseits hatten sie kaum eine Wahl, als den Spuren zu folgen. Solange Lou niemanden über ihr Geheimnis einweihte, konnten sie auch niemanden um Hilfe bitten. Und als Lou eben das Brett so platziert hatte, dass es von der Burgmauer in die Mitteletage des Turmes führte, war es ohnehin zu spät, umzukehren. Denn schon war Lou darüberbalanciert und durch das Bogenfenster im Turm verschwunden.

»He, warte auf mich«, rief Ava und kletterte flugs hinterher. Auch sie überquerte das Brett. Schon stand sie im Inneren des Turmes neben Lou. Der Boden hier war ein gutes Stück weggebrochen. Ein großes Loch klaffte unter ihnen. Auch an den Holzstufen, die es hier mal gegeben haben musste, hatte der Zahn der Zeit genagt. Das obere Stockwerk hingegen schien besser in Schuss zu sein. Hier stand auch die Holzleiter, die hinaufführte.

Ava lauschte angespannt. Es war totenstill hier drin. Eine bedrückende Leere erfüllte den Turm. Auch Lou wirkte nervös. Sie tippte mit dem Finger Richtung Turmdach.

Ava verstand das Zeichen. So leise wie möglich kletterten sie die Sprossen empor. Zuerst Lou, dahinter sie. Stück für Stück, bis sie oben angelangt waren. Ava sah zu, wie Lou vorsichtig den Kopf durch die Luke steckte, um zu sehen, ob die Luft rein war. Als sie durch die Öffnung verschwand, folgte Ava ihr. Bald stand auch sie direkt unter dem Dach des Turmes auf der höchsten Etage. Dort wurde sie von einer umwerfenden Aussicht in Empfang genommen. Doch sonst war niemand hier.

»Wow«, hauchte Lou beeindruckt, während sie schon zwischen den Zinnen stand und wie gebannt in die Ferne blickte. »Genial, oder? Und dann noch dieses Abendlicht!«

Ava kannte den Gesichtsausdruck ihrer Freundin nur zu gut. Daher wusste sie auch, dass Lou jetzt am liebsten ihre Kamera gezückt und losfotografiert hätte. Lou war eben ein richtiger Fotofreak. Da konnte es schon mal passieren, dass sie alles andere um sich herum vergaß. Ava räusperte sich, und Lou gelang es, sich von dem Anblick loszureißen.

»Seltsam!«, murmelte Ava, als sie den kreisrunden Raum mit den Augen absuchten. »Ich dachte echt, hier ist jemand.« Doch im Turm war es völlig leer. Nicht mal die kleinste Spur von ...

»Aber hier«, raunte Lou plötzlich. Sie war ein paar Meter weiter gegangen und zeigte jetzt auf etwas, das dort auf dem Boden lag.

Ava drehte sich um. Da war eine kleine Steinmauer, die ins Innere des Turmes führte. Früher musste das mal ein eigener Raum gewesen sein. Jetzt war davon nicht mehr viel übrig. Bloß ein Teil der Mauer stand noch und diente hervorragend als Versteck. Und genau dahinter fanden sie, wonach sie gesucht hatten.

Avas Herz schlug schnell, als sie auf die Sachen vor ihr starrte. Da waren ein Schlafsack auf dem Boden und eine

Campingmatte. Einige Essensvorräte, zwei Wasserflaschen, ein Haufen Klamotten, ein Rucksack, löchrige Sneakers …

»Ehrlich? Der schläft hier?«, raunte Ava. So sah die verborgene Stätte nämlich aus. Wie ein Schlaflager von jemandem, der sich im Wald ein trockenes Plätzchen gesucht hatte, um für eine Weile zu bleiben. Was eigentlich keine schlechte Wahl war, denn das Turmdach war intakt, und gestört wurde man hier oben auch nicht. Na ja, solange man das Brett und die Leiter versteckte … und eben seine Spuren verwischte!

Was der Stalker jedoch nicht getan hatte, dachte Ava grimmig und verspürte mit einem Mal so etwas wie Jagdfieber. Denn jetzt hatten sie ihn! Ob sie vielleicht seinen Rucksack durchsuchen sollten? Mit ein bisschen Glück fanden sie ja so etwas wie einen Ausweis oder ein Portemonnaie.

Plötzlich hielt Ava inne. Sie hob den Kopf und lauschte. War da nicht eben ein Geräusch gewesen? Auch Lou schien es gehört zu haben. Ihre Nutellaaugen wurden riesig, und mit dem Finger deutete sie nach unten. Nun war deutlich ein Knirschen zu vernehmen, wie wenn jemand über Steine ging.

Mist, dachte Ava panisch. Das musste er sein! Der Stalker wollte bestimmt wieder den Turm hochklettern. Doch was jetzt? Fliehen konnten sie nicht. Es blieb ihnen nur, sich zu verstecken. Dann würden sie ihn wenigstens auf frischer Tat ertappen. Hastig sprangen die beiden hinter die Steinmauer.

Komisch. Die Hitze macht mein Hirn wohl matschig. Ich hätte schwören können, dass ich die Leiter und das Brett weggeräumt habe, ehe ich mich auf den Weg in die Stadt gemacht habe, um meine Essensvorräte aufzustocken. Jetzt aber sind sie an ihrem Platz, so als hätte ich vergessen, sie zu verstecken. Mein Herz flattert kurz auf, doch dann beruhige ich mich wieder. Und schreibe es einfach der Sommerglut zu, dass mir dieser Fehler passiert ist. Bei dieser Hitze kommt ohnehin niemand rauf zur Burg, bestimmt habe ich noch mal Glück gehabt, und niemand hat mein Versteck entdeckt. Mit diesem Gedanken hieve ich die Einkaufstüte die Leiter hoch und stelle sie auf die Plattform. Dann stecke ich ebenfalls den Kopf durch die Luke und höre im nächsten Moment ein scharfes Zischen. Wie versteinert, bleibe auf der Leiter stehen.

Mit klopfendem Herzen linste Ava um die Ecke. Die Schritte wurden deutlicher, und das Rascheln einer Tüte war nun zu hören. Schon tauchte die Tüte in der Luke auf. Kurz darauf folgte ein roter Haarschopf.

Ava blinzelte überrascht. War es etwa doch Florentine? Aber was, bitte schön, hatte sie hier oben zu suchen? Versteckte sie sich etwa im Turm vor ihrem selbstsüchtigen Vater?

Lou sah ebenfalls mit angehaltenem Atem zu. Jedoch einige Meter von Ava entfernt, am anderen Ende der Mauer. Ava hörte trotzdem, wie ihre Freundin plötzlich scharf die

Luft einzog, als der rote Haarschopf in der Luke auftauchte. Natürlich hörte auch die Gestalt Lous Zischen, woraufhin sie, wie vom Donner gerührt, versteinerte, um dann blitzartig den Kopf zu ihnen zu drehen.

Schwarze Augen.

Das war das Erste, was Ava durch den Kopf schoss. Dunkle, fast schwarze Augen sahen sie an. Verdattert starrte Ava in das Gesicht eines völlig fremden Mädchens.

Auch Lou schien es noch nie im Leben gesehen zu haben, denn Ava hörte, wie sie verblüfft rief: »Hä? Und wer bist du jetzt?« Prompt trat ihre Freundin hinter der Mauer hervor und musterte das fremde Mädchen mit einem großen Fragezeichen im Gesicht.

Auch Ava begann es zu scannen, blieb aber zur Sicherheit noch hinter der Mauer stehen. Das Mädchen sah zwar nicht gefährlich aus, aber irgendwie wild.

Seine Haare hatten nichts mit Florentines Haarpracht gemein, außer, dass beide rot waren. Während die Mähne von Avas Erzfeindin stets glänzte und in zarten Wellen über ihren Rücken fiel, waren die hier das krasse Gegenteil. Nicht nur, dass die Haare der Stalkerin in einem viel kräftigeren Kupferrot gefärbt waren und Florentine von Natur aus rote Haare hatte, war die Mähne des fremden Mädchens zu Dreadlocks gedreht, die wiederum mit bunten Bändern und Federn geschmückt waren. Es schien auch ein paar Jahre älter zu sein. Ein Piercing zierte seine Nase. Die Augen waren tiefbraun, und ein seltsamer Glanz ging von ihnen aus. Beinah kam es Ava vor, als wenn das Mädchen gar nicht verärgert darüber war, aufgeflogen zu sein.

Und tatsächlich lächelte es jetzt. Kräftige weiße Zähne blitzten ihnen entgegen. Und dann sagte es ziemlich lässig: »Hi, Lou! Oder soll ich dich lieber XluX nennen?«

Lou klappte der Mund auf. Auch Ava schüttelte hinter der Mauer irritiert den Kopf. Wer zum Teufel war dieses Mädchen, das so locker über Lous geheimstes Geheimnis sprach und zugleich aussah wie Jack Sparrow mit orangefarbenen Haaren?

»Die Nachricht kam also von dir?«, fragte Lou und ging einen Schritt auf das Mädchen zu. Auch Ava trat nun hinter der Mauer hervor.

Das Mädchen blinzelte kurz zu ihr rüber. »Ha, ha! Ich hätte mir denken können, dass ihr zu zweit hier seid.« Sie lachte, hievte den Rest von sich durch die Luke und rappelte sich dann hoch.

Jetzt war Ava sich sicher, dass das Mädchen ein gutes Stück älter war als sie. Es war zwar nicht viel größer, aber sein Körper war um einiges weiblicher. Als Ava das fremde Mädchen von Kopf bis Fuß musterte, blieb sie prompt an seinen Schuhen hängen. Der eine war rot, der andere grün.

»Du hast ihre Schuhe geklaut?«, rief Ava verblüfft.

»Ja, sorry«, sagte das Mädchen in Lous Richtung. »Das war daneben, ich weiß. Aber meine hatten Löcher.« Es nickte rüber zu seinen Habseligkeiten. »Und ich brauchte dringend welche.«

»Und deshalb stiehlst du ausgerechnet meine?« Lou wirkte nun so wütend, dass das fremde Mädchen beschämt den Kopf senkte. »Wer bist du überhaupt?«

»Ich bin Onka«, sagte es.

»Und was machst du hier?« Lous Stimme klang noch knurriger.

Onka zuckte mit den Schultern. »Das ist eine lange Geschichte«, sagte sie ausweichend. »Eigentlich ist es bloßer Zufall, dass ich hier gelandet bin. Aber keine Sorge, im Herbst bin ich wieder weg«, fügte sie rasch hinzu, als Ava und Lou sich einen schnellen Blick zuwarfen. Onka schien ihn richtig zu deuten, denn sie meinte: »Klar, solange ihr mich nicht verpfeift.« Sie grinste.

»Und wer sagt dir, dass wir das nicht tun?«, fragte Ava. Irgendwie war ihr diese Onka eine Spur zu selbstsicher. Und bald wurde ihr auch klar, warum das so war.

»Ist doch logisch«, antwortete Onka und trug die Tüte zu ihren Habseligkeiten rüber, ehe sie sich auf ihren Schlafsack plumpsen ließ. »Ihr verpfeift mich nicht, dann verpfeife ich euch nicht. Bei mir ist XluX sicher, keine Sorge.« Sie lächelte Lou an. »Ehrlich, ich finde das sogar richtig cool, was du machst.«

»Echt?«, murmelte Lou verblüfft. »Das ist alles, was du damit bezwecken willst?«

»Ja, ich habe mich ein bisschen im Netz schlaugemacht«, fuhr Onka fort. »Du bist eine richtig große Nummer hier. Wenn du jetzt auffliegen würdest, wäre das ziemlich ätzend.

Wegen des Neu-Andra-Projekts und so. Dabei bin ich voll bei dir. Echt miese Sache, was da abgeht. Du musst wirklich was dagegen tun. Wäre schade, wenn das ausgerechnet jetzt in die Hosen ginge, nur weil jemand seine Klappe nicht halten konnte …«

»Keine Sorge, wir verpfeifen dich nicht«, murmelte Lou. »Solange du mich nicht verpfeifst!«

Onka nickt erleichtert. »Okay, dann haben wir das ja geklärt. Ihr sagt nichts, dann sage ich auch nichts. Die Schuhe werde ich dir natürlich ersetzen«, fügte sie hastig hinzu. »Ich hab nur gerade keine Kohle …«

»Ist schon gut.« Lou winkte ab. »Ich hab ja noch ein Paar davon.« Sie schlug ihre Zehenspitzen zusammen.

»Oh, das ist echt nett von dir, danke«, murmelte Onka dankbar.

Als sie beide daraufhin verstummten, fragte Ava: »Dann warst du das im Turm? Beim Training und auch beim Drehtag? Ich habe mir das also nicht eingebildet, dass hier oben jemand war? Und deshalb war Soraya auch so nervös. Deinetwegen!«

»Ja, sorry«, antwortete Onka schnell, als hätte sie auf diese Frage schon gewartet. »Ich habe ja selbst mitgekriegt, wie sie meinetwegen ständig ausgezuckt ist. Aber was hätte ich denn tun sollen? Ihr habt mich beim Drehtag total überrumpelt. Ich wusste ja nicht, dass ihr hier hochkommt. Also blieb mir nichts anderes übrig, als mich zu verstecken, bis die Luft wieder rein war.«

Ava runzelte die Stirn. »Und was war mit den anderen Malen im Wald? Dann bist du das auch gewesen?«

Onka grinste verlegen. »Ja, schon, aber ehrlich, ich wollte euch nicht ausspionieren. Ihr seid bloß ständig da aufgetaucht, wo auch ich gerade war.« Sie machte eine Pause, ehe ein Lächeln über ihr Gesicht huschte. Und das war so anders als das toughe, selbstsichere Grinsen von vorhin.

»Sie hat mich *immer* gesehen«, sagte Onka, und dabei klang ihre Stimme beinahe zärtlich. »Obwohl sie blind ist. Ich habe lange gebraucht, bis ich es gecheckt habe, dass sie gar nichts sehen kann, sondern nur spüren. Und das ist schon irgendwie krass. Niemand hat mich bisher im Wald entdeckt. Nicht mal ihr. Dabei sind wir uns ständig fast auf die Füße getreten.« Sie lachte auf. »Und was hatte ich Schiss, dass sie mich an euch verraten würde! Lange wäre das bestimmt nicht mehr gut gegangen.« Onka griff nach der Einkaufstüte und holte eine Packung Kartoffelchips hervor. »Doch dann habe ich das mit XluX rausgekriegt.« Sie wandte sich wieder Lou zu. »Deine Fotos sind total gut. Mich wundert es, dass zwischen den beiden Accounts bisher niemand einen Zusammenhang entdeckt hat. Dabei hast du einen total eigenen Stil. Beim Fotografieren ist im Grunde ja der Fotograf das Entscheidende und nicht das Motiv oder die Kamera. Das ist wie beim Pferdesport. Im Endeffekt liegt alles am Reiter.« Sie sah zu Lou hoch und legte die Chipstüte in die Mitte. »Falls ihr Hunger habt!«

Lou zögerte. Und auch Ava. Doch dann spürten sie, dass

es eine Art Einladung war. Und dass es vielleicht nicht verkehrt war, die Einladung anzunehmen. Schließlich waren sie gekommen, um Antworten zu finden. Und die kriegten sie nur, wenn diese Onka auch damit herausrückte. Bis jetzt wussten sie aber so gut wie gar nichts über sie, außer, dass hinter dem Stalker kein Massenmörder steckte, sondern ein ungefähr siebzehnjähriges Mädchen. Zumindest schätzte Ava es so alt ein. Und das würde erst dann den Mund aufmachen, wenn sie ihm auch die Gelegenheit dafür gaben. Ava hockte sich also auf den Steinboden und griff nach der Chipstüte. Lou tat es ihr gleich. So saßen die drei plötzlich zusammen, als wären sie schon seit Ewigkeiten Freunde.

Onka schien der Gedanken sichtlich zu gefallen. Ava merkte, wie sie sich daraufhin entspannte.

»Dein Silberpferd ist unglaublich!«, fing sie zu schwärmen an. »Ich bin seit den Sommerferien hier, aber nur sie hat mich bis jetzt wahrgenommen. Tut mir leid, wenn ich euch damit Angst eingejagt habe. Das war eigentlich überhaupt nicht meine Absicht.«

»Und was sollte dann die Botschaft in der Sandgrube?«, fragte Ava misstrauisch.

Onka runzelte ihre dunklen Augenbrauen. »Welche Botschaft?« Dann aber lachte sie. »Ach so, das war doch bloß eine Spielerei. Wenn man so lange im Wald lebt, dann ...« Sie brach ab und steckte sich ein paar Chips in den Mund.

Doch Ava spürte auch so, wie einsam sie sein musste.

»Bist du von zu Hause abgehauen?«, fragte Lou geradeheraus.

Onka zuckte mit den Schultern. »Nicht unbedingt. Mein Großvater glaubt, ich wäre bei meinen Eltern. Und meine Eltern glauben, ich wäre bei meinem Großvater. Ein Glück, dass sie kaum miteinander quatschen.«

Ava schüttelte überrascht den Kopf. Echt? So simpel war das? Ihre Mutter und ihr Vater waren zwar auch nicht die völligen Helikoptereltern und ließen Ava so gut es ging ihr Ding machen. Dennoch konnte sie sich nicht vorstellen, dass es ihnen nicht auffallen würde, wenn sie plötzlich einfach so von der Bildfläche verschwinden würde. Und auch wenn Onka ein paar Jahre älter war, war das schon irgendwie ... heftig. Und, um ehrlich zu sein, auch verdammt traurig.

»Deine Eltern checken das nicht?«, fragte sie erstaunt.

»Nö.« Onka schüttelte ihre orangefarbenen Dreadlocks, bis die Federn darin wippten. »Die sind vor zwei Jahren nach Jamaika gezogen und leben jetzt das totale Auswandererklischee. Fehlt nur noch, dass sie sich für eine Doku-Soap dabei filmen lassen. Ich hätte mit ihnen gehen sollen, aber ich wollte nicht, schon allein wegen Taifun.«

»Wer ist denn Taifun?«, fragte Lou und knabberte an einem Kartoffelchip.

»Mein Pflegepferd«, erklärte Onka.

»Das ist jetzt nicht dein Ernst?«, kreischte Lou. »Sag mal, bin ich hier denn nur von Pferdeverrückten umgeben?«

Ava und Onka grinsten sich schief an. »Jep«, antworteten sie beide stolz.

Lou lachte. »Okay, ich geb's auf!« Sie griff wieder in die Chipstüte und sagte: »Komm, erzähl weiter.«

»Taifun bedeutete alles für mich. Doch dann haben die Besitzer ihn verkauft, ohne mir etwas davon zu sagen. Eines Tages war er einfach weg, als ich in den Stall kam, und das war ...«

Onka suchte nach den richtigen Worten, doch Ava wusste auch so, wie sich das anfühlte. Es war eine Leere, die kaum auszuhalten war. So, als würde jemand das Licht auslöschen oder die Farben abstellen und dann verlangen, ab jetzt ohne zu leben. Onka hatte also fast dasselbe durchgemacht, nur um eine Variante härter. Denn während Ava fürsorgliche Eltern hatte und sie selbst für Flint ein gutes Zuhause suchen durfte, hatte man Onka um diese beiden Dinge betrogen.

Und mit einem Mal begann sie, Onka zu mögen. Irgendwas an ihr faszinierte Ava. Sie konnte nur nicht sagen, was es war. »Es ist, als wenn einem plötzlich die Luft zum Atmen fehlt«, murmelte Ava.

»Ja, genau!« Onka nickte heftig. »Pferde sind eben mein Leben. Das ist auch der Grund, warum ich mich hier überhaupt verstecke. Ich habe nämlich das Gymnasium geschmissen, weil ich Bereiterin werden möchte. Doch mein Großvater will das nicht akzeptieren. Er meint, Pferde für andere auszubilden, sei kein ordentlicher Beruf. Außerdem will er, dass ich das Abi mache. Aber wofür brauche ich Abitur, wenn ich Bereiterin werden will? Also habe ich heimlich den Aufnahmetest in einer Fachschule für Pferdewirtschaft gemacht und auch bestanden.« Onka grinste stolz. »Im Herbst kann ich dort anfangen. Jetzt brauche ich nur noch zu warten, bis es so weit ist.«

»Es gibt eine Schule für so was?«, fragte Lou verdutzt.

»Klar!« Onka nickte. »Eine Lehre wäre mir zwar lieber gewesen, weil man da nicht in die Schule muss, zumindest nicht die ganze Zeit. Aber mein Großvater hätte das bestimmt irgendwann mitbekommen, wenn ich jeden Abend mit Pferdegeruch anstatt mit Schulbüchern nach Hause gekommen wäre. Es dauert nicht mehr lange, dann bin ich sowieso im Internat, weit weg von hier. Die Schule ist nämlich in Österreich, und das kriegt er nie raus. Er glaubt ja immer noch, dass ich eigentlich bei meinen Eltern bin. Und solange in der Schule alles bezahlt wird, werde ich auch nicht auffliegen. Dafür sorge ich schon.« Onka straffte die Schultern. »Denn wenn ich achtzehn bin, kriege ich das Erbe meiner Oma ausbezahlt. Die war die Coolste. Sie wäre ganz sicher damit einverstanden gewesen, dass ich das Geld für meine Ausbildung nehme … und endlich mein eigenes Leben lebe«, fügte sie leise hinzu.

Ava sah Onka mitfühlend an.

JULIFLIRREN

Es wurde schon dunkel, als Ava und Lou zurückgingen. Irgendwie hatten sie im Turm die Zeit völlig vergessen. Die drei Mädchen hatten sich eine Menge zu erzählen gehabt.

Nicht nur Onka, sondern auch Ava und Lou. Denn mit einem Mal war da jemand, der Bescheid wusste, und das machte sie alle drei zu Eingeweihten. Nicht nur, was Lous Geheimnis anging oder Onkas Versteckspiel. Es war auch so, dass da nun jemand war, der sich mit blinden Pferden auskannte!

In jenem Stall, wo früher Onkas Pflegepferd Taifun gestanden hatte, gab es nämlich auch ein Pferd mit ERU, das daran erblindet war. Onka hatte hin und wieder mitgeholfen, es zu betreuen. Und so war es das erste Mal, dass Ava auf jemanden traf, dem diese Krankheit nicht nur ein Begriff war, sondern der auch wusste, wie es sich anfühlte, mit einem blinden Pferd zu arbeiten.

Was für ein verdammter Zufall, dachte sie, als sie nun endlich die Ruine verließen. Dabei schielte sie kurz hoch zum alten Stadtwappen. In der Dunkelheit waren die in Sandstein gemeißelten Konturen des Feenpferdes kaum zu erkennen. Nur das Silber seiner Mähne leuchtete schwach im Licht des aufgehenden Mondes. Ava lächelte. Bis vor Kurzem hatte ihr das Orakel noch mächtig Angst eingejagt. Jetzt hingegen hatte sie das seltsame Gefühl, davon geleitet zu werden. Denn dass Onka sich mit blinden Pferden auskannte, wirkte beinah wie eine feengleiche Fügung.

Andererseits war ERU mehr verbreitet, als man glaubte. Im Internet hatte Ava mal gelesen, dass in Deutschland acht bis zehn Prozent der Pferde klinische Anzeichen von periodischer Augenentzündung aufwiesen. Weltweit waren es sogar bis zu zwölf Prozent. Also verdammt viel! Und dennoch hatte sie auf Eschenthal oder auf den anderen Reiterhöfen, wo sie und ihre Freundinnen Sina und Freya früher Turniere geritten waren, kein einziges blindes Pferd je gesehen. Jetzt hingegen war da plötzlich jemand, mit dem sie darüber quatschen konnte.

So geschah es, dass sich die drei auch gleich erneut für den nächsten Tag in der Sandgrube verabredeten. Das Wetter sollte wieder heiß werden, und der geheime Platz im Wald war der perfekte Ort dafür.

Nun aber war es höchste Zeit, nach Hause zu gehen. Es war ein seltsames Gefühl, Onka allein im Turm zurückzulassen, als sie der Burg den Rücken kehrten und den Weg in den Wald einschlugen. Aber was sollten sie dagegen machen? Im Gegensatz zu Onkas Eltern machten sich ihre bestimmt schon Sorgen, wo sie so lange blieben. Zum Glück hatten sie ihre Handys dabei. Nicht nur wegen der Taschenlampen-App, die ihnen den Weg durch den Wald leuchtete. Ava konnte auch jederzeit anrufen und Bescheid geben, dass sie später nach Hause kommen würde ... oder ... Als die Lichter des Forsthauses vor ihnen in der Dunkelheit aufleuchteten, hatte sie *die Idee*!

»Meine Eltern wollen eigentlich nicht, dass ich so spätabends noch mit dem Rad durch den Wald fahre. Was hältst du davon, wenn wir Elsie fragen, ob wir heute nicht einfach hier schlafen dürfen? Morgen ist sowieso wieder Ponytag. Und auf dem Heuboden finden wir bestimmt Platz.«

Auch wenn es schon dunkel war, sah Ava, wie Lou augenblicklich neben ihr breit zu grinsen anfing. »Eine Nacht im Heu! Cool, ich bin dabei«, jubelte sie.

Es war Lou anzumerken, wie erleichtert sie darüber war, dass nicht Florentine ihr Geheimnis entdeckte hatte, sondern Onka. Und die hielt garantiert dicht. Jetzt musste Elsie nur noch Ja sagen, dann würde dieser Tag voller Feenglück ein perfektes Ende haben.

In der Reithalle brannte noch Licht. Elsie longierte eben einen Neuankömmling, der vor einigen Tagen in der Soulhorsefarm eingezogen war. Nun nutzte die Pferdetrainerin die Ruhe und Kühle des Abends, um sich dem neuen Pferd zu widmen. Als sie Elsie fragten, hatte diese glücklicherweise nichts dagegen. Und Avas und Lous Eltern auch nicht, als sie zu Hause anriefen.

Vorfreudig machten die beiden sich also schnurstracks auf den Weg zum Heuboden, um ihr Nachtlager vorzubereiten. Bald hatten Ava und Lou aus Pferdedecken ein gemütliches Heubett gezaubert. Und als Silvester wenig später einen Korb mit Essen für sie heranschleppte, war die Heubodenparty perfekt.

»Viel Spaß euch da oben«, brummte er von unten die Heuleiter zu den Mädchen hinauf. »Und lasst euch nicht von den Mäusen anknabbern«, fügte er lachend hinzu, ehe er wieder zurück ins Haus humpelte.

Begierig machten Ava und Lou sich über den Korb her. Sogar eine Tafel Schokolade hatte der gutmütige Silvester für sie hineingepackt. Und jene Kekse, die auch sonst immer auf dem Jägerhochsitz auf sie warteten.

Das Heu duftete herrlich, und draußen hörte man die Grillen zirpen und unter ihnen die Pferde schnauben. Traumhaft schön!

Kurz vor dem Zubettgehen schlüpfte Ava noch einmal zu Soraya in die Box, um Gute Nacht zu sagen. Die Lusitanostute lag schon auf dem Boden in ihrem Strohbett. Das Halfter hatte Elsie ihr zuvor ausgezogen und die Fliegenmaske ebenso. Ohne das alles war Silverhorse noch schöner, fand Ava. Irgendwie wild und frei. Und auch ihre Augen hatten sich schon ein wenig verbessert, kam es Ava vor. Die Lider waren weniger geschwollen. Das Wasser hatte wohl wirklich Wunder bewirkt. Genauso wie die Salbe und der Kräutersud. Doktor Grünberg hatte also recht. Genauso schnell, wie die allergische Reaktion aufgetreten war, schien sie auch wieder zu verschwinden. Feen sei Dank!

»Na, meine Schöne«, flüsterte Ava und hockte sich vorsichtig neben Soraya ins Stroh. Dann fing sie an, Silverhorse zärtlich zu kraulen. Die Stute genoss sichtlich die behutsamen Liebkosungen. Denn sie senkte ihren edlen Kopf mehr und mehr, und bald gab Soraya ein Schnauben von sich, bis ihr Kopf in Avas Schoß plumpste und sie dabei genüsslich die Augen schloss. Ein dumpfes Schnauben, fast ein Grunzen, durchdrang den schweren silbernen Körper, gefolgt von einem tiefen, zufriedenen Seufzen. Und dann lag das schöne Tier völlig auf der Seite, während der Lichtkegel des Mondes durch das Stallfenster schien und Sorayas Fell beinah funkeln ließ.

Das Gefühl war übermächtig, das Ava dabei verspürte. So nah waren sich die beiden noch nie gewesen. Diese Geste zeigte tiefstes Vertrauen. Bis in die Zehenspitzen wurde Avas Körper nun damit durchtränkt. Es füllte nicht nur sie aus, sondern auch Soraya. Und breitete sich dann prompt weiter aus, strömte in alle Richtungen wie ein goldener Sprühregen und legte sich wie eine warme, wohlige Decke über sie alle im Stall. Schließlich schnaubte auch Gwendolin, eine von Silvesters Stuten in der Box nebenan.

Wie kostbar dieser Moment doch war! Ava war jetzt nicht mehr das Mädchen, das ihr jeden Morgen zweifelnd im Spiegel entgegenblickte.

Sie war nun eine von ihnen. Ein Teil der Herde.

Auch wenn sie längst ein eingespieltes Team waren, blieben die Ponytage dennoch anstrengend. Noch dazu bei dieser Backofenhitze, die sich nun von Tag zu Tag steigerte. Nicht nur die Ponyzwerge wirkten quengeliger als sonst, auch die Ponys machten nur noch träge mit.

Ava, Lou und Elaf gaben ihr Bestes. Natürlich auch Silvester. Doch er war wieder einmal schlauer als sie gewesen und verlegte kurzerhand seine Station in den schattigen Innenhof, während die drei draußen weiter in der Sonne vor sich hin brutzelten. Zum Glück hatte Elaf dann aber die rettende Idee.

Er bat Silvester um einen Rasensprenger, den sie einfach in die Mitte des Reitplatzes stellten. Jeder durfte dann mit seinem Pony durch den Regenwasserfall reiten. Ein Riesenspaß für alle! Nur Flauschbär weigerte sich. Er hasste Wasser leider!

Als der Ponynachmittag dann vorbei war und auf der Soulhorsefarm wieder Ruhe einkehrte, seufzte Ava träumerisch auf. »Sandgrube, wir kommen!«

Lou neben ihr nickte, ehe sie die Stimme senkte und Ava das Handy unter die Nase hielt. »Und sieh mal, welche Nachricht ich gerade bekommen hab!«

ONKA: Hi, ihr zwei! Ich bin schon da und warte auf euch. Fragt doch, ob ihr vielleicht Soraya mitnehmen könnt. Dann kann ich sie endlich kennenlernen. *herzchenaugen*

Nachdem Ava die Zeilen überflogen hatte, grinste sie. Lou und Onka hatten gestern wohl noch Nummern ausgetauscht. Und dass Onka ihr jetzt so eine Nachricht schrieb, konnte nur eines bedeuten. »Da hat wohl schon jemand Pferdesehnsucht!« Ava lachte. »Aber die Idee ist klasse! Sorayas Augen waren heute Morgen schon fast gar nicht mehr geschwollen. Das Planschen im Wasser hat ihr total gutgetan.« Avas goldblonder Pferdeschwanz pendelte übermütig hin und her, als sie schwungvoll den Kopf zum Ausbildungsstall hinüberdrehte. »Ich frag schnell Elsie, aber sie hat bestimmt eh nichts dagegen.«

Ava wollte schon losmarschieren, als Elaf im nächsten Moment um die Ecke bog. Er hatte Silvester noch geholfen, die Tische im Innenhof wegzuräumen, und sah die beiden nun fragend an. »Wogegen soll Elsie was haben?«

Als Ava und Lou nicht sofort antworteten, stopfte er die Hände in die Hosentaschen und murrte: »Echt? Schon wieder Geheimnisse?«

Schuldbewusst senkte Ava den Blick. Sie fand diese ständige Geheimniskrämerei ja auch total daneben, aber was sollte sie machen? Sie konnte Elaf nicht einweihen. Sie hatte es Lou hoch und heilig versprochen, und Onka wusste nun mal über XluX Bescheid, Elaf aber eben nicht. Doch ihn deshalb einfach so doof stehen zu lassen, brachte Ava auch nicht übers Herz. Außerdem vermisste sie ihn. Seit gefühlten Ewigkeiten hatten sie beide nichts mehr gemeinsam unternommen. Und schon gar nicht waren sie schwimmen gewesen. Ständig musste Elaf im Café seiner Eltern aushelfen. Bestimmt auch jetzt wieder. Genau, dachte sie plötzlich. Das war doch die Lösung! »Ach, wir wollten bloß in die Sandgrube und haben überlegt, ob wir Soraya mitnehmen sollen.« Lou riss neben ihr die Augen auf, doch Ava sah sie beruhigend an. Elaf würde ohnehin wieder ins Café seiner Eltern abrauschen, wie es auch die letzten Tage gewesen war. Was machte es also für einen Unterschied, dass er wusste, dass sie in die Sandgrube gehen wollten? Doch da hatte Ava die Rechnung ohne ihn gemacht. Denn Elafs waldgrüne Augen begannen mit einem Mal zu leuchten. »Coole Idee! Ich bin dabei!« Er grinste von einem Ohr zum anderen. »Und wisst ihr was? Vielleicht darf ja auch Catalan mit? Dem Großen tut ein bisschen Abkühlung ebenso gut. Und Soraya freut sich bestimmt, wenn ihr Freund mitkommt.« Er zwinkerte ihr zu.

Ava klappte der Mund auf. »Ehrlich? Du hast Zeit?«

Elaf nickte. »Ja, der Kellner ist aus dem Urlaub zurück. Ab jetzt habe ich auch endlich Sommerferien.« Er schenkte ihr ein umwerfendes Lächeln. »Und? Wollen wir Elsie fragen?«

Sie nickte begeistert, doch dann wurde ihr klar, dass sie sich damit gerade in eine Megazwickmühle manövriert hatte. Hilfe suchend sah sie zu Lou, doch die verschränkte bloß wütend die Arme. Fieberhaft suchte Ava nach einem Ausweg. Wie sollten sie Elaf das mit dem fremden Mädchen aus dem Wald erklären, ohne dabei Lous Geheimidentität zu verraten? »Geh doch bitte schon mal vor, ich komme gleich«, schlug Ava eine Spur zu fröhlich vor.

Verdutzt zuckte der schwarzhaarige Junge die Schultern, doch er tat, was Ava gesagt hatte.

Als Elaf außer Hörweite war, flüsterte sie Lou hastig zu: »Hör mal, wir müssen ihm Onka nicht verheimlichen. Er gehört genauso dazu, findest du nicht?«

Lou machte ein saures Gesicht. »Und wie sollen wir das deiner Meinung nach anstellen, ohne dass auch *das andere* dabei rauskommt?«, zischte sie. »Ich darf jetzt nicht auffliegen. Nicht ausgerechnet jetzt! Hast du den Artikel in der heutigen Onlineausgabe des *Stadtanzeigers* nicht gelesen? Die Bauverhandlungen von Neu-Andra sind so gut wie abgeschlossen. Sie wollen das Endergebnis bald bei so einem doofen Event präsentieren. Mitsamt dem Werbefilm, der dort dann ebenfalls erstmals gezeigt wird. Danach gibt es kein Zurück mehr, und dieser Scheißindustriepark wird gebaut. Na ja, solange kein Wunder geschieht und sich die Leute dagegen wehren.«

»Dann ruf sie doch einfach an! Du hast ja jetzt ihre Nummer.« Ava deutete auf Lous Smartphone in ihrer Hand. »Elaf wird Onka nicht verpfeifen. Und wenn sie Bescheid weiß, dass sie dichthalten soll, dann wird Onka auch nichts verraten.« Sie sah ihre Freundin flehend an. »Komm schon! Bittttteee! Diese ganze Heimlichtuerei macht sonst noch alles kaputt.« Sie linste über ihre Schulter in Richtung Elaf, der jedoch schon im Ausbildungsstall verschwunden war.

»Von mir aus«, murrte Lou und verzog sich hinter die Büsche, um Onka eine Nachricht zu schreiben.

Ava rannte indes schnell zum Ausbildungsstall, doch Elaf kam ihr schon wieder entgegen.

»Elsie hat nichts dagegen«, sagte er knapp. Dabei wirkten seine Augen dunkel. Sauer blieb er vor ihr stehen und sah Ava prüfend an. »Sag mal, bist du dir sicher, dass du mir nichts verheimlichst? Irgendwie seid ihr in letzter Zeit echt komisch. Liegt es vielleicht an mir? Du kannst es mir ruhig ins Gesicht sagen, wenn du nicht mehr willst … du weißt schon, was ich meine …«, fügte er verlegen hinzu.

Oh, wie süß das war! Avas Herz schmolz förmlich dahin, als sie begriff, dass er sie ja genauso doll vermisst hatte wie sie ihn.

Hastig griff sie nach seiner Hand. Dabei klopfte ihr Herz im Galopp. »Ach, Quatsch! Und ob ich will«, murmelte sie. »Sehr sogar! Und das hat auch alles gar nichts mit dir zu tun. Da ist nur was anderes.«

Fragend blickte Elaf in Avas Augen. »Was denn?«

Sie grinste verlegen. »Das erzähl ich dir, während wir die Pferde holen gehen, versprochen!«

»Und du schläfst wirklich die ganze Zeit oben im alten Turm?«, fragte Elaf staunend.

Am Seeufer saß Onka neben Lou im warmen Sand und schaute den Pferden zu, die knietief im Wasser standen, während Elaf Catalan am Strick hielt und Ava Soraya. Dabei löcherte der Junge das fremde Mädchen mit tausend Fragen. »Und wirklich schon seit den Sommerferien?«

Onka nickte, sodass ihre Dreadlocks federten. »Ja, oder sogar schon etwas früher. Wieso, ist das wichtig?«

Elaf lachte. »Und wie. Jetzt weiß ich wenigstens, woher das Burggespenst so plötzlich gekommen ist.«

»Hä? Was meinst du?« Verdutzt guckte Ava über Sorayas Rücken zu Elaf rüber.

Rasch erzählte er von dem seltsamen Leuchten in letzter Zeit oben auf dem Burgturm. Seine kleine Schwester hatte es ein paarmal abends vom Café aus gesehen. »Du hast Ria damit einen ganz schönen Schrecken eingejagt«, lachte er. »Sie ist seitdem felsenfest überzeugt, dass es oben in der Ruine spukt.«

Ava sah Elaf verwundert an. »Echt? Das hast du mir gar nicht erzählt.«

Elaf grinste breit. »Du mir ja auch nicht.«

»Okay, du hast recht. Es gibt wohl niemand gern zu, Gespenster zu sehen.« Lachend gab sie sich geschlagen.

»Dann habt ihr ja doch was von mir mitgekriegt«, sagte Onka erstaunt, stand auf und watete durchs Wasser, um zu den Pferden zu gehen. »Und nicht nur sie.« Vor Soraya blieb sie stehen und begann die Silberstute nun vorsichtig zu streicheln.

Soraya zuckte nicht mal mit den Ohren.

Als Onka Avas verdutztes Gesicht bemerkte, meinte sie lächelnd: »Na ja, sie kennt mich eben schon!« Zärtlich fuhr sie mit der Hand über Sorayas kräftigen Rücken. »Bestimmt lässt sie sich herrlich reiten. Zeig doch mal was …« Sie nickte rüber zu den Holzkonstruktionen. »Ihr reitet Working Equitation? Das hab ich auf Insta gesehen, auf der Seite der Soulhorsefarm.«

Ava nickte, doch dann schüttelte sie den Kopf. »Ich weiß nicht«, meinte sie unsicher. Sie trug noch ihren Bikini, und den Reithelm hatte sie auch nicht dabei. Außerdem wollte sie Soraya nicht stressen. Die allergische Reaktion war zwar schon so gut wie abgeklungen, dennoch würde es nicht schaden, Silverhorse zu schonen, und das sagte sie jetzt auch.

Onka zuckte daraufhin mit den Schultern. »Dann eben du!« Sie nickte rüber zu Elaf. »Dein Pferd ist ein Springer, nicht? Das sieht man am Körperbau.«

Elaf grinste. »Schon, aber nicht für mich. Ich habe erst angefangen zu reiten.«

»Und dabei stellen sich die beiden richtig gut an«, warf Ava stolz ein.

Onka lachte. »Das glaub ich sofort.«

Verblüfft stellte Ava fest, dass Elaf tatsächlich überlegte, sich auf Catalans Rücken zu schwingen. Seine Augen glänzten förmlich, als er sich dem grauen Wallach zuwandte.

Unwillkürlich schüttelte Ava den Kopf. War ihm denn nicht klar, dass das viel zu gefährlich war? Elaf meisterte zwar schon alle drei Grundgänge an der Longe souverän, doch das bedeutete noch lange nicht, dass er einfach so ohne Sattel und Zaumzeug frei reiten konnte. Das war nun mal eine ganz andere Hausnummer! Und ehe Onka ihn noch mehr anstacheln konnte, sagte sie: »Na gut, von mir aus.«

Obwohl sie sonst nie ohne Reithelm ritt, schwang Ava sich auf Sorayas Rücken. Den Strick behielt sie in der Hand, obwohl der nicht nötig war. Die blinde Stute folgte ihr auch so. Im Schritt ritten sie aus dem Wasser hinüber zu jener Senke, in der ein Slalom aufgebaut war. Die anderen folgten ihnen neugierig. Auch Lou kam jetzt mit, obwohl sie sich bis jetzt nicht wirklich an dem Gespräch beteiligt hatte.

Behutsam lenkte Ava Soraya im Schritt um die verwitterten Holzstöcke.

»Du müsstest sie mal im Galopp sehen«, sagte Elaf prompt zu Onka. »Als würden die beiden schweben!«

Onkas Augen blitzten begierig auf. »Zeig doch mal!«, drängte sie. »Ein bisschen Galopp schadet Soraya bestimmt nicht. Ganz sicher ist sie sogar froh, wenn sie ein wenig Bewegung kriegt.«

»Mhm«, machte Ava unsicher. Doch als sie sah, wie Elaf Onka anstrahlte, gab sie sich einen Ruck. »Na gut! Von mir aus. Aber nur kurz!«

Sie lenkte Soraya zum Beginn des Parcours und ließ sie angaloppieren.

Kurz war das Gefühl herrlich. Ein Hauch von Freiheit und Abenteuer schlug ihr entgegen, denn das alles schlummerte im lauen Sommerwind. Man musste ihm nur die

Möglichkeit geben, es zuzulassen. Und Ava war mehr als bereit dafür. Seit Ewigkeiten träumte sie von nichts anderem. Von einem Sommer, der nicht schöner, nicht funkelnder, nicht magischer sein konnte. Einfach den Nüstern nach, den Wind dabei in den Haaren ... und dann schlug mit aller Macht die Erinnerung zu.

Ava erstarrte förmlich auf Sorayas Rücken, als sie sich so jäh in ihr Bewusstsein drängte. Beinah hatte Ava das Gefühl, wieder zu brennen. Wie bei dem Albtraum von neulich, den sie hinterher als Botschaft interpretiert hatte. Eine Botschaft von den Feen – an sie persönlich gerichtet. Damit sie auf das Feenpferd aufpasste ... doch was tat sie? Nämlich genau in diesem Augenblick?

Ava war so schockiert über ihr eigenes Handeln, dass sie dermaßen davon abgelenkt war, dass Soraya den Rhythmus verlor, und stolperte.

»Du bist zu unsicher, das spürt sie«, sagte Onka prompt, was Ava noch mehr aus der Fassung brachte. Was glaubte die denn? Dass sie so was wie eine Pferdeflüsterin war? Onka war ja ganz schön eingebil...

Und dann passierte es.

Soraya streifte mit der Kruppe einen der Holzstäbe. Vor Schreck trat die blinde Stute dagegen und preschte zur Seite. So wild, dass Ava das Gleichgewicht verlor und sich auf Sorayas Rücken nicht mehr halten konnte. Prompt fiel sie runter. Zum Glück landete sie im weichen Sand. Dennoch war Ava völlig überrumpelt, als sie sich hochrappelte.

Schnorchelnd blieb Silverhorse neben ihr stehen. Es war das erste Mal, das Soraya sie abgeworfen hatte! Vorher war das noch nie passiert! Nicht mal auf dem Turnier bei Rauewitz. Klar, es war nicht die Schuld der blinden Stute. Ava hatte einfach nicht aufgepasst, weil sie zu abgelenkt gewesen war. Trotzdem fühlte es sich seltsam an. So als hätte sie die Verbindung zu ihr verloren.

Onka kam, um Soraya einzufangen. Doch Ava sprang hastig auf die Beine und ging dazwischen. »Ich mach das!«

Soraya schnaubte empört unter ihrer Fliegenmaske, als Ava energisch nach dem Strick grapschte.

»Hast du dir wehgetan?«, fragte Onka.

Ava schüttelte wütend den Kopf. Sie mochte es nicht, dass Onka sich plötzlich wie eine Oberlehrerin aufspielte. Wegen ihr war das doch alles erst passiert!

Als Ava daraufhin sah, wie Lou und Elaf sich verwunderte Blicke zuwarfen, murmelte sie sauer: »Ich hab doch gesagt, dass es noch zu früh ist, aber mir glaubt ja keiner was!« Missmutig wischte sie sich den Sand von den Knien, dabei gab sich Ava im Stillen selbst ein Versprechen. Es war das letzte Mal gewesen, dass sie sich von jemandem hatte reinreden lassen, was Soraya anging. Großes Pferdeehrenwort!

#LAGERFEUER

Auch die nächsten Male trafen sie Onka in der Sandgrube. Und jedes Mal schien das Mädchen regelrecht auf sie alle zu warten, was Ava mehr und mehr gegen den Strich ging.

Keine Ahnung, warum das plötzlich so war. Sie hatte Onka anfangs doch total cool gefunden ... bloß je häufiger sie sich jetzt trafen, umso mehr schien Onka von ihnen allen Besitz zu ergreifen.

Nicht nur, was die Pferde anging. Auch Elaf war fasziniert von Onkas tougher Haltung, und irgendwie schienen die beiden ihr eigenes Ding daraus zu machen, bei dem Ava nicht dazugehörte. Denn als Ava, Lou und Elaf mit den Pferden wieder mal in Richtung Sandgrube unterwegs waren, hatte Elaf dieses Mal doch glatt einen Reithelm dabei.

»Onka will mir zeigen, wie man ohne Sattel reitet«, sagte er, als Ava ihn danach fragte. »Sie hat gemeint, im Wasser gehe das leicht, weil es nicht so schlimm ist, wenn man doch mal runterfällt.«

»Aha, hat sie das«, antwortete Ava spitz. »Dir ist aber

schon klar, dass das gefährlich ist. Und Elsie würde das bestimmt auch nicht gut finden, wenn sie davon wüsste.«

Elaf grinste bloß. »Sie weiß es aber nicht. Und es wird mir schon nichts passieren. Wir passen auf, versprochen!«

Ava schüttelte verärgert den Kopf, schwieg aber. Sie würde auf keinen Fall die Aufpasserin für die beiden spielen, dachte sie wütend.

Doch dann, als sie in der Sandgrube waren und Onka und Elaf mit Catalan im Wasser übten, schaffte sie es doch nicht, den Mund zu halten. Onka gab Catalan soeben doch glatt den Befehl, anzutraben, während Elaf sich mit baumelnden Beinen an seine Mähne klammerte.

»Ich glaube, das ist keine gute Idee!«, rief Ava ihnen vom Ufer aus zu. Der Abwurf von vor einigen Tagen saß ihr noch gehörig in den Knochen. Ava wusste nur zu gut, dass sie gut daran tat, die Signale der Feen richtig zu deuten.

Doch Onka lachte bloß. »Ach was. Sieht doch gut aus!« Das Mädchen mit den Dreadlocks ließ den Holsteiner weitertraben, während Elaf sich tapfer auf Catalans Rücken hielt. Und tatsächlich hatte er bald den Dreh raus, was Ava noch mehr wurmte. Nicht wegen Elaf, sondern weil Onka recht behielt.

Etwas später wechselten die beiden sogar die Plätze, und Onka schwang sich auf Catalans Rücken.

Ava sah ihnen vom Ufer aus zu, und dabei drückte sie das schlechte Gewissen. Wenn Elsie wüsste, was sie hier trieben, würde sie vor Wut austicken! Catalan war ja nicht mal ihr Pferd! Wie sollten sie es erklären, wenn doch etwas passierte? Kronbeek würde ihnen die Hölle heißmachen, wenn sein talentiertes Nachwuchsspringpferd einen Kratzer abbekam. Ava konnte dem Treiben nicht länger zusehen. Nicht nur, dass Onka teuflisch gut ritt und Catalan mühelos durch das kniehohe Wasser trieb. Es ärgerte sie auch maßlos, dass Elaf bei dem Unsinn auch noch mitmachte!

»Onka, das reicht jetzt«, rief sie, als das Mädchen an ihnen vorbeitrabte. »Wenn Elsie das rauskriegt, sind wir alle geliefert. Steig endlich ab, ehe noch was passiert.«

»Ach, entspann dich doch mal«, meinte Onka von Catalans Rücken aus und machte eine enge Wendung um sie herum. Dabei wackelte sie kein einziges Mal. Onka schien auf dem Pferd wie festgeklebt zu sein. Aber um Onka machte sich Ava ja auch keine Sorgen. »Und was ist, wenn Catalan sich verletzt?«

Jetzt schmiss Elaf sich glatt auf Onkas Seite. »Du siehst seit Sorayas Augenentzündung nur noch Gespenster, weißt du das? Du bist doch sonst auch nicht so ein Schisser.«

Ava klappte vor Empörung der Mund auf. »Habt ihr nicht selbst gesehen, was beim letzten Mal passiert ist?«, schimpfte sie.

»Ist doch nichts passiert«, murmelte Elaf und schmiss sich ins Wasser, um davonzupflügen, weil er keine Lust darauf hatte, sich länger mit Ava darüber zu streiten. Onka ritt ihm rasch hinterher.

Völlig perplex schaute Ava den beiden nach. »Sag mal, hab ich das gerade geträumt?«

»Er meint es nicht so«, tröstete Lou sie, die neben Ava im Sand saß. »Es ist nur so, dass er auch ein bisschen recht damit hat. Du bist sie wirklich schon lange nicht mehr geritten.« Lou nickte zu Soraya, die friedlich neben ihnen im Schatten eines Baumes döste.

»Na und?«, fuhr Ava sie wütend an. »Außerdem ist das sowieso Onkas schuld. Sie hat mich doch zuletzt dazu gedrängt, und dann bin ich glatt von ihr runtergefallen. Zum ersten Mal! Sonst hat Soraya mich noch nie abgeworfen. Und das hat bestimmt einen Grund!« Dass ihr die Feen damit eine Botschaft geschickt hatten, erzählte sie lieber nicht. Das klang auch so schon ziemlich merkwürdig. Stattdessen reckte sie das Kinn. »Mit Sicherheit hat Onka ihm das eingeredet, damit sie besser dasteht und Elaf bei dem Unsinn mitmacht. Die zwei führen sich auf wie die Kleinkinder! Da sind ja die Ponyzwerge noch vernünftiger. Und außerdem mischt sie sich auch überall ein, findest du nicht?«

Lou zupfte einen Grashalm und spielte damit. »Wundert dich das? Onka ist genauso pferdeverrückt wie du. Nur, dass sie derzeit von ihrem Versteck aus zugucken muss, während wir die ganze Zeit auf dem Hof sind. Ich bin mir sicher, dass sie uns dafür schrecklich beneidet.«

»Ums Mistschaufeln?« Zynisch zog Ava die Augenbrauen hoch.

Lou streckte gelassen die Beine von sich und meinte:

»Eben darum wäre es gar nicht so verkehrt, wenn Onka auf den Hof mitkäme. Sie kann gut mit Pferden. Sie könnte Elsie helfen und uns auch. Bei den Ponytagen wäre ein bisschen Unterstützung echt nicht schlecht.«

Ava wusste nur zu gut, was Lou damit meinte. Auch wenn es toll war, den ganzen Tag auf dem Hof zu sein, war sie abends meist völlig erledigt. Elsie hatte derzeit so viel um die Ohren, dass Ava so gut wie keine freie Minute hatte. Und Elaf und Lou genauso wenig. Ständig brummte die Pferdetrainerin ihnen Arbeit auf, die es dringend zu erledigen galt. Es sei denn, sie stahlen sich für ein paar Stunden in die Sandgrube davon. Und dann waren ja auch noch die Ponytage, die sie ganz allein stemmten. Ganz zu schweigen von den Samstagen, an denen Reitunterricht angeboten wurde. Außerdem war Sorayas Pflege ebenso aufwendig. Ava tat alles Menschenmögliche, um das blinde Pferd gesund zu bekommen, was nun mal viel Zeit in Anspruch nahm, auch wenn die anderen das vielleicht für übertrieben hielten. Hauptsache war doch, dass es Silverhorse wieder besser ging! Und dennoch merkte Ava, wie gewaltig ihr Lous Vorschlag gegen den Strich ging. »Boah, das würde mir gerade noch fehlen. Außerdem geht das sowieso nicht. Onka soll ja nicht auffliegen.«

Lou bohrte ihre Zehen in den weichen Sand und warf den Grasstängel beiseite. »Wir müssten doch nur sagen, dass wir eine pferdeverrückte Cousine haben, oder so. Es wäre nicht das erste Mal, dass wir Elsie anflunkern.«

Als Lou das sagte, spürte Ava ein äußerst komisches Grummeln im Bauch, als hätte die fiese Magenschnecke Zuwachs bekommen. Denn mit einem Schlag wurde ihr klar, dass Elsie mit Sicherheit völlig begeistert von Onka sein würde. Und Silvester ebenso. Das Mädchen mit den orangefarbenen Dreadlocks hatte alles, was ein Pferdemensch brauchte. Mut, Ausdauer und einen eisernen Willen. Letzteres hatte Onka bestimmt, sonst würde sie es niemals so lange allein im Wald aushalten. Nur ... was würde aus Ava werden, wenn sie Onka auf die Soulhorsefarm mitnahmen? Bis jetzt war sie doch der heimliche Star hier gewesen. Ava Gildstein, das Mädchen, das das Feenpferd gezähmt hatte. Bedeutete das denn plötzlich gar nichts mehr? Nur, weil sie derzeit mit Soraya nicht trainierte und sich weigerte, weiterhin die Zirkusnummer für alle zu sein? Ava schüttelte jäh den Kopf. »Nein, das klappt im Leben nicht«, sagte sie bestimmt. »Außerdem will ich Elsie nicht mehr anschwindeln. Onka verduftet ja ohnehin in ein paar Wochen. Wir schaffen das auch ohne sie.«

Lou blickte hinaus aufs Wasser. »Wie du meinst.«

Als sie ins Forsthaus zurückkehrten, stand plötzlich das Auto von Doktor Grünberg in der Einfahrt. Verdutzt blieben sie stehen. Hastig nahm Elaf den Reithelm vom Kopf und ließ ihn zwischen ein paar Sträuchern verschwinden. »Den hol ich besser später«, meinte er und bog mit Catalan in Richtung Ausbildungsstall ab.

Ava sagte nichts dazu, sondern ging einfach weiter. Zuerst dachte sie, Elsie hätte vielleicht einen Notfall im Stall. Doch als sie die beiden Frauen fröhlich quatschend im Innenhof antraf, begriff sie, dass Kians Mutter bloß gekommen war, um nach dem Rechten zu sehen. Denn als Ava mit Soraya auf sie zukam, sagte sie: »Da ist ja meine Patientin. Und wie ich sehe, geht es ihr schon viel besser!«

»Und wie«, antwortete Ava und schilderte kurz, wie schnell sich Sorayas Augen erholt hatten. Als Lou neben ihr die Luft einzog, stutzte Ava. Doch dann sah sie ihn.

Kian saß im Schatten auf den Steinstufen und war völlig in seiner Welt versunken. Er trug wieder schwarze Klamotten und hatte seine Kopfhörer auf. Die langen blonden Haare fielen ihm halb übers Gesicht, dennoch merkte Ava, wie grimmig er schaute.

Irgendwie konnte Ava das verstehen. Es war bestimmt kein Spaß, mit seiner Mutter auf Visite zu fahren. Nur, wenn Kian keine Lust darauf hatte, warum blieb er dann nicht einfach zu Hause?

»Die Entzündung ist völlig weg«, sagte Doktor Grünberg freudig, als sie begonnen hatte, Sorayas Augen zu kontrollieren. »Du hast dich gut um sie gekümmert.«

Ava nickte, und Elsie lachte. »Oh ja, das hat sie!«

Ava blinzelte irritiert. Was wollte Elsie damit sagen? Etwa auch, dass Ava es mit ihrer Fürsorge übertrieb? Merkten sie denn nicht, dass das genau das Richtige war? Sorayas Augen waren wieder gut. Zählte das denn gar nicht?

In dem Moment klingelte das Handy der Tierärztin, und Soraya schreckte hoch. Sie machte einen Satz nach hinten. Schadenfroh erkannte Ava aus dem Augenwinkel, dass Kian rasch seine Beine anzog. Sie konnte zwar verstehen, dass er von seiner Mutter genervt war. Doch das hieß noch lange nicht, dass sie ihn somit auch mochte. Keine Ahnung, was Lou in ihm sah.

»Alles gut«, beruhigte sie Soraya und führte sie in ihre Box, weil es ohnehin Zeit für die Abendfütterung war. Gleich würde sie auch Guinevere und die anderen Stuten reinholen. Es war mittlerweile zur Routine geworden, dass Ava Silvesters Pferde abends ganz allein von den Weiden holte. Elaf half indes Elsie im Ausbildungsstall. Ava griff nach zwei Stricken und ging zurück in den Innenhof. Da bemerkte sie, dass Doktor Grünberg nicht mehr da war, Kian jedoch schon. Er stand neben Lou und guckte noch unfreundlicher.

Elsie stand ratlos daneben. Als sie Ava kommen sah, rief sie erleichtert: »Kians Mutter ist zu einem Notfall gerufen worden. Ein Unfall auf der Autobahn mit einem Pferdeanhänger ... schlimme Sache ... deshalb bleibt Kian so lange bei uns, bis der Einsatz vorbei ist. So was sollte niemand freiwillig sehen. Ihr ... ähm ... zeigt ihm inzwischen einfach alles, okay?«

»Ich bin kein Baby mehr«, murrte Kian leise. »Ich warte einfach hier.« Er ging wieder auf die Steinstufen und ließ sich fallen.

Lou lächelte schüchtern. »Dann leiste ich dir Gesellschaft,

in Ordnung? Bei der Abendfütterung stehe ich ihnen sowieso nur im Weg.«

»Wie du meinst.« Kian schob die Kopfhörer wieder hoch. Lautstark drangen die schweren Basstöne eines Songs daraus hervor.

Elsie ging erleichtert davon, und auch Ava begann mit der abendlichen Routine.

»Endlich Feierabend!« Elaf grinste durch die Boxenstäbe. »Elsie will mir gleich noch eine Reitstunde geben. Kommst du mit?«

Ava stand bei Soraya in der Box und bürstete ihr Fell. Eigentlich war es gar nicht staubig, doch Ava war so sauer auf Elaf, dass sie sich hier vor ihm verschanzt hatte. »Weiß nicht«, murmelte sie.

Endlich schien er zu kapieren, was los war. »Tut mir leid, wenn ich dich in der Sandgrube angeschnauzt habe«, meinte er, und sein selbstzufriedenes Grinsen erlosch. »Das war nicht meine Absicht.« Er schob den Kopf durch die Boxentür und ging langsam auf sie zu. Soraya fraß gemütlich ihr Heu und schien kein Problem damit zu haben, dass der Junge die Box betrat. Sanft tätschelte er ihren Hals, ehe er verlegen zu Ava hinüberschielte. »Vertragen wir uns wieder?« Elafs Augen leuchteten waldgrün, und um ein Haar wäre Ava eingeknickt, hätte die fiese Magenschnecke nicht lautstark protestiert.

»Jetzt mal ehrlich! Findest du wirklich, dass ich Soraya

bemuttere?« Sie reckte das Kinn und sah ihm direkt in die Augen.

»Wenn du schon so fragst, dann ja!« Er guckte verlegen zu Boden. »Sie ist doch seit Tagen nur noch in ihrer Box und versauert. Ich kann dich ja verstehen, dass du Angst um sie hast. Aber das hilft niemandem weiter. Schon gar nicht Soraya. Und dir auch nicht. Sie hat nun mal diese Krankheit, doch sie deshalb in Watte zu packen, wird nichts bringen. Sonst bist du doch auch nicht so …«

»Versteh schon. Jetzt findest du wohl Onka cooler als mich«, murrte Ava und drehte sich weg.

Elaf schüttelte sein rabenschwarzes Haar. »Wie kommst du denn darauf?«

»Das fragst du im Ernst?« Ava funkelte ihn wütend an. »Ihr beide macht doch nur noch euer eigenes Ding!«

Elaf blinzelte. »Es ist eben so, dass ich einfach gern Fortschritte machen möchte … damit wir beide … na, bald ausreiten gehen können.«

Verdutzt hielt Ava inne. »Wie? Das ist der Grund? Du tust das für mich?«

»Für uns«, widersprach Elaf leise.

Da verpuffte die Magenschnecke mit einem Mal, und der ganze Unmut, den Ava eben noch mit sich herumgeschleppt hatte, verschwand innerhalb eines Sekundenbruchteils. Denn Elaf sagte die Wahrheit, das konnte sie in seinen Augen lesen. »Wenn das so ist, dann komm ich gern mit in die Halle«, murmelte sie und merkte, wie ihr Herz bereits losgaloppierte. Denn Elaf sah sie nun an, mit einem Blick, der ziemlich verlegen wirkte, aber auch unendlich lieb und süß. Waldgrün traf auf Andrablau, und als wären sie zwei Magnete, zogen sie einander an. So passierte es, dass ihre Köpfe sich ebenfalls näher kamen, und dann trafen sich schließlich auch ihre Lippen. Ja, und dann küssten sie sich. Zwar nur kurz und flüchtig und völlig planlos, dennoch kribbelte es in Avas Bauch wie nie zuvor.

Avas Wangen glühten danach noch lange. Eigentlich hatte sie das Gefühl, dass alles an ihr glühte. Zumindest fühlte es sich so an. Als wäre sie ein übergroßes Glühwürmchen, das in der lauen Sommernacht träumerisch flimmerte.

Wen wunderte es? Es war Avas erster Kuss gewesen! Von dem süßesten Typen, den es auf dem Planeten gab, und am liebsten hätte sie Lou sofort davon erzählt. Doch die hatte bloß Augen für Kian. Nachdem seine Mutter angerufen hatte, dass es später werden würde, weil das Pferd operiert werden müsse, hatte Silvester kurzerhand beschlossen, draußen ein Lagerfeuer vor dem Hof anzuzünden. Also grillten sie jetzt Stockbrot und Sojawürste, weil Elsie Veganerin war. Dabei saßen sie einträchtig ums Feuer, Elaf dicht neben Ava, total romantisch! Besonders, als es zu dämmern anfing und das Feuer langsam runterbrannte. Da glimmte bald zwischen den Holzkohlen die rote Glut in der Dunkelheit, und ihr Schein hüllte sie alle in eine orangerote Blase, was aber nicht unangenehm war. Denn so starrte bald jeder für sich ins Feuer und hing still seinen eigenen Gedanken nach.

Irgendwann stand Elsie auf, um noch mal ihren gewohnten Rundgang im Stall zu machen. Und auch Silvester schlurfte davon. Jetzt waren sie nur noch zu viert. Kian packte sein Handy aus und ließ leise Musik laufen, während Ava und Elaf, Händchen haltend, beisammensaßen. Ava war sich sicher, dass sein Herz genauso wummerte wie ihres. Die Sterne funkelten über ihnen, und die Grillen zirpten in den Weiden. In den Bäumen säuselte der Sommerwind ein Abendlied. Und hinter dem Wald saß Onka allein in ihrem Turm und sah bestimmt ihr Feuer brennen. Doch der Abend war zu schön, um darüber nachzudenken.

Auch Kian konnte sich dem Sog des Lagerfeuers nicht entziehen. Je länger die Glut leuchtete, umso mehr Risse bekam seine arrogante Schale, bis er schließlich anfing, von Frankfurt zu erzählen.

Ava hatte dem abweisenden Jungen bis jetzt nicht viel Beachtung geschenkt, doch bald spitzte sie die Ohren. Denn nun wurde klar, warum seine Mutter ihn ständig mit Argusaugen überwachte.

»In Frankfurt«, murmelte Kian, »ist mein Vater eine große Nummer. Er ist der Geschäftsführer einer Chemiebude, die Pestizide für die Landwirtschaft herstellt. Er ist also für das Massensterben unzähliger Insekten verantwortlich, doch das schert ihn jetzt wenig. Lieber macht er Kohle«, er lachte bitter, »und jetzt mit seiner Sekretärin rum.«

»Oh, tut mir leid«, sagte Lou und sah Kian mitfühlend an.

Doch er schüttelte nur wütend den Kopf. »Braucht es nicht. Ich hab's dem Alten heimgezahlt!«

»Wie denn?«, fragte Ava. Auch Elaf spitzte die Ohren. Und Lou sowieso.

Kian schien die Aufmerksamkeit zu genießen, denn er sah sie nacheinander im Schein der Glut an, ehe er antwortete: »Na, im Gegensatz zu diesem XluX haben wir wirklich was dagegen unternommen und nicht bloß Hashtags in die hohle Welt auf Insta gesetzt. Dabei könnte der Typ in der Öko-Szene so viel erreichen. Ihr wisst wirklich nicht, wer er ist?«

Ava schielte unauffällig rüber zu Lou, doch die sah wie gebannt ins Feuer, also sagte auch sie nichts.

Es war Elaf, der antwortete: »Echt, Mann, keine Ahnung.«

»Schade! Ich würde ihn ja zu gern kennenlernen. Vielleicht kann er etwas Unterstützung gebrauchen? In dieser Sache mit Neu-Andra. Das ist eine verdammte Schweinerei, was da gerade passiert. Die wollen echt den ganzen Park niederstampfen?«

Lou nickte. »Ja, leider«, murmelte sie. »Und einen Teil der Stadtpromenade entlang der Andra auch, weil sie dort ein Wasserkraftwerk für den Industriepark bauen wollen. Behaupten, Neu-Andra wäre deshalb grün und fortschrittlich, aber in Wirklichkeit wird bloß eine Menge Natur im Namen des Umweltschutzes zerstört.«

Kian sah Lou verwundert an. »Ja, Mensch, endlich sieht das auch jemand so. Denn genau so ist das, Leute! Die bescheißen uns auf ganzer Linie!«

»So einfach ist das aber nicht«, gab Ava vorsichtig zu. »Mein Vater hat selbst kein gutes Gefühl bei der Sache, aber das zu ändern ist nicht so einfach. Er arbeitet für eines der Bauunternehmen, die Neu-Andra planen, und er muss es wissen.«

»Ernsthaft?« Kians Blick huschte übers Feuer. »Dein Alter arbeitet für die?«

»Er würde gern den Job wechseln, aber zurzeit ist das finanziell bei uns nicht drin ...«, erklärte sie und verstummte.

Doch davon zeigte sich Kian völlig unbeeindruckt. »Dann ist er genauso feige wie XluX«, behauptete er. »Alle reden bloß davon, dass Neu-Andra scheiße ist, aber niemand tut was dagegen. Alles hohles Geschwätz!«

»Na, hör mal!«, warf Elaf wütend ein. »Du laberst doch auch nur rum. Avas Vater macht bloß seine Arbeit, der kann nichts dafür. Und XluX schafft es wenigstens, die Leute zum Nachdenken zu bringen, und das ist schon eine ganze Menge, wenn du mich fragst.«

»Und?«, brauste Kian auf und funkelte Elaf übers Feuer an. »Was hilft's? Die Leute checken es doch nur auf die harte Tour. Und wenn du glaubst, ich bin so feige wie mein Vater, dann täuschst du dich. Der kam erst angekrochen, nachdem wir in seine Bude eingestiegen sind. Ich und ein paar von meinen Kumpels, die genauso darüber denken. War alles total easy, ich hatte ja den Zugangscode.« Kian grinste stolz, doch seine Augen sprachen etwas völlig anderes. Sie glänzten in der Glut, und darin fand Ava nur Wut und Schmerz.

»Was habt ihr denn gemacht?«, fragte Elaf argwöhnisch. »Etwa alles kurz und klein geschlagen, oder was?«

Plötzlich schien Kian wieder seine Mauer aufzubauen. »So was in der Art«, sagte er ausweichend. »Zumindest stand die Produktion danach für ein paar Tage still.«

Ava sah den Sohn der Tierärztin fassungslos an, während Lou leise fragte: »Und das hat niemand mitbekommen?«

»Mhm«, machte er und schickte notgedrungen hinterher: »Die Bullen hatten mich schon im Visier. Wegen des Zugangscodes und so … aber nachweisen konnten sie uns nie was. Die sind völlig im Dunkeln getappt. Das Einzige, was nicht nach Plan lief, war meine Mutter. Die hat Lunte gerochen. Deshalb sind wir jetzt auch aus Frankfurt weggezogen. Meinte, meine Freunde wären nicht der richtige Umgang für mich«, fügte Kian knapp hinzu.

»Na, das erklärt so einiges«, meinte Elaf trocken und stand auf. »Ich weiß ja nicht, wie es euch geht, aber mir ist jetzt nach Marshmallows. Silvester hat welche für uns in die Küche gelegt. Wer will auch welche?«

»Ich!« Sofort sprang Ava auf die Beine. Irgendwie war ihr Kian noch unsympathischer geworden, er steckte so voller Zorn.

Hastig gingen sie auf das Forsthaus zu, während Kian und Lou am Feuer sitzen blieben. Als sie schon fast das

Forsthaus erreicht hatten, hörte Ava Lou Kian fragen: »Du findest wirklich, dass XluX feige ist?« Dann verschwanden sie ins Haus, und Ava bekam Kians Antwort nicht mehr mit. In der Küche murmelte Elaf leise, um Silvester nicht aufzuwecken: »Krasse Geschichte. Glaubst du, an der ist was Wahres dran?«

Ava nickte auf der Stelle. »Dem ist so was zuzutrauen. Zumindest erklärt es, warum seine Mutter ihn überall mit hinschleppt.«

Elaf griff sich die Tüte Marshmallows von der Küchentheke. »Hoffentlich kommt er nicht in unsere Klasse. Auf den kann ich echt verzichten!«

»Und ich erst«, murmelte sie, auch wenn Ava Kians Mutter mochte und ihr unendlich dankbar war. Dennoch war sie nicht scharf darauf, neben Florentine und Nivo noch so einen Honk in der Klasse zu haben.

Gemeinsam gingen sie wieder nach draußen. Als sie zurückkamen, merkte Ava, dass sich die Stimmung am Lagerfeuer verändert hatte.

Kian und Lou steckten plötzlich die Köpfe zusammen. Dabei wirkten sie seltsam vertraut miteinander. Das war vorher so nicht gewesen! Das Allerseltsamste aber war, dass sie aufhörten zu tuscheln, als Elaf und Ava ans Feuer traten.

Dabei konnte Ava sich das Gefühl nicht erklären, das sie beschlich, als sie zwischen Lou und Kian im Schein des fast verglühten Holzes hin- und herblickte. Sie wusste nur, dass es sich nicht gut anfühlte.

#GEWITTERSTIMMUNG

»Und wenn Sie glauben, das war's schon mit der Hitze, dann werden Sie heute eines Besseren belehrt«, echote die Stimme des Moderators aus dem Stallradio. »Heute erreichen wir nämlich den Höhepunkt der Rekordhitze. Satte 38 Grad werden erwartet, ehe uns im Laufe des Nachmittags eine Kaltfront erreicht, die sich schon von Westen her über dem Atlantik zusammenbraut. Und die könnte etwas ungemütlich werden und lokal für einige Gewitter sorgen. Also, liebe Cassisburger! Packt heute besser noch mal die Badehosen aus und schnell rein ins kühle Vergnügen, ehe der lang ersehnte Regen kommt und es vorbei ist mit der Hitzewelle.«

Geräuschvoll pustete sich Elsie ihre kurzen Haare aus der Stirn. »Also, von mir aus kann der Regen jetzt schon kommen«, stöhnte sie und schaufelte Mist in die Schubkarre.

Ava war ebenso damit beschäftigt, Pferdeäpfel sowie nasses Stroh aus einer Pferdebox zu räumen, genauso auch Elaf eine Box weiter.

Auch ihr war schrecklich heiß. Eigentlich hatte Ava sich vorgenommen, Soraya heute endlich mal wieder zu reiten. Elafs Worte waren nicht wirkungslos an ihr vorübergegangen, und das Letzte, das Ava für Silverhorse wollte, war, dass sie bloß einfach doof in der Box rumstand. Außerdem hatte Kians Mutter ihr gestern auch versichert, dass Bewegung für Soraya gut war. Als das Feuer nämlich schon fast runtergebrannt war, war Doktor Grünberg endlich gekommen, um Kian abzuholen. Dabei hatte sie erschöpft und traurig gewirkt, weil das Pferd die Not-OP nicht überlebt hatte. Und weil es schon so spät gewesen war, hatte sie dann gleich alle mit dem Auto nach Hause gebracht. So hatte Ava noch etwas Zeit bekommen, während der Fahrt mit der Tierärztin über Soraya zu quatschen. Nur, wenn sie ehrlich war, war Ava nach Reiten heute überhaupt nicht zumute. Das Einzige, was bei dieser Gluthitze Sinn machte, war, abermals in die Sandgrube zu gehen, auch wenn das bedeutete, dass sie dort auf Onka treffen würden. Obwohl Ava nun wusste, dass Elaf das alles nur für sie machte, war sie dennoch nicht sonderlich scharf darauf, das Mädchen aus dem Turm zu sehen. Was auch ein bisschen daran lag, dass Onkas Ohne-Sattel-Stunde tatsächlich Wirkung gezeigt hatte.

Elsie war gestern Abend regelrecht aus dem Häuschen gewesen, als Elaf schon so gut im Sattel gesessen hatte, dass sie ihn glatt in der Halle hatte frei reiten lassen. Die Longe blieb ab jetzt auf dem Haken, und das bedeutete, dass sie schon bald eine kleine Runde rund ums Forsthaus wagen konnten. Tja, und das hatte sie eben auch ein wenig Onka zu verdanken. Ava jedoch knurrte, als sie daran dachte. Sie konnte sich ja selbst nicht erklären, warum sie das so wütend machte. Lag es womöglich daran, dass Onka auch mit Soraya nicht ganz unrecht hatte und sie Avas Seelenpferd schon nach so kurzer Zeit fast besser durchschaute als sie selbst? Konnte es sein, dass sie deshalb eifersüchtig war? Auf das Mädchen, das im Wald lebte?

»Was ist?«, fragte Elaf. Er grinste frech durch die Boxenstäbe. »Hast du eine Stallfliege verschluckt?«

»Igitt! Danke, ich habe schon gefrühstückt.« Lachend schüttelte sie ihren Pferdeschwanz. Auch, um die unangenehmen Gedanken abzuschütteln, die Ava jedes Mal überfielen, wenn sie an Onka dachte. »Wollen wir heute noch mal in die Sandgrube?«, fragte sie stattdessen, als Elsie die Schubkarre ausleeren ging.

»Klaro!« Elaf schenkte ihr ein breites Lächeln. »Und dieses Mal begleitest du mich auf Soraya. Widerrede zwecklos!«

Ava biss sich auf die Unterlippe. Das Angebot war zwar traumhaft, aber auch genauso hinterhältig, denn damit machte er sie zu nichts anderem als zu seiner Komplizin ... denn dummerweise machte sich ausgerechnet jetzt dieses verlockende Bild in ihrem Kopf breit. Schon konnte sie an nichts anderes denken als an sie beide im Wasser, auf dem Rücken ihrer Pferde, während die untergehende Sonne den See in ein Meer aus Gold verwandelte und die Sandgrube ein Märchen aus Tausendundeiner Nacht für sie wurde. Dagegen war sie machtlos.

»Okay, abgemacht!« Ava sah ihn an. Sie dachte an das Versprechen, das sie sich selbst gegeben hatte. »Aber dieses Mal nur Schritt!«

Elaf nickte, und eilig schaufelten sie weiter, denn schließlich hatten die beiden heute noch etwas Tolles vor.

In der Sandgrube war es für kurze Zeit genau so, wie Ava es sich so träumerisch ausgemalt hatte. Soraya hatte dieses Mal überhaupt kein Problem, als sie auf ihren Rücken kletterte. Die blinde Stute liebte es, neben Catalan durchs seichte Wasser zu stapfen, und das gab Ava wieder ein bisschen Sicherheit zurück. Soraya ruderte sogar übermütig mit den Vorderhufen, bis das Wasser zu ihnen hochspritzte und Ava und Elaf patschnass wurden. Doch das machte nicht viel aus, denn es war drückend heiß zwischen den Sanddünen. Eine Schwüle lag heute in der Luft, die alles schwer und träge machte. Kein Blättchen regte sich, doch hinten am Horizont sah man schon die ersten Wolken zwischen den Baumwipfeln aufblitzen. Es waren die ersten Wolken seit Langem. In den letzten Wochen hatte sich der Himmel stets in einem strahlenden Sommerblau gezeigt. Jetzt hingegen wirkte er trübe, als hätte jemand seinen Farbpinsel darin ausgewaschen. Im Grunde freute Ava sich auf den Regen. Dann würde endlich das Gras auf den Koppeln etwas wachsen, und sie konnte Soraya wieder auf den Paddock stellen. Doch jetzt wünschte sie sich, dass die Kaltfront, die der Radiomoderator heute Morgen so theatralisch angekündigt hatte, sich doch noch etwas Zeit ließ. Bloß ein paar Stunden nur, denn der Nachmittag mit Elaf war einfach zu schön. Aber die traute Zweisamkeit hielt ohnehin nicht lange. Bald hörte Soraya etwas im Gebüsch knacksen, und sie hob alarmierend den Kopf, ehe sie ihn wieder senkte und durch ihre Fliegenmaske prustete.

Es war Onka, die des Weges kam und ihnen vom Ufer aus zuwinkte.

»Hey!«, rief sie und zog ihre Shorts und ihr T-Shirt aus. Darunter trug sie wie immer einen sportlichen Badeanzug. »Du reitest sie ja wieder, sehr gut!« Schon sprang sie ins Wasser und watete auf sie zu. »Wo habt ihr denn heute Lou gelassen?«

»Weiß nicht«, antwortete Ava knapp, um dann überrascht festzustellen, dass sie ihre Freundin noch gar nicht vermisst hatte. Mehr noch. Eigentlich hatte sie die Zeit allein mit Elaf total genossen! Trotzdem lenkte sie Soraya nun aus dem Wasser, auch ein wenig deshalb, um Onka aus dem Weg zu gehen. Am Ufer fischte Ava das Handy aus ihren Sachen und linste auf das Display. Lou hatte sich nicht gemeldet, deshalb schrieb sie ihr jetzt selbst eine Nachricht:

AVA: Hi, Lou, wir sind schon alle in der Sandgrube und warten auf dich! Beeil dich, ehe der Regen kommt. *blitz* Wo bist du überhaupt?

Ava behielt das Smartphone in der Hand, doch Lou schien wohl beschäftigt zu sein. Oder sie hatte ihr Handy nicht dabei, was aber so gut wie nie vorkam. Ihre Freundin schleppte es sonst immer mit sich herum. Schon allein wegen des Accounts auf Insta. Vielleicht, überlegte Ava, war das ja der Grund, warum Lou heute noch nicht zur Soulhorsefarm gekommen war, und einem inneren Impuls heraus folgend, tippte sie mit dem Daumen auf das farbige Icon auf dem Display. Die Instagram-App öffnete sich, und Ava bemerkte, dass ihr inzwischen mehrere Leute folgten, seitdem sie das letzte Mal online gewesen war. Manche von ihnen hatten ihr sogar eine DM geschrieben oder sie markiert, doch das interessierte sie gerade herzlich wenig. Stattdessen ging Ava auf den Account von Theofficialxlux. Und tatsächlich!

Lou hatte ein neues Foto eingestellt, sogar erst vor wenigen Stunden. Das Pic schien im Morgengrauen gemacht worden zu sein. Dahinter war es dämmrig, was dem Bild eine unheimliche Stimmung verlieh. Außerdem war es verdammt gewagt, fast radikal. Es zeigte ein Werbeplakat, das zerknittert und halb zerfetzt auf der staubigen Erde lag. Darauf warb der Bürgermeister für das Neu-Andra-Projekt. Doch genau auf Wilhelm Grafs Gesicht stand nun jemand mit einem Schuh, und der war nicht rot oder grün, sondern schwarz. #youthforfuture #jetzterstrecht #neuandra #protest #stehnnichtdrauf, las Ava die Hashtags darunter.

»Mhm, ganz schön aggro.« Elaf stand auf einmal hinter ihr und spähte Ava über die Schulter. »Bestimmt wegen des Events nächste Woche. Da, wo auch der Film präsentiert wird. Gehst du eigentlich hin?«

»Keine Ahnung«, murmelte Ava und starrte wieder auf das Foto. Es war nicht das Statement an sich, das sie stutzig machte. Und auch nicht die provokanten Hashtags. Es war der schwarze Schuh, der Wilhelm Graf auf dem Bild symbolisch ins Gesicht trat. Hatte Kian nicht solche getragen? Der seltsame Moment von gestern am Lagerfeuer fiel ihr wieder ein, und kurz beschlich Ava eine komische Vorahnung. Doch die war so abstrus, dass sie sie schnell wieder verwarf. So etwas würde Lou niemals machen! Oder etwa doch? Hastig wischte Ava übers Handy, und das Foto verschwand. Im Wasser spielte Onka mit Catalan, und Elaf stand noch neben ihr.

»Kannst du sie mal halten?«, fragte Ava und drückte ihm Sorayas Führstrick in die Hand.

Ein paar Meter weiter blieb sie stehen und tippte:

AVA: Ich war auf Insta. Willst du mir was sagen? Oder seh ich wirklich nur noch Gespenster? Meld dich, ja?

Endlich reagierte ihre Freundin. Doch die Nachricht war spärlich und wirkte auch etwas unfreundlich.

LOU: Wow! Du hast es gesehen? Hab gar nicht mehr damit gerechnet, dass du dich doch noch dafür interessierst.

AVA: Sorry, wenn du das so siehst. Ist alles okay bei dir? Du klingst komisch? Und wer, verdammt noch mal, ist der … *schuh*?

…

AVA: Hallo? Sag mal, ignorierst du mich? *fragezeichen* Komm schon, erzähl! *herz*
LOU: Na gut, ich beeil mich. Bis später!

Ava schüttelte verdattert den Kopf. Lou klang so, als wäre ihre Freundin auf sie wütend. Doch dafür gab es überhaupt keinen Grund!

Bestimmt bildete sie sich das ein, dachte Ava, und Lou war einfach gerade in Eile. Sie verstaute das Handy wieder unter ihren Sachen und drehte sich zu Elaf und Soraya.

Da sah sie es. Schneller als gedacht kamen die Gewitterwolken näher. Sie schoben sich mehr und mehr vor die Sonne, und das Licht verwandelte sich in ein trübes Gelb. »Ups, da braut sich wirklich was zusammen!« Ava deutete hinter Elaf zum Himmel. »Wir gehen besser nach Hause, ehe es uns erwischt.«

Kaum hatte sie es gesagt, fing die Sandgrube an, sich zu bewegen, und das roch so gar nicht nach Abenteuer. Vielmehr lag plötzlich etwas Mächtiges in der Luft. Eine Kraft, die unberechenbar war, stark und wild.

Die Pferde reagierten sofort. Soraya wieherte, und im See blähte Catalan die Nüstern.

Rasch lenkte Onka ihn aus dem Wasser. »Schade. Aber ihr bringt die Pferde besser in Sicherheit. Da kommt was auf uns zu.«

»Und du?« Elaf blickte hoch zum Himmel, wo sich eine dunkle Wand aus regenschweren Wolken rasch näher schob. »Das wird bestimmt ungemütlich im Wald.«

Onka zuckte mit den Schultern. »Es wird schon gehen«, meinte sie und drückte Elaf Catalans Führstrick in die Hand.

Ava schämte sich nicht dafür, dass sie erleichtert darüber war, dass Onka nicht darauf bestand, ins Forsthaus mitzukommen. Es war nun mal ihr Zuhause und nicht Onkas. Außerdem wusste sie ja ohnehin immer alles besser. Wenn Onka also der Meinung war, sie würde zurechtkommen, dann wollte Ava ihr nicht widersprechen. Zumindest nicht dieses eine Mal. »Na, dann bis bald«, sagte sie und lenkte Soraya in Richtung Soulhorsefarm.

Ava hatte Soraya eben noch in die Box gebracht, als der Sturm auch schon heftiger wurde. Am Horizont war nun Donnergrollen zu vernehmen, und die Sonne verschwand vollends hinter den Gewitterwolken, als Lou mit dem Rad angestrampelt kam.

Völlig zerzaust, schneite sie zum Stall herein. Eine wilde Mähne aus braunen Locken ergoss sich auf ihre Schultern. Bestimmt, weil der Wind ihr die Frisur kaputt gemacht hatte, dachte Ava. Und auch, wie hübsch ihre Freundin war, wenn sie die Haare offen trug.

Als hätte Lou Avas Gedanken erraten, zog sie das Haarband wie automatisch von ihrem Handgelenk und drehte sich die Locken in einer routinierten Bewegung zu einem Messy Bun. »Mist, da kommt was«, stöhnte sie und ließ sich auf die Heuballen neben Sorayas Box fallen.

Ava hatte eben deren Hufe nach eingetretenen Steinchen abgesucht, als sie die Box hinter sich schloss und sich neben Lou ins Heu plumpsen ließ. Verdutzt fiel ihr auf, dass ihre Freundin heute ein schwarzes T-Shirt trug. Okay, die Hose war Kleegrün mit kleinen fliederfarbenen Peace-Zeichen drauf, dennoch wunderte sie sich darüber.

»Zum Glück bist du nicht nass geworden«, sagte Ava und hörte im nächsten Moment auch schon die ersten Regentropfen gegen die Stallfenster prasseln.

»Ich bin auch geradelt wie eine Irre, um rechtzeitig hier zu sein, bevor es losgeht.« Lou schüttelte sich. »Im Wald war es total gruselig. Die Bäume haben sich gebogen, als würden sie gleich abheben. In Onkas Haut will ich jetzt nicht stecken.«

Ava ignorierte Lous Andeutung und fragte stattdessen: »Du, hör mal. Dieses Foto von heute auf Insta ... ist das nicht etwas zu krass?« Da Elaf noch drüben bei Elsie war und Silvester im Haus, konnten sie ungestört reden.

»Wieso?« Lou zuckte unschuldig mit den Schultern, doch das Blitzen in ihren Augen verriet sie.

»Du weißt genau, was ich meine. Es wirkt so, als würdest du dem Bürgermeister gern eine reinhauen.«

»Kommt die Botschaft so klar rüber?« Lou grinste. »Dann ist's ja gut!«

»Also, ich finde das eher abschreckend«, meinte Ava und deutete auf Lous roten und grünen Schuh. »Irgendwie ist das Bild so anders als die anderen. Als hättest du dich gestern von Kians Wutrede anstacheln lassen. Von wegen: XluX ist feige.«

»Und wenn es so wäre?« Lou sah Ava in die Augen.

»Das bist du nicht«, stellte Ava klar. »Und wer ist überhaupt der schwarze Sneaker auf dem Bild?«

»Wenn du darauf hinauswillst, ja, ich hab's ihm gesagt!«, antwortete Lou salopp.

Ava fiel aus allen Wolken. »Das war wirklich Kian? Er weiß Bescheid?«, hauchte sie verblüfft.

»Was ist daran so erstaunlich?«, wunderte sich Lou. »Er interessiert sich eben für dieselben Sachen. Was man von dir ja nicht unbedingt behaupten kann«, fügte sie murrend hinzu.

»Und was ist mit Elaf?«, fragte Ava verärgert, denn sie fand das mehr als ungerecht. Elaf hatte schon längst bewiesen, dass man auf ihn zählen konnte, wobei man das von Kian nicht behaupten konnte. Wieder einmal spürte sie die altvertraute Lava, die in ihr hochstieg und sich ihrer Energie entledigen wollte wie die gewitterschwere Luft draußen vor den Stallfenstern. Es kostete Ava größte Mühe, sie im Zaum zu halten. »Du kennst den Typen nicht einmal. Und das, was wir von ihm wissen, ist total daneben!«, sagte sie so ruhig wie möglich, dennoch klang ihre Stimme anklagend. »Du bist doch dabei gewesen, als er davon erzählt hat, dass er vermutlich die Bude seines Vaters abgefackelt hat. Der Typ ist kriminell, Lou! Und du erzählst ihm so was?«

»Er hat sie nicht abgefackelt«, sagte Lou schnell. »Sie haben bloß das Computersystem der Produktionsbänder verändert, sodass es ein paar Tage gedauert hat, bis die Techniker alles wieder im Griff hatten.« Lou grinste. »Ganz schön schlau, was? So konnte die Polizei keinen materiellen Schaden feststellen. Es hätte theoretisch auch ein Programmfehler sein können. Alles blieb bloß bei Vermutungen.«

»Und das entschuldigt sein Verhalten?« Entrüstet hob Ava die Augenbrauen.

»Kian ist nicht so, wie du denkst«, sagte Lou nun laut. »Eigentlich ist er total in Ordnung und hat gute Ideen. Das Foto von heute Morgen war auch seine.«

Ava schnaubte verächtlich. »Na, das erklärt so einiges!«

Lou schüttelte den Kopf. »Ach was. Du magst ihn doch nur nicht, weil er sich nicht für deine Sachen interessiert, sondern für meine.«

»So ein Stuss! Kian will dich nur benutzen!«, rief Ava. Warum sah ihre Freundin das nicht ein?

»Gar nicht«, schimpfte Lou. »Wir waren bis eben zusammen, wenn du es genau wissen willst! Und es war total schön!«

»Überleg mal, ob das auch so wäre, wenn Kian nicht

wüsste, dass du XluX bist«, sagte Ava geradeheraus. »Ich glaube, die Antwort weißt du selbst!«

Lous Nutellaaugen wurden daraufhin tiefdunkel, als wäre ebenfalls ein Unwetter darin aufgezogen. »Ich glaub 's ja nicht«, knurrte sie voller Zorn. »Deswegen wolltest du mich sehen? Deshalb bin ich im Sturm durch den Wald geradelt? Damit du mich zur Schnecke machen kannst und alles so läuft, wie du das willst? Und ich Lauch habe geglaubt, du würdest dich für mich freuen!« Wütend sprang sie von den Heuballen.

Dabei krachte es über ihnen, und die Mädchen zuckten vor Schreck zusammen. Das Gewitter war wohl jetzt ganz in der Nähe. Blitz und Donner folgten nun im Sekundentakt. Draußen regnete es sintflutartig, und das war auch der Grund, warum Lou nicht wutentbrannt nach draußen stürmte. Stattdessen sagte sie: »Muss sich immer alles nur um dich drehen? Du bist doch nur sauer, weil ich Elaf nicht eingeweiht habe. Aber, verdammt noch mal, es ist *mein* Geheimnis! Ich kann es sagen, wem *ich* will!«

Wieder donnerte es, und Ava musste warten, bis das Grollen verklungen war, ehe sie sagte: »Ich denk doch gar nicht immer nur an mich. Im Gegenteil, ich mach mir Sorgen um dich!«

»Ha, ha, der war gut!« Knurrend drehte Lou Ava den Rücken zu. Sie musste die Ohren spitzen, um Lous Worte im Fauchen des Unwetters zu verstehen. »Hast du dich vielleicht schon mal gefragt, wie es ist, nur das fünfte Rad am

Wagen zu sein? Du und Elaf, ihr klebt ständig aneinander, und ich stehe daneben wie der größte Loser. Außerdem ist das mit den Pferden dein Ding, nicht meins. Und mit Onka ist es doch genauso.«

»Was hat die denn damit zu tun?«, fragte Ava misstrauisch.

»Das fragst du im Ernst?« Lou fuhr herum und funkelte Ava mit dunklen Augen an. »Es wäre für alle das Beste, wenn sie hier wäre. Aber du hast bloß Angst, dass sie dir den Platz streitig macht und du hier nicht mehr die erste Geige spielst. Du bist schon genauso wie Florentine!«

Wumm! Das war zu viel! Zornig sprang Ava von den Heuballen. »Wag es nicht, so etwas zu sagen! Du weißt, was Florentine getan hat! Außerdem wärst du ohne mich noch immer ihr Mobbingopfer Nummer eins in der Schule! Hast du vergessen, wie sie uns immer genannt hat? Du bist Lullu gewesen und ich Lava!«

»Ich hab dich nie darum gebeten, mich zu verteidigen. Vor dir bin ich genauso gut zurechtgekommen«, schnauzte Lou zurück. »Spiel dich also bloß nicht so auf, als wärst du die Queen hier.« Wütend stierten sich die Mädchen an, und beinah knisterte die Luft zwischen ihnen. Und dann machte es einen gewaltigen Knall, sodass sogar die alten, dicken Steinmauern des Gehöfts davon erzitterten. Der Stall wurde für den Bruchteil einer Sekunde von einem gleißenden Schein durchzuckt. Die Pferde wieherten unruhig, und draußen aus dem Innenhof hörte man kurz darauf Silvesters Stimme poltern: »Herrschaftszeiten! Da ist jetzt wohl ein Blitz niedergegangen!«

Bestürzt rannten Ava und Lou zur Stalltür. Elsies Großvater stand in der Hoftür und schaute übers Dach rüber zum Wald, wo der Himmel gewitterdunkel war. »Das wird dem Denkmalschutz nicht gefallen, doch wenn mich nicht alles täuscht, hat es eben die Burg erwischt.«

»Oh nein!« Lous Lippen bebten. »Onka.«

Es war nur ein Flüstern gewesen, doch Ava hatte Lous Raunen gehört. Ein eiskalter Schauer jagte ihr dabei über den Rücken. Auf einmal hatte sie das Gefühl, dass alles auf seltsame Weise miteinander verwoben war. Die Burg und das Forsthaus, Soraya und die Legende, das Gewitter und der Streit, Onka und ...

Ava schnappte nach Luft. »Wir müssen zu ihr!«

»Bist du irre?« Lou hielt sie am Ärmel fest. »Das ist gerade viel zu gefährlich!«

Verzweifelt blickte Ava hinaus in den strömenden Regen. Du hattest recht, Lou. Ich will nicht, dass sie hierherkommt. Ich will aber auch nicht, dass ihr etwas passiert ist.

Die Worte lagen Ava schon auf der Zunge und warteten bloß darauf, laut ausgesprochen zu werden, um Wirkung zu zeigen.

Doch sie schaffte es nicht.

Die Wut auf Lou war so viel stärker.

#SORRYNOTSORRY

Auch wenn der schlimmste Teil des Gewitters bloß wenige Minuten andauerte, kamen sie Ava wie Stunden vor. Onka brauchte in dem Moment vielleicht ihre Hilfe, und sie konnten nichts anderes tun, als abzuwarten, bis das Unwetter vorübergezogen war. Zum Glück ließ der Regen bald nach, und das Donnergrollen klang weniger Furcht einflößend. »Meinst du, wir sollen die Feuerwehr rufen?«, fragte sie.

Lou schüttelte den Kopf. »Wir wissen doch noch gar nicht, ob ihr wirklich was passiert ist. Vielleicht hat Silvester unrecht, und der Blitz hat in einen Baum eingeschlagen oder so …« Lou verstummte, und Ava sagte ebenfalls nichts. Die Vorstellung, dass Onka verletzt im Turm lag oder sogar tot war, lähmte sie bis in die Knochen. Zu allem Überfluss standen die gesagten Dinge, die sich die Mädchen gerade noch gegenseitig an den Kopf geworfen hatten, ebenso zwischen ihnen. Wie zerbrochene Tonkrüge auf dem Boden, die nun niemand anfassen wollte, weil man Gefahr lief, sich daran die Fingerkuppen zu zerschneiden. Und so rückten sie lieber voneinander ab, als würden sie einen großen Bogen um die Scherben zwischen ihnen machen.

Erst als Elaf und Elsie im Regen durch den Torbogen in den Innenhof rannten, erwachte Ava aus ihrer Schockstarre.

»Elaf!« Erleichtert winkte sie ihm zu. Lou neben ihr verdrehte die Augen, doch Ava ignorierte es.

Mit großen Schritten sprintete der Junge auf den Pferdestall zu. Als Elaf zwischen ihnen zum Stehen kam, schüttelte er sich wie ein nasser Hund den Regen aus den rabenschwarzen Haaren und grinste: »Ihr zwei seht aus, als hättet ihr ganz schön die Hosen voll. Dabei ist es nur ein Gewitter. Und das verzieht sich schon wieder. Alles gut!«

»Nichts ist gut«, erwiderte Ava und erzählte von dem Blitz, der vermutlich vorhin in den Turm eingeschlagen hatte, und dass Onka somit in größter Gefahr war.

»Shit«, fluchte Elaf, als er den Grund ihrer bleichen Gesichter erfuhr. Er sah hinauf zum Himmel. Über dem reetgedeckten Dach des Forsthauses riss der Himmel schon wieder auf, und klares Sommerlicht färbte die Wolken rosagolden. Dann lugte er zu Elsie und Silvester rüber, die unter dem Dachvorsprung der Hoftür standen. »Kommt«, flüsterte er.

Leise stahlen sich die drei durch den Pferdestall davon und nahmen die Hintertür, die zum Misthaufen hinausführte. Über die Koppeln rannten sie in Richtung Wald, als hinge ihr eigenes Leben davon ab.

Ava war froh darüber, dass Elaf bei ihnen war. Und noch mehr, dass das Gewitter nun rasch weiterzog. Die Bäume im Wald hörten auf zu ächzen, und der Regen verlor seine wütende Kraft, wurde nun wieder einfach zu Regen.

Lou lief neben ihnen her, schien aber in ihre eigene Welt abgetaucht zu sein. Sie sagte kein Wort, glotzte bloß Löcher in die Luft, so wie früher, als Ava sie kennengelernt hatte.

Bald schob sich die Ruine in ihr Blickfeld, und von Weitem erkannte Ava, dass sich nicht nur ihre schlimmsten Befürchtungen bewahrheitet hatten. Auch Silvester hatte mal wieder ins Schwarze getroffen. Dieses Mal aber wäre es Ava lieber gewesen, er hätte sich getäuscht. Denn dort, wo bis jetzt seit fast tausend Jahren der Bergfried wie ein Leuchtturm aus dem Meer von grünen Blättern geragt hatte, war nun nichts anderes als regenverhangene Leere.

Lou und Elaf schienen es ebenfalls gesehen zu haben, denn wie auf einen Befehl hin beschleunigten sie ihr Tempo.

Als sie das Burggelände erreichten, wäre der Anblick auch so schon traurig genug gewesen, wäre nicht auch noch ein Menschenleben in Gefahr.

Der Turm hatte großen Schaden genommen. Die alte Cassisburg sah nun wie ein verwundetes Urgesteinswesen aus. Das halbe Schindeldach war eingestürzt, große Stücke der Außenmauer des Bergfrieds fehlten. Wie durch ein Wunder aber hatte der Mauerteil mit dem Wappen darauf überlebt. Das Feenpferd war also noch intakt, und seine Mähne glänzte schwach im Licht der trüben Sonne.

Feengold, schoss es Ava durch den Kopf. Wenn es nur wahr wäre!

»Onka?« Elafs Stimme hallte über die Ruine und verebbte im Rauschen des Regens. »Bist du da?«

Als nichts darauf passierte, kletterten sie nacheinander auf die Burgmauer und balancierten über das Brett. Unter ihnen lagen die Reste des Daches, die der Blitz weggesprengt hatte. Holzbalken und Schindeln und auch eine Menge Schutt. Im Inneren des Turmes aber war der Weg frei, die Leiter sogar noch angelehnt.

»Geht es hier rauf?« Elaf blickte hoch zur Luke.

»Ich gehe«, sagte Ava entschlossen, und ehe jemand von den beiden widersprechen konnte, war sie auch schon die ersten Sprossen hinaufgeklettert. Wenn Onka etwas zugestoßen war, war das eben auch ein bisschen ihre Schuld, dachte Ava, und eine unbändige Angst trieb sie die Leiter hinauf. Oben angekommen, lag noch mehr Schutt herum, doch der Boden schien zu halten. Zumindest noch, dachte sie und verdrängte schnell den Gedanken. Wie eine Schlange wand sie sich an einem Holzbalken vorbei, der die Einstiegsluke blockierte, und balancierte über die Trümmer. Hinter der Mauer, die Onka als Lagerplatz gedient hatte, blieb Ava stehen. »Oh nein!«, hauchte sie.

»Was ist?«, rief Elaf von unten. Schon war er die Leiter hochgeklettert. Gefolgt von Lou. Sie traten neben Ava und starrten auf den Schutthaufen, der Onkas Sachen unter sich begraben hatte. Ein tödlicher Berg aus Holz und Stein.

»Meint ihr, sie liegt da ... drunter?«, japste Lou.

»Keine Ahnung. Man sieht ja gar nichts«, murmelte Elaf und versuchte, einen Holzbalken anzuheben, um an den Schlafsack zu kommen. Doch davon kam alles bloß ins Rutschen.

Ein großer Sandstein löste sich von der bröckeligen Mauer darüber und krachte vor ihnen bedrohlich laut zu Boden. Gerade noch rechtzeitig konnten die drei zur Seite springen. Die restlichen Wände wackelten gefährlich.

»Wir müssen Hilfe holen«, sagte Ava endlich. »Das hier ist zu riskant. Wenn wir nicht aufpassen, kracht der Turm glatt noch über unseren Köpfen ein. Und das hilft niemandem was. Auch Onka nicht.«

Elaf nickte blass, und auch Lou schien nichts dagegen zu haben. Mit zitternden Knien kletterten sie wieder die Leiter hinunter. Auf der Wiese angekommen, zog Elaf sein Handy aus der Hosentasche.

»Mist, kein Empfang!«, murrte er. »Aber für den Notruf wird es hoffentlich reichen.« Dabei klang seine Stimme nun gefasst, so als hätte er das schon tausendmal gemacht. Ava kam der Gedanke, dass Elaf ja vielleicht gerade deshalb so souverän reagierte, weil er letztes Jahr doch auch einen schweren Unfall gehabt hatte. Sie hatte ihn nie danach gefragt, ob er sich noch daran erinnern konnte, aber vielleicht war es ja so. Und deshalb wusste er jetzt auch, was zu tun war. Dankbar sah sie ihm zu, wie er die Notrufnummer wählen wollte, als es hinter ihnen in den Büschen raschelte.

Erschrocken drehten sie sich um, denn der große Bruder des Sommerwindes konnte das jetzt nicht mehr sein. Er war längst abgedampft und seine Wut verpufft, doch es raschelte immer noch.

Ava traute ihren Augen nicht, als ein orangefarbener Kopf, voll von Dreadlocks und Federn, aus dem Dickicht auftauchte.

»Onka!«, riefen alle drei gleichzeitig und stürmten auf sie zu.

Onka wankte ein wenig und zitterte wie Espenlaub, aber sonst schien alles in Ordnung zu sein.

»Bist du verletzt?«, rief Elaf.

Onka schüttelte den Kopf. Ihr Gesicht war kreidebleich, ihre Augen so dunkel wie noch nie. »Plötzlich war der Donner so nah. Der ganze Turm hat gewackelt. Da ist mir komisch geworden, darum wollte ich raus. Hab mich gerade noch zur Luke retten können, ehe dieser Scheißblitz eingeschlagen hat. Fast vor meinen Füßen.« Sie deutete zum Turm hoch und stammelte: »Das waren all meine Sachen. Jetzt habe ich nichts mehr. Was soll ich denn nun machen?«

Lou sah Ava von der Seite an, sagte aber nichts. Ava wusste auch so, was ihr anklagender Blick zu bedeuten hatte. Und das Schlimmste dabei war, dass Lou ja recht hatte, zumindest in einer Sache. Ava hatte Angst, dass Onka ihr den Platz streitig machte. Aber in einem täuschte sie sich gewaltig, und das würde sie Lou jetzt auch beweisen.

Ava reckte das Kinn. »Na, was wohl! Du kommst mit uns!«

Elaf nickte heftig. »Logo, was sonst! Du wirst sehen, Elsie und Silvester sind total cool. Die werden dich bestimmt nicht verpetzen.«

Onka schniefte und sah die drei an. »Sicher?«

Obwohl in Ava die Gefühle tobten wie vorhin der Gewittersturm, nickte sie. Sie wusste, dass sie diese Entscheidung noch bitter bereuen würde. Doch auf keinen Fall wollte sie, dass Lou recht hatte. Sie war nicht so wie Florentine!

Als Ava aus dem Augenwinkel merkte, wie Lou glatt spöttisch grinste, reckte sie das Kinn. »Sicher!«, sagte sie zu Onka. »Solange du ihnen die Sache erst mal erklärst.«

Es war genau so, wie Ava vermutet hatte.

Nachdem sie Onka zum Forsthaus mitgenommen und Silvester und Elsie ihre Geschichte erzählt hatten, waren die beiden sofort bereit, Onka aufzunehmen. Anfangs waren sie total geschockt! Das heimatlose Mädchen wäre um ein Haar vom Blitz getroffen worden, und jeder hier wusste, dass so etwas tödlich enden konnte. Wie durch ein Wunder aber hatte Onka überlebt, und für Ava war längst klar, dass es reines Feenglück gewesen sein musste, das Onka dazu veranlasst hatte, den Turm im richtigen Augenblick zu verlassen.

»Das Forsthaus ist ja groß genug«, brummte der alte Förster jetzt, und dabei hatten seine Augen wieder diesen seltsamen Glanz. Ava wusste, was dies zu bedeuten hatte. Und genauso wusste sie auch, dass ihm gefiel, was er in Onka sah. Denn er meinte: »Oben haben wir drei Gästezimmer. Such dir einfach eines davon aus.«

Sie saßen alle am großen Küchentisch beisammen, während eine kühle Brise zu den offenen Fenstern hereinwehte. Es roch herrlich nach Sommerregen und Wald und auch ein wenig nach Pferdezuhause. Ava sog den Geruch begierig ein. Es half ein bisschen, die aufkeimende Eifersucht zu unterdrücken. Doch richtig wollte es ihr nicht gelingen.

Denn als Onka daraufhin verlegen meinte: »Aber ich habe kein Geld«, da meinte Silvester bloß: »Dafür haben wir jede Menge Arbeit auf dem Hof. Du wirkst auf mich so, als ob du mitanpacken könntest. Also, Arbeit gegen Kost und Logis, abgemacht?«

Da nickte Onka erleichtert. »Oh, anpacken kann ich! Auf dem Hof, wo früher mein Pflegepferd gestanden hat, habe ich oft den Laden geschmissen, wenn die Besitzer in Urlaub gefahren sind.«

»Ach, echt?« Jetzt glitzerten auch Elsies Augen. »Wenn das so ist, wirst du dich nicht mehr wegen deiner Knie-OP rausreden können, Graps. Jetzt, wo wir eine Helferin mehr auf der Soulhorsefarm haben.«

Silvester blinzelte wie ertappt. »Na, na, erst mal langsam mit den jungen Pferden. Wer weiß, ob Onka überhaupt was zur Arbeit taugt. So schnell werdet ihr mich hier nicht los.«

Er hatte es im Spaß gesagt, dennoch sagte Onka sofort: »Sie werden es nicht bereuen! Versprochen!«

Und auch Elaf und Lou kamen ihr zu Hilfe: »Ja, sie kann total gut mit Pferden!«

Da winkte Silvester gutmütig ab. »Schon gut, das glaub ich euch gern. Trotzdem ist das mit der Operation eine andere Geschichte.«

Elsie lachte. »Was bist du nur feige, Graps! Ich sag dir, ich karre dich persönlich in die Klinik, wenn es so weit ist. Dieses Mal lässt du den Termin nicht sausen!« Sie machte eine Faust und schlug auf die hölzerne Tischplatte. Das schien so, als hätte Elsie sich eben selbst ein Versprechen gegeben und es damit besiegelt. Dann stand sie auf und streckte sich. »Dann wäre das ja geklärt.« Sie sah in die Runde. »Ach so, eines noch.« Ihr Blick blieb an Onka haften. »Wenn du wirklich gern Pferdewirtin werden möchtest, dann kannst du den Rest der Ferien von mir aus hierbleiben, als Praktikantin. Vorausgesetzt, das klappt zwischen uns.«

Onkas blasses Gesicht erhellte sich augenblicklich. »Ein Praktikum? Bis in den Herbst? Total gern!«

Doch ihr Strahlen hielt nicht lange an, als Elsie daraufhin nickte und meinte: »Schön! Dann wirst du sicher auch verstehen, dass das hier ein Praktikumsplatz ist und kein Versteck!«

Onka biss sich auf die Lippen. »In Ordnung«, murmelte sie schließlich, »ich spreche mit meinem Großvater.«

Und dann war es beschlossene Sache.

Onka bezog im Forsthaus ihr Quartier, während Ava, Lou und Elaf sich auf den Heimweg machten.

Die Luft draußen war nach dem Gewitter herrlich klar und erfrischend, als sie sich auf die Räder schwangen. Sonst quatschten sie gern miteinander, doch dieses Mal blieb es auf dem Radweg ungewöhnlich still. Einerseits tat Ava der blöde Streit mit Lou leid. Andererseits aber wieder gar nicht. Lou wirkte auf dem Heimweg nämlich so fürchterlich selbstzufrieden, dass es echt zum Kotzen war. So als hätte sie recht behalten, dass Ava bloß eine egoistische Drama-Queen war.

Dass ihre Freundin aber so mies über sie dachte, fand Ava schrecklich ungerecht. Die Tatsache, dass Lou nicht verstehen wollte, dass Ava bloß Angst hatte, erneut ihre Pferdeheimat zu verlieren, hatte ihrer Meinung nach nichts mit Selbstsucht zu tun! Wenn Lou das nicht verstehen wollte, dann war das eben Lous Schuld, nicht ihre! Ihre vermeintlich beste Freundin würde schon noch daraufkommen, wie falsch sie lag. Nicht nur, was die Sache mit Onka anging, sondern auch, was Kian betraf.

Ava konnte es immer noch nicht fassen, dass sie sich ausgerechnet diesem obskuren Typen anvertraut hatte. Bestimmt würde sie das bald bitter bereuen. Und dann würde Lou schon wieder angekrochen kommen und sich dafür entschuldigen. Bis dahin aber würde Ava sie schmoren lassen, denn das geschah ihr nur recht. Und deshalb würdigte sie Lou nun keines Blickes mehr, während sie gemeinsam in Richtung Stadt fuhren.

Lou erging es wohl ebenso, denn sie sagte auch nichts.

Irgendwann schien Elaf aufzufallen, dass die zwei Mädchen heute merkwürdig still waren. Den ganzen Weg durch den Wald war er mit seinem Rad über die Pfützen gesprungen. Jetzt hingegen, wo sie die Stadt erreichten, waren keine Pfützen mehr auf dem Asphalt zu sehen. So fuhr Elaf einfach neben ihnen her. Die Hände lässig auf den Oberschenkeln geparkt, weil er mit einem unglaublichen Balancegefühl gesegnet war, sodass er es schaffte, ewig freihändig zu fahren.

»Ihr zwei seid schon wieder so komisch«, beschwerte er sich, als er neben ihnen herfuhr. »Onka geht es doch gut! Die Lösung ist der Hammer! Ab jetzt kann sie uns den ganzen Tag helfen, und wir brauchen nicht mehr so zu schuften. Ist doch alles super.«

»Ja, mega«, sagte Ava hastig, was jedoch wenig überzeugend klang.

Als Lou daraufhin ein abschätziges Grunzen von sich gab, guckte Elaf verwundert zu ihr rüber. »Findest du nicht? Gerade du müsstest doch froh darüber sein, dass Onka jetzt da ist. Du hast in letzter Zeit so viel auf dem Hof mitgeholfen, obwohl Pferde gar nicht so dein Ding sind.«

Lou lachte höhnisch auf. »Schön, dass das mal jemand begriffen hat.«

»Logo«, antwortete Elaf sofort. »Tun wir doch alle!«

»Ja, genau«, meinte sie bitter.

»Wer denn nicht?« Elaf griff jetzt doch zum Lenker und

wollte neben sie fahren, doch Lou bog rasch in die nächste Gasse ein.

»Das musst du sie schon selbst fragen«, rief sie über ihre Schulter hinweg und radelte einfach davon.

Elaf sah Lou ratlos hinterher. »Was meint sie denn damit?«

»Keine Ahnung«, log Ava, weil sie keine Lust darauf hatte, Lous üble Laune zu erklären. »Die kriegt sich schon wieder ein, keine Sorge.«

SOULHORSE

Am nächsten Morgen fuhr Ava extrafrüh ins Forsthaus, um bei der Morgenarbeit zu helfen. Das Wetter hatte über Nacht umgeschlagen. Der Himmel war grau, und es nieselte leicht. Die Regenjacke, die Ava trug, fühlte sich ungewöhnlich schwer auf ihrer Haut an. Seit Wochen war sie nur in kurzen Klamotten herumgelaufen. Jetzt hingegen trug sie ihre lange Reithose, ihre karierten Reitsocken und unter der Jacke sogar noch eine Weste, so frisch war es an diesem Morgen.

Der Huldernebel hing dichter als sonst über der Lichtung und vermischte sich mit dem letzten Dunst der Sommerhitze. Die Mückenschwärme, die sonst wie Trauben am Waldrand auf Futter lauerten, waren verschwunden. Die Luft war herrlich klar, und auch wenn es nieselte, würde das der perfekte Tag werden, um das Training mit Soraya wieder aufzunehmen.

Ava hatte ein wenig Angst davor. Sie wollte Silverhorse keinesfalls überstrapazieren. Doch die Freude darauf, endlich wieder in den Sattel zu steigen, war ebenso da. Genauso wie das Wissen, dass es Soraya guttun würde, wieder zu reiten.

Darum hatte sich Ava auch fest vorgenommen, es einfach langsam angehen zu lassen. Fürs Erste bloß lockeres Training, mehr nicht. Und vielleicht erlaubte Elsie ihnen danach sogar, noch eine kleine Runde auf der Lichtung zu drehen. Mit Elaf und Catalan als Begleitung. Nur im Schritt, mehr nicht.

Als Ava daran dachte, hüpfte ihr Herz voller Vorfreude, und das fühlte sich herrlich leicht an. Vielleicht würde es mit Onka auf dem Hof auch gar nicht so schlimm werden, und Ava hatte sich umsonst Sorgen gemacht. Ja, vielleicht würde es sogar toll werden, so wie Elaf es gestern auf der Heimfahrt angedeutet hatte. Denn wenn sie durch Onka jetzt mehr Freizeit hatten, bedeutete das zugleich: mehr Zeit fürs Ausreiten = mehr Zeit mit Elaf! Und was sollte daran, bitte schön, schlecht sein?

Ava trat kräftig in die Pedale. Was schadete es, positiv zu denken und der fiesen Magenschnecke einen Dämpfer zu verpassen?

Doch als sie das Rad die Auffahrt hinauflenkte, sah sie, dass schon alle Pferde auf den Koppeln grasten, und die Magenschnecke bezog wieder Stellung. Denn auch Soraya und Catalan standen bereits auf dem Paddock, obwohl das doch sonst ihre Aufgabe gewesen war.

Ava lehnte das Rad gegen die Hausmauer und ging schnurstracks in den Stall von Silvesters Pferden. Und tatsächlich! Onka mistete eifrig die Boxen von Guinevere, Gwendolin und den anderen aus, auch die von Soraya.

»Guten Morgen!« Onka strahlte sie an, als sie Ava die Stallgasse entlangkommen sah. »Elsie ist drüben im Ausbildungsstall.«

»Ich weiß«, sagte Ava knapp und ging ein paar Schritte näher. »Ihr habt schon angefangen?« Ohne mich, wollte sie als Nächstes sagen, doch sie biss sich rechtzeitig auf die Zunge und meinte stattdessen: »So früh?«

Onka sammelte wieder Pferdeäpfel mit der Dunggabel aus der Einstreu. »Ja, Elsie hat mich gestern noch gefragt, ob es mir was ausmache, wenn wir schon um sechs Uhr die Pferde rausstellen. Ich bin das frühe Aufstehen gewohnt, das macht mir nichts aus. So haben wir danach mehr Zeit für die Einsteller.«

Wir!

Ava blieb daran kleben wie die Fliegen auf den Fliegenfängern, die Silvester zuletzt im Stall aufgehängt hatte, um die lästigen Biester zu erwischen. Das war ja schneller gegangen als befürchtet. Ava schluckte das bittere Gefühl hinunter. »Ach so«, sagte sie nur und drehte sich schnell um, ehe ihr Gesicht sie verriet. Sie nahm die Hintertür und lief den Kiesweg entlang. Wie immer fand Ava Elsie bei ihren Schützlingen.

»Du bist ja heute schon früh dran« war das Erste, das Elsie sagte, als Ava auf sie zugelaufen kam. »Dabei könntest du endlich mal ausschlafen. Jetzt, wo Onka nun da ist.« Sie schenkte ihr ein fröhliches Lachen, und das, obwohl Elsie sonst der Morgenmuffel schlechthin war.

Ava merkte förmlich, wie begeistert Elsie von Onka war, und das herrliche Gefühl von vorhin, das sie auf dem Weg durch den Wald noch gehabt hatte, war mit einem Mal verschwunden.

»Kann ich euch helfen?«, murmelte sie.

»Ach was!«, meinte Elsie. »Mach dir doch mal einen schönen Tag. Onka erledigt schon Großvaters Pferde. Du willst doch bestimmt auch mal Ferien haben.«

Elsie meinte es bestimmt nur gut. Ava hatte ja tatsächlich seit dem Beginn der Sommerferien ihre ganze Energie in die Soulhorsefarm gesteckt. Ein bisschen Freizeit wäre also wirklich nicht übel, und dennoch spürte Ava, wie der Boden unter ihr zu wanken anfing. Das war ja alles noch viel schlimmer als befürchtet! Doch sie sagte nichts und nickte nur stumm. Dann drehte sie sich wie ein begossener Flauschbär um, als Elsie doch noch hinterherschickte: »Aber wenn du schon hier bist, hättest du nicht Lust, Soraya zu reiten? Ich glaube, sie braucht ein bisschen Bewegung. Als Onka sie vorhin auf den Paddock gestellt hat, war sie ziemlich aufgedreht, ehrlich gesagt.«

Prompt huschte ein Lächeln über Avas Gesicht. Und die Vorstellung, dass die blinde Stute sich nicht einfach so mir nichts, dir nichts von Onka auf den Paddock hatte stellen lassen, war einfach wohltuend.

Wenigstens hält Soraya zu mir, dachte Ava erleichtert. Und so sagte sie zu Elsie: »Das hätte ich heute sowieso vorgehabt. Aber meinst du, Elaf wäre schon so weit, dass er uns mit Catalan danach noch auf die Lichtung begleitet? Nur im Schritt«, fügte sie hastig hinzu.

Elsie nickte. »Schon, aber der Wetterbericht sagt für heute richtiges Schietwetter voraus. Den Ausritt müsst ihr auf ein anderes Mal verschieben. Geh lieber gleich mit Soraya in die Halle, dann seid ihr im Trockenen.« Elsie fing wieder an, Mist in die Schubkarre zu schaufeln. »Solange wir nicht mit der Stallarbeit fertig sind, ist sie ja frei. Danach aber will ich mit dem Neuen dort arbeiten. Der stellt sich leider etwas quer. Onka soll mir dabei zur Hand gehen. Wenn sie wirklich Pferdewirtin werden möchte, gehören Problempferde bald zu ihrem Alltag. Mal schauen, wie sie sich dabei anstellt. Aber bis dahin kannst du die Halle gern für dich haben.«

Ava nickte und verschwand rasch in Richtung Sattelkammer. Und tatsächlich trommelte es bald schwere Regentropfen auf die Erde.

Wie schön es war, Soraya zu reiten, dachte Ava, als sie über den frisch geeggten Sand leicht trabte, um die silberne Lusitanostute aufzuwärmen. Unterm Sattel spürte sie, dass Soraya tatsächlich aufgekratzt war. Sie ging nicht so geschmeidig wie sonst, was auch nicht weiter verwunderlich war. Das Wetter war endlich kühler geworden, die Entzündung verheilt und Silverhorse schon über eine Woche nicht mehr bewegt worden. Ava tat also gut daran, Soraya erst mal ein paar Runden im zügigen Trab auspowern zu lassen, ehe sie mehr von der Stute verlangte. Und auch wenn sie jetzt bloß so dahintrabten, fühlte es sich herrlich auf Sorayas Rücken an. Ava lachte glücklich in den Reithallenspiegel. Wie sehr ihr dieses Gefühl von Leichtigkeit doch gefehlt hatte! Endlich waren sie wieder vereint. Das Silberpferd und das Goldmädchen. Beide so vertraut, dass sie als Ganzes hätten durchgehen können. Als eine Seele. Während die eine für die andere sah, ließ die andere die eine dafür schweben. Und das war ein Glücksmoment, der nur dann entstand, wenn sie sich einander dieses Vertrauen bedingungslos schenkten. Das Allerbeste aber daran war, dass dieses Glück noch so viel stärker war als der ganze Mist, der sonst auf sie lauerte, wenn Ava nicht auf Soraya im Sattel saß. Hier oben war alles besser. Hier war alles gut!

Und dieses Gefühl durchtränkte sie jetzt förmlich, und das spürte auch Soraya. Die Stute schnaubte zufrieden ab, und Ava wusste, dass sie ihr ab nun den Zügel geben konnte. Jetzt waren beide wiederhergestellt. Beide im Gleichklang und somit im Einklang mit sich selbst, und niemand würde ihnen das je wegnehmen können. Das hier gehörte nur ihnen.

Ava war so in Gedanken versunken, dass sie nicht mitbekam, wie Onka auf der Bande rittlings Platz nahm und ihnen zusah.

Als Ava sie endlich registrierte, gelang es ihr sogar, sich davon nicht wieder aus dem Gleichgewicht bringen zu lassen. Sorayas Rücken war ihr sicherer Hafen. Hier war sie der Kapitän, und wie zum Beweis nahm Ava die Zügel auf, ließ Soraya antraben und steuerte sie auf den zweiten Hufschlag. Dann ließ sie sie mit einer Anmut, dass auch Onka staunte, angaloppieren.

Als sie sich später beim Absatteln im Innenhof trafen, blieb Onka kurz stehen und sagte zu Ava: »Noch nie habe ich so eine Einheit zwischen Pferd und Reiter gesehen wie bei euch beiden. Irgendwann finde ich hoffentlich auch mein Seelenpferd, und dann wünsche ich mir, dass es sich genauso anfühlen wird, wie es bei euch rüberkommt. Nirgendwo spürst du Freiheit mehr als im Sattel. Dort gibt es nur dich, dein Pferd und den Wind. Was gibt es Schöneres, als gemeinsam frei zu sein.«

Onkas Worte verfolgten Ava noch lange. Sie waren nicht bloß ein Kompliment gewesen, wenn auch ein sehr schönes. Sie galten ebenso als Friedensangebot, das hatte Ava genau gespürt. Was wiederum bedeutete, dass Onka sehr wohl mitbekommen hatte, wie sehr Ava darunter litt, dass das Mädchen aus dem Turm nun ihre Arbeit übernahm und somit auch ihren Platz. Aber noch etwas steckte dahinter. Onka hatte dadurch ebenfalls verraten, wie es derzeit in ihr selbst aussah. Sie suchte nach Freiheit, nach Selbstbestimmung … und wie konnte Ava da etwas dagegen haben? War sie doch selbst jemand, der genauso danach suchte. Und das genügte, um zumindest zu versuchen, sich mit der neuen Situation abzufinden. Onka war jetzt zwar hier, aber Soraya blieb weiterhin Avas Zuhause. Das war es eigentlich, was Onka ihr damit sagen wollte.

Bei Lou hingegen herrschte weiterhin Funkstille. Auch im Forsthaus war sie heute nicht mehr aufgetaucht. Ava redete sich ein, dass das nicht weiter schlimm gewesen sei. Dennoch ertappte sie sich jetzt dabei, wie sie auf Insta guckte, ob Lou vielleicht ein neues Posting eingestellt hatte. Dabei lag sie mal wieder auf ihrem Bett. Die Fenster standen sperrangelweit offen, obwohl der Regen draußen eintönig auf das Blechdach trommelte. Die Turmfalkenbabys waren inzwischen flügge geworden, doch Ava hoffte immer noch, dass sie mal wieder zu Besuch kämen. Sie ging zuerst auf den Kanal der Soulhorsefarm. Wie vermutet, teaserte Lou dort in der Story den Werbefilm mit Soraya ordentlich an. Auf *Theofficialxlux* hingegen tat sich seltsamerweise nichts Neues. Das letzte Pic hatte ohnehin hohe Wellen geschlagen. Überall wurde das Foto im Netz geteilt, und sogar im Radio quasselten sie darüber. Neu-Andra war derzeit das Gesprächsthema Nummer eins in der Stadt, und immer mehr Stimmen wurden laut, die sich gegen das Projekt aussprachen. Die Präsentation aber rückte unaufhaltsam näher. In ein paar Tagen war es so weit, dann würden Nägel mit Köpfen gemacht werden. Und wenn bis dahin kein Wunder geschah, würde der alte Park bald Geschichte sein.

Klar, dass viele dem Event deshalb entgegenfieberten. Nicht nur ihre Eltern würden dort hingehen. Ihr Vater war sogar beruflich verpflichtet dazu, sich dort blicken zu lassen. Auch Silvester war heute mit einer Einladung auf sie zugehumpelt.

»Von Willi höchstpersönlich«, hatte er gebrummt und ihnen die noble Einladung vom Bürgermeister unter die Nase gehalten. »Ist doch klar, dass wir alle dort hingehen werden.«

»Alle?«, hatte Elsie daraufhin gemurrt.

»Natürlich. Das ist gut fürs Geschäft, Elsie! Egal, wie's ausgeht!« Dabei hatte er ihr einen strengen Blick zugeworfen, bis Elsie gequält genickt hatte. Und auch Ava, Onka und Elaf, der auch gerade dort gewesen war.

Ab da hatten sie die Sache beschlossen. Sie würden alle gemeinsam zu dem Event gehen. Und auch wenn Ava den Werbefilm nicht guthieß, war sie dennoch mächtig gespannt auf das Ergebnis. Um ehrlich zu sein, konnte sie es kaum erwarten, Soraya als Feenpferd im Film zu sehen. Schon die Fotos, die Lou vom Dreh gemacht hatte, waren märchenhaft schön gewesen. Ob sie sich dort auch blicken lassen würde?, dachte Ava jetzt. Sie konnte Lou ja morgen fragen, denn da war wieder Ponytag. Ihre Freundin würde hoffentlich Rückgrat beweisen und im Forsthaus auftauchen … Und was, wenn nicht? Was war, wenn sie sie knallhart hängen ließ? Ava ging als Nächstes auf WhatsApp, um zu sehen, ob sie vielleicht nicht doch eine Nachricht von

Lou bekommen hatte, als das Handy tatsächlich summte. Doch es war nicht Lou, die getextet hatte, sondern jemand, mit dem Ava schon gar nicht mehr gerechnet hatte, obwohl Freya und Sina früher ihre besten Freundinnen gewesen waren. Doch das war in einem anderen Leben gewesen, dennoch las sie begierig die Zeilen.

SHOW JUMPING GIRLS: Hi, Ava! Mach die Bude sauber und halte dir die nächsten zwei Tage frei. Wir kommen – und zwar zu dir! Widerrede zwecklos, sitzen schon so gut wie im Zug. Die alte Schreckschraube von Eisstätt hat sich beim Training den Zeh gebrochen, jetzt haben wir endlich frei. Vermissen dich schrecklich, BFF! Die Koffer sind schon gepackt, bis bald! *küss*

SHOW JUMPING GIRLS: Ups! Noch was, unser Zug kommt morgen um 10 Uhr am Hauptbahnhof in Cassisburg an. Kannst du uns abholen? Biiiiitteeee *küss*

Ava riss erstaunt die Augen auf. Die beiden kamen nach Cassisburg? Schon morgen?

Zwar hatten Freya und Sina ihr damals hoch und heilig versprochen, Ava in den Sommerferien zu besuchen, doch damals hatte Ava das für leere Worte gehalten. Ihre ehemals besten Freundinnen waren eben ständig mit Training beschäftigt. Vor allem jetzt, da Flint und Isabella es in den Landeskader geschafft hatten. Seitdem war ihre Springtrainerin Frau Eisstätt noch energischer und noch verbissener. Daher hatte Ava diese Idee längst in den Wind geschlagen. Dass sie nun doch kamen – ausgerechnet jetzt –, war mehr als phänomenal. Es war der perfekte Zeitpunkt! Wenn Ava nur an die zwei verrückten Hühner dachte, platzte ihr das Herz schon fast vor Sehnsucht. Dabei merkte sie, wie sehr sie ihr gefehlt hatten. Die drei waren seit dem Kindergarten so was wie Schwestern gewesen. Und das war genau das, was sie jetzt brauchte. Aufgeregt flitzte Ava zu ihren Eltern rüber, die eine Runde Skat am Esstisch spielten. Als die nichts dagegen hatten, rannte sie wieder ins Zimmer und tippte:

AVA: Das ist die megacoolste Überraschung *ever*!!! Ich freu mich riesig auf euch! Klar hole ich euch morgen ab. Zwar nicht mit der Pferdekutsche, dafür mit dem Fahrrad *grins* Küsst Flint von mir!
PS: Der aaaarme Eisklotz, er tut mir ja sooo leid! Jetzt hat sie einen Aua-Zeh, so ein Pech! *ätsch*

SHOW JUMPING GIRLS: Hahahaha und juhuuu! Dann bis morgen! Können es kaum erwarten, dein Silverhorse zu sehen, und dich erst! *herz*

Ava grinste. Früher waren sie ein eingeschworenes Team gewesen. Die Show Jumping Girls von Eschenthal. Ständig zu dritt unterwegs und untrennbar! Ava seufzte wehmütig, wenn sie zurück an ihr altes Leben auf Eschenthal dachte. Wie gut, dass sie die nächsten Tage tatsächlich Zeit hatte. Onka würde Großvaters Pferde übernehmen, und dieses Mal war das gar nicht so übel. Doch dann fiel Ava plötzlich ein, dass ja morgen auch der Ponytag war. Verdammter Mist! Sie biss sich auf die Lippen, doch dann grinste sie. »Ach, sie werden es mir schon verzeihen«, kicherte sie und tippte:

AVA: Das ist super, dass ihr Soraya kennenlernen wollt. Morgen ist nämlich wieder Ponytag = Ponyzwergalarm. Aber wie gut, dass ich mich auf meine guten, alten Freundinnen = best friends verlassen kann, die mich morgen bestimmt tatkräftig unterstützen werden, stimmt's?! *zwinker*

SHOW JUMPING GIRLS: Als würde uns das abhalten *lol* Die Show Jumping Girls halten zusammen!

AVA: Ihr seid die Besten!!!!!

SHOW JUMPING GIRLS: Yes, we know *grins*

Lou tauchte wirklich nicht auf. Umso besser, dass Freya und Sina hier waren und ihre Station kurzerhand übernahmen. So wurde es ein lustiger Nachmittag, denn auch mit Elaf verstanden Freya und Sina sich prächtig. Ebenso mit Silvester. Nur ein Mal fragte er, wo denn Lou heute so plötzlich abgeblieben war, doch Ava redete sich bloß raus und meinte, sie hätte keine Zeit gehabt. Was ja auch irgendwie stimmte, sonst wäre Lou schließlich aufgetaucht.

In Wirklichkeit ärgerte sich Ava schrecklich darüber, dass Lou sie tatsächlich hatte hängen lassen. Doch sie verdrängte den Gedanken, denn auf keinen Fall wollte Ava die gute Stimmung kaputt machen. Der Tag war bis jetzt einfach zu schön gewesen.

Nachdem Ava Freya und Sina vom Bahnhof abgeholt und sie ihre Sachen nach Hause verfrachtet hatten, waren sie erst mal ausgiebig shoppen gegangen und hatten sich dann einen Rieseneisbecher im Café von Elafs Eltern gegönnt. Natürlich hatte Ava ihnen dort haarklein erzählen müssen, was in letzter Zeit so alles passiert war. Da gehörte auch der Kuss dazu, logo! Es war schön, endlich jemandem davon erzählen zu können.

»Elaf ist total süß«, hatten Freya und Sina dann geschwärmt und dem Jungen mit dem rabenschwarzen Haar hinterhergeschmachtet.

Jetzt, nachdem die Ponyzwerge wieder abgerauscht waren, saßen die drei auf der Bande in der Reithalle und sahen Ava beim Reiten zu.

»Wahnsinn, dass Soraya wirklich gar nichts sieht«, hörte Ava Freya sagen. »Ava ist schon immer die Beste von uns gewesen. Aber das hier«, sie zeigte mit dem Finger auf sie beide, »ist eine gaaanz andere Hausnummer!«

Sina neben ihr nickte heftig. »Wie gut, dass der Eisklotz das nicht sehen kann, sonst würde sie uns glatt noch mehr rannehmen.«

»Der Eisklotz?«, wiederholte Elaf verblüfft.

Sina und Freya lachten. »So nennen wir unsere Trainerin Frau Eisstätt. Sie ist so charmant wie ein Kühlschrank.«

»Ah, verstehe«, grinste Elaf und meinte: »Zum Glück ist Elsie nicht so. Sie ist eine tolle Reitlehrerin.«

»Wie? Du lernst reiten?«, japste Sina.

Elaf nickte etwas beschämt. »Ja, damit wir bald ausreiten gehen können, Ava und ich.«

Daraufhin glucksten die beiden so laut auf, dass Soraya empört schnaubte.

»Sorry«, rief Sina. »Aber das ist einfach zu roman…« Ein Kick von Freya mit dem Ellbogen konnte sie gerade noch bremsen. »Ich meine, *toll*! Ja, genau! Das wollte ich sagen.«

Elaf wurde trotzdem rot im Gesicht. »Ähm, ja, ich glaube, ich schau mal, ob Elsie meine Hilfe braucht«, nuschelte er und suchte rasch das Weite.

»Menno, jetzt hast du ihn erschreckt«, schimpfte Freya, als er außer Sichtweite war.

Sina zuckte mit den Schultern. »Ach, wenn's doch wahr ist. Ava, du hast so ein verdammtes Glück! Das hier ist ein Pferdeparadies! Du hast ein megacooles Pferd zum Reiten, die Besitzer sind total nett hier, und dann ist da auch noch dieser süße Typ, der mit dir ausreiten gehen will! Ich pack's einfach nicht! Und wir hängen mit der ollen Eisstätt rum!«

Ava lenkte Soraya rüber und parierte vor ihnen durch. Die blinde Stute legte eine ordentliche Haltparade hin, während ihre prächtige Mähne wie schimmerndes Silber über ihren Hals floss.

»Angeberin«, grinste Freya. »Aber jetzt mal im Ernst. Wir freuen uns riesig für dich! Das hier alles ist super! Du hast es mehr als verdient, so etwas zu haben.«

»Jaaaa, ich wäre durchgedreht, hätten mir meine Eltern das damals angetan! Einfach Pargos zu verkaufen und von Eschenthal wegzuziehen? Niemals!« Sina versuchte, von der Bande aus Soraya zu streicheln, doch die schnorchelte warnend. Rasch zog Avas Freundin die Hand wieder weg. Dabei sah sie Ava ins Gesicht. »Du bist meine Heldin, ernsthaft! Ich wäre vermutlich ein Wrack, wenn mir so was passiert wäre.«

»War ich ja auch«, gab Ava zu und streichelte Sorayas Hals. »Aber sie hat mir geholfen, nicht durchzudrehen. Nachdem ich Flint in Eschenthal zurücklassen musste, dachte ich, ich könnte nie wieder so glücklich werden.«

Freya und Sina seufzten träumerisch auf. »Wie gut, dass ihr euch gefunden habt.«

Ja, dachte Ava. Und dann spukte plötzlich ein Gedanke durch ihren Kopf. Und zwar, dass sie Silverhorse niemals kennengelernt hätte, wenn Lou damals in der Schule nicht darauf bestanden hätte. Und da begriff sie: Nicht nur Silverhorse hatte sie das alles hier zu verdanken.

Sondern auch Lou.

#WINDGEDANKEN

Auch die restliche Zeit mit Freya und Sina war toll! Und leider auch viel zu schnell vorbei!

»Keine Sorge! Wir kommen wieder«, hatten sie zum Abschied gesagt, als sie sich theatralisch auf dem Bahnsteig in die Arme gefallen waren. Ungefähr tausend Mal! Irgendwann hatte der Schaffner dann mit seinem Trillerdings gepfiffen und die zwei verrückten Hühner in den Zug gescheucht. Als der Zug dann mit ihnen losgefahren war, überkam Ava eine schreckliche Einsamkeit.

Kurz überlegte sie, Elaf anzurufen, aber irgendwie war ihr Kopf von den letzten zwei Tagen so voll und ihr Herz so schwer, dass Ava sich insgeheim eigentlich nach etwas Ruhe sehnte.

Wie von selbst lenkte sie ihr Fahrrad also nicht zum Forsthaus, sondern nahm den Weg zum Durmerlin-Café. Dort parkte sie das Rad und ging den Rest zu Fuß. Zuerst durch die herrschaftliche Allee und dann den Burghang hinauf.

Der Himmel war noch voller grauer Regenwolken, und der Sommerwind hatte seine Lauigkeit verloren. Anstatt nach Abenteuer roch er jetzt nach Sommerende. Ava zog die Jacke eng an sich.

Oben angekommen, begrüßte die Burgruine sie wie eine alte Freundin, die gekommen war, um sie zu trösten. Der Anblick des Turmes war nämlich mehr als traurig. Zwar war das Wappen noch intakt, dennoch wirkte die Ruine nun so, als würde sie bald in der Erinnerung der Leute verblassen.

Ava schaute hoch zum Feenpferd. Die Sonne war hinter den Wolken versteckt, und es gab daher kein Feenleuchten. Bloß ein zartes Glitzern der Silbermähne.

Auch gut, meinte Ava im Stillen und hockte sich stattdessen auf die Burgmauer. Sie sah, dass in der Zwischenzeit jemand hier gewesen war, um den Turm mit einem Absperrband zu sichern. Hoffentlich restauriert das mal jemand, dachte sie und hörte den Wind, wie er durch die Baumkronen pfiff. Die Stadt lag ihr zu Füßen. Von hier aus sah alles winzig klein aus. Und weit, weit weg. So spürte Ava die Leere noch deutlicher … und vielleicht wurde ihr deshalb jetzt klar, dass man Dinge, die man nicht so super fand, eben auch mal an sich ranlassen musste. Vorausgesetzt, man wollte weiterhin ein Teil dessen sein, das sich Leben nannte, und Freundschaft, Spaß und Abenteuer. Denn sonst hockte man ziemlich schnell allein auf einer Burgmauer herum und hörte dem Wind zu, während die anderen ihr Leben weiterlebten und Spaß hatten. Da war es besser, zu akzeptieren, dass nicht immer alles so sein konnte, wie man wollte. Und mit diesen Windgedanken verließ Ava den alten Platz.

»Ich hab auf dich gewartet.«

Ava war so in Gedanken versunken gewesen, dass sie die Gestalt, die da vor dem Hochhaus rumlungerte und sie nun ansprach, nicht sofort erkannte. Die Stimme hingegen schon, und Ava riss deshalb die Augen auf.

»Wie siehst du denn aus?« war das Erste, was ihr über die Lippen kam. Entsetzt starrte Ava ihre Freundin an, die so gar nicht mehr nach Lou aussah. »Du trägst jetzt schwarze Klamotten?«

Lou war tatsächlich ganz in Schwarz gehüllt. Nur ihre Chucks waren noch die alten.

Lou zuckte mit den Schultern. »Machen doch viele, was ist so schlimm daran?«, murmelte sie. »Und? Kann ich reinkommen?«

Ava nickte verdattert, denn auch Lous Vogelnest auf dem Kopf war nun verschwunden. Jetzt trug sie ihre Haare offen. Die schweren braunen Locken fielen Lou beinah ins Gesicht, so wie bei Kian. Ava konnte nicht anders, als zu fragen: »Machst du das seinetwegen?«

»Boah, dann geh ich halt wieder«, murrte Lou und drehte sich eingeschnappt um.

»Warte!« Ava biss sich auf die Lippen. »Ich hab das nicht so gemeint. Komm, lass uns drinnen weiterquatschen!«

Lou folgte ihr, und bald saßen die beiden in Avas Zimmer und sahen schweigend aus dem Fenster.

»Morgen ist die Präsentation«, sagte Lou schließlich und sah Ava an. »Gehst du hin?«

Sie nickte. »Ja, wir alle. Der Bürgermeister hat eine Einladung ins Forsthaus geschickt. Die gilt auch für dich. Und? Wirst du kommen?«

Lou zuckte mit den Schultern. Dass sie plötzlich so anders aussah, machte sie zugleich auch irgendwie fremd. Oder bildete Ava sich das bloß ein? Doch Lou kam ihr wirklich seltsam vor. Es war, als hätten sich die beiden ewig nicht mehr gesehen und wären sich deshalb fremd geworden.

»Vielleicht«, murmelte ihre Freundin. »Kommt drauf an ...«

Ava gab sich einen Ruck. »Hör mal, der Streit von letztens ... das ist alles total blöd gelaufen. Du hattest recht! Ich wollte nicht, dass Onka auf den Hof kommt. Aber nicht, wie du das meinst. Ich hatte einfach Angst, dass ich dann dort nicht mehr so richtig willkommen bin. Aber das ist Blödsinn, das hab ich jetzt kapiert.« Ava suchte Lous Blick. »Ich will, dass du weißt, dass ich nicht so wie Florentine bin! Das hat ganz schön wehgetan, als du das behauptet hast«, fügte sie leise hinzu.

Lou wendete den Blick ab. »Ja, kann schon sein, tut mir leid, wenn du das in den falschen Hals gekriegt hast.« Sie stand auf. »Kann ich schnell eure Toilette benutzen?«

Ava schüttelte ihren Pferdeschwanz. »Ähm, ja, klar«,

sagte sie und guckte Lou verdattert hinterher, die eilig das Zimmer verließ. Als sie nach zehn Minuten immer noch nicht aufgetaucht war, ging Ava nachschauen.

»Lou? Alles okay?« Sie klopfte an die Tür, die nicht verschlossen war. »Wo bist du denn?« Das Badezimmer war leer. War Lou etwa abgehauen? Weil sie keine Lust darauf hatte, sich mit ihr zu versöhnen? Aber warum war sie dann überhaupt hergekommen? Seltsam ...

Doch da hörte Ava ein Knacksen. Es kam aus dem Wohnzimmer. Als sie den Flur entlangging, sah sie, wie Lou am Schreibtisch von Avas Vaters stand und in seinen Unterlagen herumwühlte.

»Was machst du denn da? Bist du bescheuert? Schnüffelst du da etwa rum?« Ava sah ihre Freundin von der Tür aus kopfschüttelnd an.

Lou wich zurück. »Blödsinn. Ich ... ich hab nur was zum Schreiben gesucht ... wollte dir einen Brief schreiben, weil ich es dir so nicht sagen kann ... Egal! Lassen wir das!« Sie rannte an Ava vorbei, ohne sie dabei noch einmal anzuschauen, und verließ die Wohnung, indem sie die Tür krachend hinter sich ins Schloss fallen ließ.

Ava blieb einen Moment lang wie erstarrt stehen, ehe sie zum Schreibtisch ging. Dort befanden sich sämtliche Unterlagen, die das Neu-Andra-Projekt betrafen. Auch, was die morgige Präsentation mitsamt der Pressekonferenz anging. Gästelisten und Sitzplatzeinteilungen, Abläufe ... Alles lag hier offen und somit gut einsehbar für alle herum.

Ava fröstelte einen Moment lang. Doch dann schob sie diesen verqueren Gedanken so weit weg, wie es nur ging, weil der einfach so schlimm war, dass sie ihn gar nicht in ihrer Nähe haben wollte. Doch als Ava vor dem Zubettgehen noch einmal auf Insta guckte, kam der Gedanke wieder an die Oberfläche und blubberte mehr denn je.

Denn XluX hatte wieder etwas gepostet. Dieses Mal war es bloß ein schwarzes Bild mit einem flammend roten X in der Mitte. Darunter standen die Hashtags #langegenugzugesehen #xluxtutwas #neuandra #cassisburgwehrdich

Sofort versuchte Ava, Lou anzurufen, doch sie ging nicht ran. Was auch immer Lou vorhatte, es fühlte sich nicht gut an. Wieder versuchte Ava es auf ihrem Handy, doch erfolglos. Schließlich gab sie auf. Lou musste schließlich selbst wissen, was sie tat. Ava war garantiert nicht ihre Babysitterin. Wenn Lou glaubte, sie müsse Kian zuliebe tatsächlich zum Rächer von Cassisburg werden, so wie der *Stadtanzeiger* sie mal genannt hatte, dann war das Lous Sache, nicht ihre. Mit diesem Wissen schaltete sie das Licht aus. Schlafen konnte sie deswegen aber noch lange nicht.

Ava wurde vom Klingeln ihres Handys geweckt.

Es war Lou.

»Echt jetzt? Du rufst zurück?«, murmelte Ava schlaftrunken und blickte auf die Uhrzeit, die das Display anzeigte. »Es ist Mitternacht, das weißt du schon, oder?« Ein Schluchzen war zu hören. »Lou? Alles in Ordnung bei dir?«

»Nein«, drang es endlich aus dem Mikrofon. »Ich hab Scheiße gebaut … und jetzt weiß ich nicht, was ich machen soll. Kannst du kommen?«

»Wo bist du denn?«, fragte Ava.

»Im Stadtpark«, wimmerte Lou.

»Äh? Was machst du denn um diese Zeit im Stadtpark?« Doch dann fiel es Ava wie Schuppen von den Augen, und schlagartig setzte sie sich im Bett auf. Denn dort sollte ja auch die Präsentation stattfinden. Die Stadt hatte extra dafür ein großes Festzelt im Park aufbauen lassen. Mit Bühne, Tischen, Stühlen und all dem anderen Kram. Das wusste Ava, weil ihr Vater beim Abendessen davon gesprochen hatte. Die genauen Details wurden aber der Öffentlichkeit nicht zugänglich gemacht, weil die Stadt befürchtete, dass sonst womöglich Demonstranten die Feierlichkeit stören könnten. Nur geladene Gäste wussten Bescheid, wo genau das Zelt stehen würde. Und eben auch Oskar Gildstein. Plötzlich sah Ava es vor ihrem inneren Auge vor sich: Lou im Wohnzimmer vor dem Schreibtisch ihres Vaters. »Du bist beim Zelt!« Es war keine Frage, die Ava stellte, sondern eine bittere Feststellung.

»Ja«, piepste Lou. »Scheiße, ich muss Schluss machen. Bitte, komm so schnell wie möglich, ja?«

Und dann war die Verbindung weg. Ava starrte entgeistert auf ihr Handy. Ein wilder Wirrwarr von Gefühlen überflutete sie. Sie wusste, dass es keine gute Idee sein würde, nachts in den Park zu fahren. Besser wäre es, sie würde ihre

Eltern um Hilfe bitten. Doch was würde dann mit Lou geschehen? Ava hatte ja keine Ahnung, was passiert war. Ihre Freundin schien auf jeden Fall ziemlich in der Klemme zu stecken, sonst hätte Lou sie nicht angerufen. Und daher konnte Ava sie jetzt auch nicht im Stich lassen. Dafür hatte Lou schon viel zu oft Ava aus der Patsche geholfen.

Doch allein in den Stadtpark zu fahren, kam auch nicht infrage. Die Gegend dort, wo das Zelt stand, war nachts ziemlich unheimlich. Ihr fiel nur eine Person ein, die sie um Hilfe bitten konnte. Und auch wenn Ava es Lou hoch und heilig versprochen hatte, war es jetzt an der Zeit, das große Pferdeehrenwort zu brechen, und deshalb tippte Ava einfach Elafs Nummer.

»Ich bin so froh, dass du mitkommst«, sagte Ava, als sie durch die nächtlichen Straßen von Cassisburg fuhren. »Es ist ja echt schon verdammt spät.«

Elaf grinste schief. »Ach, Quatsch. Ich hatte noch gar nicht geschlafen. Da lief so ein alter Horrorfilm in der Glotze. Der war total abgefahren, weil die damals noch keine *special effects* hatten.«

»Oh, toll«, murmelte Ava, doch nach Horror war ihr gerade gar nicht zumute. Sie fand es schon unheimlich genug, was sie hier machten. Zum Glück hatten ihre Eltern einen dermaßen tiefen Grizzlybären-Winterschlaf, dass die wieder mal nichts davon mitbekommen hatten, als Ava vorhin heimlich die Wohnung verlassen hatte. Doch wenn sie das wüssten, dachte Ava jetzt und trat noch fester in die Pedale, würde das jede Menge Ärger geben, so viel stand fest. Sie musste unbedingt vor Sonnenaufgang wieder in ihrem Bett liegen, ehe sie dahinterkamen.

»Ich kenne eine Abkürzung«, sagte Elaf prompt. »Dann sind wir gleich da.« Er bog in eine Gasse, die Ava noch nicht kannte. Und tatsächlich erreichten sie wenig später den Nordteil des Stadtparks. Weiter hinten sah man im Schein der Laternen ein großes weißes Ding aufschimmern, das aussah, als wäre mitten auf dem Rasen ein Ufo gelandet.

Elaf bremste ab und suchte mit den Augen das riesige Areal ab. »Scheint tote Hose hier zu sein, zum Glück. Ich dachte schon, die lassen das Zelt von einer *Security* bewachen.«

»Soll ich sie anrufen?«, schlug Ava unsicher vor.

Elaf schüttelte den Kopf. »Lieber nicht. Besser ist, wir lassen die Räder hier stehen und schleichen uns näher ran. Nur zur Sicherheit ... falls doch jemand da ist ...«

»Okay«, murmelte sie und ging mit Elaf näher auf das Zelt zu. Hinter einem Baum hörten sie schließlich jemanden schluchzen.

»Lou? Bist du das?«, flüsterte Ava.

»Ja«, wimmerte sie. »Danke, dass du geko...« Als sie Elaf im Schein der Laterne entdeckte, zuckte sie zurück.

Ava bemerkte es und erklärte deshalb: »Allein hätte ich mich nie hierher getraut. Dieser Teil des Parks ist total gruselig. Was machst du überhaupt hier?«

Lou sah betreten zu Boden, sagte aber nichts.

Ava quittierte dies mit einem Stöhnen. »Hör mal, es wird Zeit, dass du mit der Wahrheit herausrückst, findest du nicht?« Ein Anflug aus Zorn lag in ihrer Stimme. Wenn Lou jetzt wieder auf beleidigte Leberwurst machte, würde Ava für nichts mehr garantieren. Denn sie merkte schon wieder, wie die Lava in ihr zu köcheln anfing. Dieses Mal jedoch gelang es ihr, sie zu ignorieren, und sagte stattdessen: »Es gibt hier Leute, auf die du dich verlassen kannst.« Ava sah rüber zu Elaf.

Lou hob den Kopf. »Also gut«, murmelte sie. »Es war der Plan, dass wir den Event sabotieren. Deshalb war ich ja auch heute bei dir.« Sie guckte Ava schuldbewusst an. »So wusste ich, wo das Zelt stehen würde. Sie haben es ja erst vor wenigen Stunden aufgebaut. In der Abenddämmerung, damit niemand was davon mitkriegt.«

»Und wie wolltet ihr das machen?«, fragte Elaf verblüfft.

»Na ja, die Zeltleinen durchschneiden … und so was …«, gab Lou kleinlaut zu.

»Bist du bescheuert?« Entgeistert starrte Elaf sie an. »Wie kommst du auf so einen Bockmist? Und wer sind überhaupt *wir*? Moment mal …« Er sah sich um. »Das war Kians Idee, stimmt's? Ist er auch hier? Oder hat er sich verdrückt und lässt dich die Drecksarbeit machen? Zuzutrauen ist ihm das!«

»Er ist nicht so …«, widersprach Lou.

»Ist er doch«, entgegnete Ava hart. »Kriegst du das nicht

mit? Wenn du das so super findest, warum wolltest du dann, dass wir hierherkommen? Helfen werden wir dir dabei nicht, falls es das ist, was du von uns willst.«

»Jep!« Elaf verschränkte die Arme. »Dann hauen wir sofort wieder ab. Auf so 'nen Scheiß habe ich keine Lust.«

Lou fing daraufhin zu schluchzen an. »Ich wollte doch nur, dass etwas passiert«, erklärte sie wimmernd. »Aber nicht auf diese Weise. Das ... das ist nicht richtig, das weiß ich jetzt selbst ... aber ich traue mich nicht, es ihm zu sagen. Kian ist drüben im Zelt und kundschaftet schon mal alles aus. Er weiß nicht, dass ich euch angerufen habe.«

»Dann lass uns einfach abhauen«, meinte Ava schnell. »Soll Kian doch machen, was er will. Was geht dich das an?«

Lou stockte. »Er will 'nen *Tag* von XluX auf die Zeltwände sprühen. Als Warnung! Dort sind schon die Farben.« Sie deutete hinter den Baumstamm, wo Ava in der Dunkelheit eine Plastiktüte ausmachen konnte.

»Das darf er nicht«, hauchte Ava erschrocken. »Denk doch mal nach, Lou! Wenn die Polizei eingeschaltet ist, kriegen sie im Nu raus, wer XluX ist. Die brauchen nur Insta anzuschreiben, mehr nicht.«

»Weiß ich doch«, schluchzte sie. »Das ist es ja ...«

»Ihr tut ja so, als würdet ihr XluX kennen«, wunderte Elaf sich.

Ava sah Lou an, die sich daraufhin einen Ruck gab.

»Ich«, murmelte sie. »Ich bin XluX.«

Einen Moment lang verharrte Elaf nach diesem Bekenntnis. Als er aber sah, dass Ava Bescheid wusste und dass das kein dummer Scherz war, fing er plötzlich breit zu grinsen an. »Lou, du bist der Hammer! Lass dir das ja nicht kaputt machen mit so einem Scheiß! Das hast du gar nicht nötig.«

»Echt? Findest du?«, murmelte sie unsicher.

Er nickte heftig. »Hundertpro!«

Ava seufzte schwärmerisch. Elaf war einfach ein Goldschatz! So, wie er eben reagiert hatte, war es genau richtig gewesen. Denn so hatte er es ohne Hintergedanken geschafft, Lou das nötige Selbstvertrauen zu geben, das sie so dringend brauchte. Kian kam aus dem Zelt und steuerte auf sie zu.

»He, was machen die denn hier?« Argwöhnisch linste er auf Ava und Elaf. »Oder wisst ihr Bescheid und macht jetzt auch mit?« Er ging auf die Spraydosen zu. »Es sind genug für alle da. Nehmt euch eine! Den Tag kennt ihr? Wir haben ihn heute auf Insta gepostet. Schwarzer Grund, rotes X. Alles klar?«

Ava und Elaf würdigten Kian keines Blickes, sie sahen nur Lou an, die die Schultern straffte.

»Ich will das nicht«, sagte Lou dann bestimmt. »XluX ist mein Ding. Ich will da nicht mit reingezogen werden. Das hier ist falsch, Kian! Bei deinem Vater in die Bude einzusteigen und das System umzuprogrammieren, war harmlos im Gegensatz zu dem hier …« Sie deutete rüber zum Festzelt. »Das hier wird Konsequenzen haben. Hauptsächlich für mich. Hast du daran schon mal gedacht?«

»Wie?« Kians Miene wurde eisig. »Du ziehst den Schwanz ein? Dann bist du ja genauso feige wie alle anderen. Kein Wunder, dass XluX bis jetzt nur leeres Geschwätz von sich gegeben hat. Aber das wird sich jetzt ändern!« Er wollte mit den Spraydosen losmarschieren, doch Elaf war schneller und riss Kian die Plastiktüte aus der Hand.

»XluX ist Lous Sache«, sagte er ruhig. »Und wenn du das nicht akzeptieren kannst, wird es hier zwei Zeugen geben, die das morgen bei der Polizei bestätigen werden, dass Lou mit der Sache nichts am Hut hatte, verstanden?«

Einen Moment lang hatte Ava das Gefühl, dass Kian Elaf schlagen wollte. Da war so ein Vibrieren in der Luft. Sie konnte seine Wut deutlich spüren. So viel Hass!

Doch Elafs Aura war stärker. Sie war standhaft. Ruhig, wie ein Fels in der wütenden Brandung. Er blinzelte Kian nur abwartend an, ohne eine Miene zu verziehen, bis der Junge von selbst einen Rückzieher machte und davonrannte.

Mit klopfendem Herzen standen die drei im Schein der Laterne und sahen Kian hinterher, bis die Dunkelheit ihn verschluckt hatte.

FEENGOLD

Ava hatte es gerade noch rechtzeitig nach Hause geschafft, als sie ihren Vater schon bald im Bad duschen hörte. Sie rappelte sich im Bett auf und tapste in die Küche, wo Oskar Gildstein sich nun einen Kaffee machte.

»Oh, wer kommt denn zu solch früher Stunde aus den Federn gekrochen?«, sagte er und grinste Ava an. Seine Haare waren noch nass vom Duschen, doch er hatte schon sein Hemd an, das er immer im Büro trug. »Ich dachte, seit diese Onka auf dem Hof ist, musst du nicht mehr so früh raus?«

Ava hatte ihren Eltern zuletzt von den Neuigkeiten erzählt, die es vom Hof zu berichten gab. Auch wenn sie sich kaum in ihre Pferdedinge einmischten, wollten sie dennoch immer gerne alles darüber hören. Klar, dass Ava auch Onka erwähnt hatte. Die Sache mit dem Turm und dem Blitz aber hatte sie lieber weggelassen. Es reichte, wenn Elsie und Silvester Bescheid wussten.

»Kann ich nicht einfach gern mit dir frühstücken?« Ava grinste ihren Vater an und ließ sich zu ihm an den Küchentisch plumpsen. Wie selbstverständlich fing Oskar Gildstein an, zwei Marmeladenbrote zu schmieren. Eines für sich. Eines für Ava.

»Schön, dass du dir für deinen alten Herrn mal wieder Zeit nimmst«, brummte er und nahm einen Schluck Kaffee. »Kommst du heute mit uns zur Präsentation, oder fahrt ihr gemeinsam vom Forsthaus rüber?«

Als Oskar Gildstein den Event erwähnte, musste Ava an die gestrige Nacht denken und zuckte zusammen. »Ich glaube, wir vom Hof gehen gemeinsam«, murmelte sie. »Das ist doch in Ordnung, oder?«

Ihr Vater sah sie über seine Kaffeetasse hinweg an. »Solange du nicht in Reithosen dort auftauchst«, schmunzelte er, doch dann erlosch sein Grinsen. »Mal im Ernst, mein Chef ist ein ziemlicher Snob!«, stöhnte er. »Er würde das nicht verstehen. Besser ist, ihr werft euch alle ein wenig in Schale. Das heute Abend wird eine ziemlich piekfeine Sache werden, befürchte ich.«

»Keine Sorge«, sagte Ava. »Ich blamiere dich schon nicht.«

Jetzt lächelte Oskar Gildstein wieder. »Das würdest du auch niemals schaffen, mein kleiner Schatz.«

»Papa«, stöhnte Ava und verdrehte die Augen. »Das ist peinlich!«

Oskar Gildstein gluckste. »Schon gut, ich muss ohnehin los. Heute ist noch viel zu tun, wegen des Events am Abend. Du weißt schon.« Er stand auf und seufzte. »Dabei gäbe es eine Alternative! Ein Kollege und ich haben das zuletzt noch mal durchgerechnet. Es wäre möglich, den Industriepark autark zu gestalten, wären da nur nicht die Kosten. Aber die könnte man vielleicht anderweitig reinholen.« Er sah Ava plötzlich mit leuchtenden Augen an. »In Schweden oben hatten sie mal ein ähnliches Dilemma. Ich habe davon gelesen, dass die Bürger dann doch tatsächlich ein Crowdfunding-Projekt dafür ins Leben gerufen haben, um die zusätzlichen Kosten abzudecken, die das Projekt brauchte, um das Ganze energieunabhängig zu machen. Stell dir nur mal vor, was das für ein Meilenstein für die Entwicklung in der Industrie gewesen ist.« Oskar Gildstein strahlte von einem Ohr zum anderen.

Ava hatte ihn schon lange nicht mehr so energiegeladen gesehen.

»Und das würde auch bei Neu-Andra klappen?«, fragte sie.

Ihr Vater nickte. »Ich bin mir ganz sicher. Sogar der alte Stadtpark würde erhalten bleiben, weil wir dadurch den Standort wechseln könnten, wäre mein Chef nur nicht so ein Weichei!« Sein Strahlen erlosch. »Er hat bloß Angst, dass die Investoren einen Rückzieher machen, wenn er jetzt mit einer neuen Idee um die Ecke kommt. Und schon gar nicht will er dem Bürgermeister reinen Wein einschenken.« Oskar Gildstein verdrehte die Augen. »Wilhelm Graf würde ich gern mal die Meinung sagen. Der glaubt doch tatsächlich, dass er im Guten handelt.«

»Wirklich?« Ava musste an den Bürgermeister und seine Frau denken, als sie eines Sonntags zur Soulhorsefarm geradelt kamen, um Soraya persönlich kennenzulernen. Dabei hatten sie sehr freundlich gewirkt. Aber das erklärte vielleicht auch, warum Wilhelm Graf das Projekt so unvoreingenommen unterstützte, weil er vielleicht zu freundlich war. »Dann rede doch mit ihm«, sagte Ava schnell. »Noch ist es nicht zu spät!«

»Wenn das so einfach wäre!«, murmelte ihr Vater. »Wer glaubt schon einem kleinen Angestellten, wenn der Boss das Gegenteil sagt.« Er gab Ava zum Abschied einen Kuss auf die Stirn. »Wir sehen uns heute Abend.«

Traurig blickte Ava ihrem Vater hinterher. Seltsamerweise musste sie dabei an Kian denken. Was wusste der schon über ihren Vater, dachte sie wütend und schob sich das letzte Stück Marmeladenbrot in den Mund, ehe sie noch mal zurück ins Bett kroch.

Später am Vormittag hatten sich Ava, Elaf und Lou im Forsthaus verabredet. Doch als sie auf dem Weg dorthin war, summte plötzlich ihr Handy.

ELAF: Kleine Planänderung! Kommt sofort ins Café! Brauche eure ehrliche Meinung!

Ava hatte keine Ahnung, was die WhatsApp zu bedeuten hatte, doch als die Weggabelung vor ihr auftauchte, bog sie einfach rechts ab, anstatt weiter geradeaus zu fahren. Schon bald tauchte der hübsche Pavillon des Cafés vor ihr auf.

Lou war schon da. Sie wirkte ziemlich blass um die Nase, doch zum Glück hatte sie die schwarzen Klamotten wieder gegen Jeans und einen roten Kapuzenpulli eingetauscht. Die Haare hingegen trug sie auch jetzt offen, doch das stand Lou wirklich gut und verfremdete sie nicht.

Als Ava das Rad zum Fahrradständer lenkte, kam ihre Freundin sofort auf sie zu. Wie es schien, hatte Lou hier auf sie gewartet.

»Danke«, murmelte sie sofort, als Ava vor ihr stehen blieb. »Ich weiß nicht, was ich ohne dich gemacht hätte.«

»Vor allem ohne Elaf«, half Ava Lou auf die Sprünge und stellte das Rad ab. »Ihm hast du es zu verdanken, dass das gestern so glimpflich ausgegangen ist. Kian hätte ihm beinah eine verpasst, hast du das mitgekriegt?«

Lou stopfte die Hände in die Taschen ihres Hoodies. »Er ist nicht so«, sagte sie schon wieder.

Ava stöhnte auf. »Du musst ziemlich verknallt in ihn sein, wenn du ihn ständig verteidigst«, meinte sie trocken und versuchte, Lou wenigstens ein bisschen zu verstehen, doch ganz wollte ihr das nicht gelingen. Sie traute Kian kein bisschen über den Weg.

Lou nickte, als hätte sie Avas Gedanken erraten. »Schon gut. Du musst das nicht verstehen. Aber was ich dir unbedingt sagen will, ist, dass, na, dass du gar nicht so bist wie Florentine. Ich hab das nur gesagt, weil ich so wütend war. Jetzt versteh ich's, und das hab ich auch ein bisschen Kian zu verdanken. Er macht auch so vieles aus Wut, doch eigentlich hat er nur Angst, deshalb ist er so …« Sie brach ab und guckte verlegen zu Boden.

»Okay«, sagte Ava. »Entschuldigung angenommen. Und was Kian betrifft, da reden wir noch mal drüber, ist das ein Angebot?«

Lou grinste erleichtert. »Hab dich lieb, Lava!« Sie breitete die Arme aus und Ava ebenso. Die beiden drückten sich.

»Ich dich auch, Lullu!«, murmelte Ava.

Und dann gingen sie gemeinsam auf das Café zu. Der Pavillon war von innen genauso schön, wie er von außen wirkte. Kleine runde Tischchen standen herum, die einen herrlichen Ausblick durch die riesigen Fensterfronten boten.

Schon kam Elaf auf sie zu. »Ein Glück, dass ihr da seid! Wir brauchen dringend einen Probekoster! Mein Dad hat kurzfristig den Auftrag bekommen, sein neues Feeneis auf dem Event heute Abend vorzustellen. Aber irgendwie hakt es noch ein bisschen. Die Farbe ist schon ganz gut, aber der Geschmack …« Elaf hob die Hände. »Wie schmeckt, bitte schön, ein Feenpferd?«

Er sagte es so verzweifelt, dass Ava und Lou laut losprusteten.

»Es ist doch nur Eis, Elaf«, meinte Ava gackernd. »Wer weiß das schon! Aber wenn du wissen willst, wie Soraya schmeckt, das kann ich dir sagen. Hab sie ja schon oft genug abgeknutscht.«

»Ah, du meinst, haarig, möhrig und auch ein bisschen mistig? So schmeckt jedenfalls Flauschbär!« Lou grinste breit.

»Och Mann! Das ist eine große Nummer für meinen Dad. Könnt ihr das bitte ernst nehmen?«

Ava lachte. »Her damit, wir kosten gerne!«

Erleichtert stiefelte Elaf in die Küche und kam kurzerhand mit zwei silbergrauen Eiskugeln zurück. Hinter ihm ging Elafs Vater.

»Ava, zum Glück bist du da!«, rief er genauso verzweifelt, als würde sein Leben von dieser Eissorte abhängen. »Bitte sag mir, mehr Kardamom oder mehr in Richtung *fresco*, also frisch mit Basilikum und einem Hauch Limette?« Er drückte Ava einen Löffel in die Hand und auch Lou. Doch die schüttelte den Kopf. »Sorry, ich mag nur Schoko!«

Elafs Vater nickte. »Du bist klassisch, verstehe!« Also guckte er wie gebannt auf Ava, die den Löffel nun in das cremig weiche Eis tauchte.

»Also, die Farbe ist schon mal super«, meinte sie. »Die sieht wirklich wie Sorayas Fell aus.« Rasch probierte Ava die andere Sorte, und ein Lächeln breitete sich jetzt auf ihrem Gesicht aus. »Eindeutig das hier! Das hat Feuer! Und ist kalt zugleich. Es prickelt beinahe auf der Zunge, wie wenn Soraya mal wieder schwebt. Richtig genial!« Ava leckte genüsslich den Löffel ab. »Eigentlich schmeckt es wie *Feengold*!«

»Ah!« Elafs Vater strahlte glücklich von einem Ohr zum anderen.

»Das macht der Kardamom. Ava, du bist eine Perle! Das hat mir sehr geholfen. Danke schön!« Dann verschwand er eilig in Richtung Küche. Elaf grinste. »Jetzt müssen wir nur noch flugs Eis für zweihundert Personen machen. Ich habe also noch ein bisschen was zu tun. Wir sehen uns abends!« Und schon rauschte auch er davon.

»WIE GUT, DASS IHR DA SEID!«, schallte es schon von Weitem.

Ava und Lou sahen sich an.

»Was ist denn heute los?«, fragte Lou verwundert, als Elsie ihnen aufgebracht zuwinkte, noch ehe sie die Räder vor dem Forsthaus abgestellt hatten.

»Ist was mit Soraya?«, fragte Ava sofort.

Die Pferdetrainerin schüttelte den Kopf. »Ach was. Ihr geht's gut. Aber Onka ...« Sie nickte hoch zu einem der Fensterchen des Forsthauses. »Sie hat sich in ihr Zimmer eingeschlossen.«

»Warum denn das?«, fragte Lou.

»Habt ihr die Nachrichten heute noch nicht gehört? Oder Zeitung gelesen?« Elsie schaute die beiden an, als wären sie Außerirdische. »Sie reden von nichts anderem mehr!«

»Von was denn?«, fragte Ava alarmiert. »Was ist denn passiert?«

»Mensch, eure Nerven möchte ich haben«, stöhnte Elsie leicht genervt und erklärte: »Jemand von der Stadt hat oben in der alten Cassisburg Onkas Sachen unter den Trümmern gefunden. Da war auch ihr Ausweis dabei. Die Polizei wurde deshalb eingeschaltet, und die haben ein ganz großes Ding daraus gemacht. Die haben geglaubt, dass sie tot sei oder entführt wurde oder eben verletzt im Wald rumliegt. Da ist uns nichts anderes übrig geblieben, als die Polizei zu verständigen. Und auch ihren Großvater.«

»Oje«, riefen die beiden Mädchen. »Das wird Onka aber nicht gefallen.«

Elsie seufzte. »Kann schon sein. Aber eigentlich war abgemacht, dass sie ihm Bescheid gibt, dass sie hier ist. Das hat sie aber nicht getan. Jetzt muss sie das eben ausbaden. Die Polizei war schon hier. Herr Talinsbeer wird auch jeden Augenblick auftauchen. Aber Onka ist deswegen total durch den Wind.« Elsie sah die beiden flehend an. »Ich kann ja verstehen, dass sie nicht mit ihm reden will, aber das geht jetzt nicht mehr anders. Könnt ihr nicht zu ihr raufgehen? Ein wenig Unterstützung würde ihr bestimmt guttun.«

Ohne lange zu überlegen, nickten Ava und Lou. Eilig rannten sie die alten Holztreppen hinauf und klopften an Onkas Tür.

»Wir sind's«, sagte Ava. »Lass uns rein!«

Onka machte tatsächlich auf. Ihre Augen waren verquollen, die Federn in den Dreadlocks standen jammervoll zur Seite. »Ich will nicht, dass er hierherkommt«, klagte sie. »Er wird mir alles kaputt machen. Dann war alles für die Tonne! Ich will nicht mehr zurück! Ich halte das dort nicht mehr aus! Und zu meinen Eltern will ich auch nicht!« Bittere Tränen rannen ihr über die Wangen, während Ava und Lou sie hastig in den Arm nahmen.

Schon hörte man ein Auto die Kiesauffahrt raufkommen.

Ava huschte rasch zum Fenster. Vorsichtig lugte sie hinter der Gardine hervor. Ein hagerer Mann stieg aus dem Auto. Er hatte eine altmodische Hose an und ein kariertes Hemd und wirkte genauso steif, wie er sich bewegte.

»Ich glaube, er ist da«, murmelte sie.

»Karohemd mit Stock im Arsch?«, fragte Onka schmollend.

Ava nickte. »Ähm, tja, so könnte man es vielleicht ausdrücken.«

»Na, dann tschüs, Traumleben«, schniefte sie und warf sich aufs Bett.

Lou tätschelte ihr den Rücken.

»Jetzt wart erst mal ab, vielleicht passiert ja ein Wunder!«

»Du kennst meinen Großvater nicht«, heulte Onka in die Kissen.

»Du kennst aber auch Silvester nicht«, meinte Ava vom Fenster aus und begann zu grinsen. Denn gerade eben, als Elsie Herrn Talinsbeer begrüßen wollte, kam Silvester aus dem Haus gehumpelt.

»Kommen Sie mal mit!«, schmetterte er, und ehe Onkas Großvater etwas dagegen sagen konnte, dirigierte er Herrn Talinsbeer in Richtung Wald.

»Ich glaube, Silvester geht mit ihm zum Hochsitz«, staunte Ava.

»Oh nein«, jammerte Onka. »Mein Großvater hasst alles, was mit Jagd zu tun hat.«

»Keine Sorge«, erklärte Lou schnell. »*Silvesters Versteck* ist viel mehr als das!«

»Ja«, sagte auch Ava. »Lass ihn ruhig machen! Wenn jemand deinen Großvater um den Finger wickeln kann, dann Silvester.«

Doch je länger die zwei im Wald verschwunden blieben, umso mehr Risse bekam Avas Vertrauen in Silvesters Künste. War Onkas Großvater wirklich so ungebrochen, dass sich sogar der weißbärtige Alte die Zähne an ihm ausbiss?

Irgendwann wurde Ava das Warten zu bunt. »Es bringt sowieso nichts, hier oben zu versauern«, murrte sie und zog Onka mithilfe von Lou auf die Beine. »Wenn du schon von hier wegmusst, dann lass uns wenigstens noch was Tolles zusammen machen.«

»Was denn?«, murmelte Onka kraftlos.

Lou schüttelte ihre Lockenpracht und lachte. »Also ehrlich, du stehst heute echt so was von auf dem Schlauch. Sogar ich weiß, was Ava damit meint. *Reiten* natürlich, was sonst? An was anderes könnt ihr Pferdemädchen ja ohnehin nicht denken!«

Ava grinste und hob die Hand. »Ich gelobe feierlich, ein Pferdemädchen zu sein, und deshalb fragen wir jetzt Elsie, ob wir uns Catalan und Soraya schnappen dürfen. Na, wie klingt das?«

Tatsächlich zeigten Avas Worte Wirkung. Onkas Augen begannen zu leuchten, und sie ging mit Ava und Lou nach unten.

Die Halle war zum Glück frei, und Elsie hatte auch nichts dagegen.

»Ich habe sowieso gerade keinen Kopf dafür«, meinte sie und fügte hinzu: »Wenn es euch nicht stört, dass in der Halle Sprünge aufgebaut sind, könnt ihr sie haben.«

So saßen Ava und Onka bald im Sattel, während Lou von der Bande aus auf ihrem Handy rumdaddelte. Bestimmt hatte das wieder was mit XluX zu tun, doch Ava genoss es viel zu sehr, auf Sorayas Rücken zu sitzen, als dass sie sich darüber den Kopf zerbrechen wollte.

Jetzt war es an der Zeit, ein bisschen Freiheit in den Kopf zu kriegen. Und auch ins Herz. Und tatsächlich stellte sich rasch dieses herrliche, leichte Gefühl ein, das Ava immer hatte, wenn sie im Sattel saß. Und besonders auf Soraya.

Aus dem Augenwinkel merkte sie, dass es Onka bald ähnlich erging. Sie strahlte über das ganze Gesicht, als sie Catalan warm geritten hatte und nun den ersten Galopp mit ihm wagte.

»Wahnsinn«, jubelte sie. »Der ist ein Traum!« Mit Leichtigkeit galoppierten die beiden Runde für Runde, und dabei machte Onka eine sensationelle Figur.

Damit die Bahn frei war, dirigierte Ava Soraya in die Mitte der Reithalle. Neben ihnen stand ein kleiner Kreuzsprung. Ava biss sich auf die Lippen. »Wenn du sowieso schon wegmusst, dann mach doch mal. Willst du mit ihm das Kreuz hier nehmen?«

Onka nickte atemlos. Elsie war nicht in Sicht, also lenkte sie den großen Grauen in perfekter Linie auf den Kreuzsprung zu, und, schwupps, schon waren sie drüber. Wie automatisch steuerten die beiden nun das nächste Hindernis an und dann das nächste, bis sie den ganzen Parcours fehlerfrei durchgeritten waren.

Onka strahlte übers ganze Gesicht, als sie Catalan am langen Zügel neben Soraya lenkte. »Er ist unglaublich«, rief sie voller Freude. »Leicht zu lenken und dennoch eine Wahnsinnssprungkraft. Als hättest du einen Turbo unterm Hintern. Der totale Flummi!«

Ava nickte. »Gut, oder?«

Onka grinste. »Mehr als gut!« Sie schaute rüber zu Lou. »Hast du das aufgenommen?«

»Natürlich«, lachte Lou. »Ich schicke dir das Video.«

Onka fiel Catalan um den Hals. Dabei steckte sie die Nase in seine kurze graue Turniermähne. »Dann hab ich wenigstens was, wovon ich träumen kann, wenn ich wieder eingesperrt bin«, murmelte sie. »Danke, mein Großer!«

Catalan schnaubte zufrieden.

Und auch Soraya schnaubte mit, wobei sie dabei seltsam warnend klang.

»Was hast du denn?«, fragte Ava verwundert. Doch da hörte sie schon die Schritte auf der Tribüne.

Silvesters weißbärtiger Kopf kam zum Vorschein. Und

dann noch das griesgrämige Gesicht von Herrn Talinsbeer, gefolgt von Elsies kurzem Haarschopf.

Onka schnappte nach Luft. »Das war's dann wohl«, sagte sie und schwang sich von Catalan.

Auch Ava stieg ab, und beide führten die Pferde rüber zur Tribüne.

Lou saß wie eine Statue auf der Bande und rührte sich nicht.

»Guten Tag«, sagte Onkas Großvater hölzern und zwang sich zu einem Lächeln. »Da hast du mir ja einen schönen Schrecken eingejagt, Veronika!«

Jetzt rührte Lou sich doch und fragte verblüfft: »Hä? Wer ist denn Veronika?«

»Na, ich«, meinte Onka und nahm den Reithelm ab. »Das ist mein Geburtsname, aber er passt irgendwie nicht zu mir. Darum ist mir Onka lieber. Alle nennen mich so. Na ja, *fast* alle.« Sie schielte rüber zu ihrem Großvater, der den Seitenhieb sehr wohl verstanden hatte, denn er räusperte sich.

»Ich bin jedenfalls froh, dass es dir gut geht«, meinte er daraufhin steif. »Herr Hennelly war so freundlich, mich mit dem Wesentlichen vertraut zu machen. Tja, was soll ich sagen ...« Tadelnd schüttelte er seinen kahlen Kopf.

»Am besten das, was wir besprochen haben«, kam ihm Silvester schmunzelnd zu Hilfe.

Herr Talinsbeer räusperte sich erneut. »Ähm, ja ...«

Es war das erste Mal, dass Onka ihren Großvater so erlebte. Sonst war er nie um ein Wort verlegen. Was er sagte, hatte Geltung. Jetzt hingegen schien es so, als würde er seinen eigenen Worten nicht trauen.

Und Onka ihren Ohren nicht. Denn als ihr Großvater endlich fortfuhr, klappte Onka vor Staunen der Mund auf.

»Fräulein Hennelly hat angeboten, dir hier eine Lehre als Pferdewirtin anzubieten. Sie scheint eine tüchtige junge Frau zu sein. Die Ausbildung wird dir also nicht schaden, meine ich. Und wenn dir das so wichtig ist, dann ... soll es eben so sein«, fügte er rasch hinzu.

»Wirklich?« Onka sah ihren Großvater an, als wäre er ein Geist. »Du erlaubst es?«

Herr Talinsbeer nickte abrupt. »Sofern deine Eltern ebenso damit einverstanden sind.«

»Ach, die!« Onka lachte auf, dann sah sie zuerst zu Ava, dann zu Lou rüber. »Was sagt man dazu? Ich darf hierbleiben!« Schon wieder rannen ihr die Tränen übers Gesicht, doch dieses Mal aus reiner Freude.

Onkas Großvater schüttelte dennoch irritiert den Kopf. Silvester rettete rasch die Situation, indem er ihn an seinem Karohemd zupfte und sagte: »Kommen Sie mit!«

»Schon wieder?« Herr Talinsbeer klang fast ängstlich, sodass Elsies Großvater scheppernd loslachte.

»Doch nur in die Küche«, meinte er. »Ich habe Apfelstrudel gemacht. Wollen Sie eine Tasse Kaffee dazu?«

Herr Talinsbeer seufzte auf. »Wenn das so ist, sage ich nicht Nein. Und Sie haben den Strudel wirklich selbst gemacht?« Er folgte Silvester nach draußen.

Vor der Reithallentür hörte Ava, wie Elsies Großvater gluckste: »Ja, auch Methusalems wie wir können so was noch auf unsere alten Tage lernen.«

Die Schritte entfernten sich, und es wurde still.

»Wie hat er denn das geschafft?«, murmelte Onka verblüfft. »Das grenzt ja an ein Wunder!«

Elsie lächelte matt. »Ach, das war gar nicht schwer. Mein Großvater hat deinem Großvater bloß unsere eigene Familiengeschichte erzählt. Das hat wohl gereicht, um ihn zu überzeugen.«

Onka sah Elsie an. »Danke!«

Die Pferdetrainerin zuckte mit den Schultern. »Nicht der Rede wert. Eigentlich war das reiner Selbstzweck. Ich bin doch nicht verrückt und lasse mir so einen tollen Lehrling wie dich entgehen.« Sie zwinkerte den drei Mädchen zu und ging dann ebenfalls davon.

NEUANDERS

Avas Eltern waren schon auf dem Event, als Ava nach Hause kam. Ihre Mutter hatte ihr dazu das kobaltblaue Sommerkleid rausgelegt, das sie kürzlich gemeinsam gekauft hatten, um sicherzugehen, dass Ava es auch tatsächlich anzog und nicht mit ihren Stallklamotten dort auftauchte. Aber so doof war sie dann auch wieder nicht. Obendrein mochte sie dieses Kleid. Irgendwie ließ es sie älter wirken, und das war gar nicht so verkehrt. So würde sie wenigstens heute von den Leuten ernst genommen werden, hoffte sie und kämmte sich das goldblonde Haar. Ausnahmsweise band sie es nach dem Duschen nicht zu einem Pferdeschwanz zusammen, sondern ließ es offen. Dann schlüpfte sie ins Kleid und sauste nach unten, wo Silvester mit dem Jeep schon auf sie wartete.

Als Ava auf die Rückbank des Autos kletterte, schlug ihr ein seltsamer Duft entgegen. Sonst roch es in Silvesters Jeep herrlich nach Pferd und nach Heu. Jetzt hingegen stieg ihr ein strenger Geruch in die Nase. »Was riecht denn hier so?«, fragte sie, als sie die Autotür zuschlug.

Auch Onka und Elsie hatten sich fein gemacht. Und genauso Silvester. Doch während Elsie und Onka sich für etwas Dezentes entschieden hatten, steckte Silvester in einer waschechten Lederhose.

»Was hast du denn da an?«, kicherte Ava und beugte sich vor. Da wurde der strenge Duft stärker. »Igitt!« Rasch ließ sie sich wieder nach hinten fallen.

»Siehst du, Graps«, stöhnte Elsie und kurbelte das Fenster runter. »Auch Ava findet, dass dein Parfüm etwas zu intensiv riecht.«

Silvester brummelte, während er weiterfuhr. »Erstens ist das eine Hirschlederhose, und zweites nennt sich das Eau de Cologne. Das ist was ganz Feines! Hat mir Albertina 1975 zu Weihnachten geschenkt.«

Auf der Rückbank unterdrückten Ava und Onka ein Lachen, während Elsie seufzte: »1975, alles klar!«

Doch als wenige Minuten später Lou einstieg, die in einem sommerlichen Jumpsuit steckte, und auch sie die Nase krauszog, war's vorbei mit den guten Absichten. »Hier drin riecht's, als hätte ein Pony Mottenkugeln gefressen.«

Lauthals prustete Ava los. Und Onka und Elsie ebenso. Sogar Silvester schüttelte sich vor Lachen. Und dann auch Lou, nachdem sie ihr den Grund genannt hatten. So kamen sie zwar etwas verspätet, dafür mit ziemlich guter Laune bei der Location an.

Als sie gemeinsam das Zelt betraten, eilte Elaf schon auf sie zu.

»Da seid ihr ja«, rief er erleichtert und strahlte Ava an. »Du siehst ja toll aus.«

»Du auch«, flüsterte Ava zurück. Denn Elaf hatte sich für ein schlichtes weißes Hemd entschieden, in dem seine waldgrünen Augen noch besser zur Geltung kamen. »Aber der Knaller ist Silvester. Er sieht aus wie der Almöhi höchstpersönlich, findest du nicht?«

Elaf grinste breit, ehe er zu ein paar Leuten hinübernickte, die eine große Leinwand vor den geladenen Gästen aufbauten. »Gleich ist es so weit.«

Ava folgte seinem Blick. In der Menschenmenge entdeckte sie ihre Eltern, die sich mit einem anderen Ehepaar unterhielten. Weiter vorne stand Wilhelm Graf mit seiner Frau. Und sie erkannte auch eine rote Haarpracht in der Menge. »Oh nein«, grummelte Ava. »Florentine ist auch hier?«

Lou nickte. »Leider«, flüsterte sie leise, »aber heute haben wir ja Silvester dabei. Der wird sie uns schon vom Leib halten, jede Wette!«

Da konnte Ava wieder lachen, auch wenn Florentine in ihrem goldenen Kleid umwerfend aussah. Wenn schon, dachte sie und drehte sich lieber zu ihren Freunden um.

Elaf zeigte inzwischen auf einen runden Tisch, der noch nicht besetzt war. »Der ist für uns reserviert«, erklärte er. »Wollen wir?«

»Bleibt uns ja nichts anderes übrig«, seufzte Elsie und straffte die Schultern. Unsicher blickte sie auf die feine Gesellschaft.

»Stell dir einfach vor, dass die alle Reithosen anhaben. Ist ein alter Reitertrick und hilft immer«, grinste Silvester und humpelte erhobenen Hauptes in seiner Lederhose auf ihren Tisch zu. Hastig folgten sie ihm.

Kaum hatten sie Platz genommen, wurde auch schon das Licht gedämpft, und der Film begann.

Noch lange danach hatte Ava davon Herzkribbeln. Die Bilder, die sie eben von Soraya auf der Leinwand gesehen hatte, waren nahezu poetisch gewesen, fast ihren Träumen gleich. Und deshalb spukten sie jetzt ordentlich in ihrem Kopf herum. Der nerdige Dylan hatte ganze Arbeit geleistet. Nicht nur Ava war fasziniert zurückgeblieben, als der Film geendet hatte. Auch im Saal hatte man währenddessen ein verträumtes Aufseufzen aus dem Publikum gehört, sobald das Feenpferd auf der Leinwand aufgetaucht war.

Avas Auftritt im Huldernebel hatte sich ebenso sehen lassen können, und wäre der Trubel hier für eine gute Sache, hätte das alles jetzt nicht einen so derart ätzenden Beigeschmack. So aber fühlte Ava sich wie eine schreckliche Verräterin. Nicht mal das leckere Feeneis konnte ihr ein Lächeln ins Gesicht zaubern.

»Was hast du denn?«, fragte Lou, als Ava das Eis von sich schob.

»Ist es doch nicht gut? Zu viel Kardamom etwa?«, japste Elaf panisch.

»Nein, das ist es nicht«, murmelte sie schnell. »Es macht

mich nur traurig, diese schönen Bilder von Soraya zu sehen, aber auch zu wissen, was danach passiert.« Sie deutete aus der Zeltöffnung, wo viele Laternen den Rasen um sie herum beleuchteten. Wunderschön sah das aus. Doch niemand von den Gästen schien sich daran zu stören, dass hier schon bald Bürogebäude und Fabrikhallen stehen würden. Und wenn Ava obendrein daran dachte, dass sich hier vielleicht auch irgendwo ein Feenhügel befand, dann wurde ihr ganz schummrig.

Immerhin hatte sie mit dem Film geholfen, die Leute zu blenden. Und wenn man sich das erst mal auf der Zunge zergehen ließ, dann konnte sie Lou ziemlich gut verstehen. Und zum Teil sogar Kian, denn das hier war schon alles total ungerecht. Vor allem falsch! Es gab ja einen Plan B, doch den wollte niemand hören.

Und deshalb erzählte Ava jetzt wenigstens ihren Freunden davon, was ihr Vater ihr heute Morgen erzählt hatte. Dass Neu-Andra sehr wohl anders gebaut werden könne, ohne so viel Natur dafür zu opfern. »Er wird nur nicht gehört«, murmelte sie traurig, »weil Paps' Chef ein Snob ist und die Investoren nicht verschrecken will, dabei wäre das alles möglich. Man müsste es nur wollen.«

Lou wollte gerade etwas dazu sagen, doch in dem Moment baute sich ausgerechnet der schmierige Herr Kronbeek vor ihnen auf und ließ sich auf einen freien Stuhl an ihrem Tisch plumpsen.

»Elsie Hennelly«, donnerte er.

Es war eindeutig, dass er schon einen über den Durst getrunken hatte. Denn seine sonst so akkurat sitzende Krawatte hatte etwas Schräglage bekommen. »Haben Sie denn schon über mein Angebot nachgedacht?«

Elsie rutschte ein Stück zur Seite. »Tut mir wirklich leid, Herr Kronbeek«, sagte sie so freundlich, wie es nur ging. »Aber ich bleibe dabei. Ich werde Catalan auf den Turnieren nicht reiten.«

»Sicher nicht?«, wiederholte Florentines Vater. »Sehr schade. Dann werde ich Catalan bald abholen müssen. Auch wenn er bei Ihnen sicherlich Fortschritte macht. Die macht er doch, oder?«

Elsie nickte. »Natürlich, aber wenn Sie ein aktuelles Trainingsvideo sehen wollen, dann muss ich Sie leider vertrösten. Ich habe nicht gewusst, dass Sie heute auch hier sind.«

»Nicht?« Herr Kronbeek plusterte sich wichtigtuerisch auf. »Aber die Bank ist doch Hauptinvestor von Neu-Andra. Und ich als Bankdirektor bin dazu verpflichtet, mich bei solch wichtigen Geschäftsterminen blicken zu lassen.«

»Ah, so nennt man Geschäftstermine also«, murmelte Elaf leise, sodass es nur Ava hören könnte.

Doch ihr spukte gerade etwas anderes durch den Kopf. »Sie sind der Hauptinvestor?«, japste sie erstaunt.

Herr Kronbeek blickte rüber zu Ava. »Und wer bist du noch mal?«

»Jemand, der ein Trainingsvideo von Catalan hat.« Ava grinste breit. »Lou, zeig doch mal!«

»Bist du verrückt?«, zischte Onka über den Tisch, als Lou ihr das Handy gab.

Elsie verdrehte die Augen. »Oh nein! Was habt ihr denn jetzt schon wieder ausgefressen?«

»Gar nichts«, sagte Ava schnell und drückte dem Fettwanst von Kronbeek Lous Handy in seine schmierigen Flossen. »Also, das ist von heute Nachmittag! Onka hat ihn geritten. Gut, oder?«

Herr Kronbeek rümpfte die Nase, weil er es nicht mochte, dass eine kleine Göre wie Ava so mit ihm redete. Doch als er das Video sah, wich die Empörung einem schleimigen Lächeln. »Warum haben Sie das denn nicht gleich gesagt, dass Sie noch mehr Bereiter im Stall haben?«, schmetterte er und sah Elsie dabei an.

»Echt? Hab ich das?« Überrascht grapschte sie sich das Handy und schaute sich nun ebenfalls das Springvideo an. Kurz war ein überraschtes Glitzern in Elsies Augen zu sehen, doch das verbarg sie gekonnt, indem sie nun ein waschechtes Pokerface aufsetzte. »Ja, das ist Onka«, sagte sie und nickte so beiläufig wie möglich zu ihr rüber.

Florentines Vater zuckte zusammen, als er auf das Mädchen mit den sonderbaren Haaren blickte. »Wie? Die da hat ihn so souverän durch den Parcours geritten? Sind Sie sich sicher?«

Elsie nickte. »Ganz sicher! Wissen Sie, ich habe eben nur die besten Leute im Stall.« Sie grinste breit. »Also, Onka, was meinst du denn dazu? Willst du Catalan für Herrn

Kronbeek in Zukunft auf Turnieren reiten? Ich könnte mir vorstellen, dass dir das als zukünftige Pferdewirtin Spaß machen würde. Du könntest dabei eine Menge Erfahrungen sammeln!«

»Ähm, ja! Total gern! Ich bin schon oft auf Turnieren gestartet«, rief Onka völlig überrumpelt. »Catalan ist traumhaft!«

»Na, das klingt ja nach einem super Deal«, lächelte Elsie nun honigsüß zu Kronbeek rüber. »Überlegen Sie doch mal! Eigentlich wollen Sie dieses Spitzenpferd gar nicht verkaufen, stimmt's? Catalan hat eine Top-Abstammung. In ein paar Jahren wird er viel wert sein! Er könnte es weit bringen. Das ist eine ideale Investition, wenn Sie mich fragen.«

Alle am Tisch nickten heftig.

Sogar Herr Kronbeek, der daraufhin gleich noch ein Schlückchen Champagner nahm. »Ja, so gesehen«, meinte er aufgeregt, »müsste meine Tochter ihn gar nicht reiten, damit unser Name dem Springsport weiterhin erhalten bleibt. Es würde reichen, wenn ich der Besitzer bleibe ...«

»Eben!« Elsie grinste gewieft. »Dann sind wir uns einig, Herr Kronbeek? Catalan bleibt weiterhin bei uns. Onka wird ihn auf den Turnieren reiten, und ich werde die beiden trainieren. Ach so, an den Preisgeldern werden wir natürlich beteiligt, aber das haben wir zuletzt ja schon abgemacht.« Elsie hielt ihm die Hand hin. »Und? Sind wir uns jetzt einig?«

»Abgemacht«, polterte Herr Kronbeek glücklich und schlug ein. »Na, so etwas! Damit habe ich ja heute überhaupt nicht gerechnet. Die Tochter von Pete Hennelly trainiert meinen Catalan. Das muss gefeiert werden!« Er hob sein Glas. »Oh Gottchen, das ist ja leer! Warten Sie hier, ich hole mir schnell Nachschub!« Eifrig stand er auf und ging, leicht wankend, davon.

Alle am Tisch sahen sich sprachlos an, ehe Elsie murmelte: »Ist das gerade wirklich passiert? Der hat sich echt darauf eingelassen?«

Silvester fing polternd zu lachen an. »Elsie, was bin ich stolz auf dich! Langsam verstehst du, wie das Geschäft läuft. Besser hätte ich es nicht einfädeln können!«, brummte er zufrieden. »Manchmal muss man eben etwas wagen, damit man auch etwas bekommt.«

Ja, dachte Ava. Davon konnte sie mittlerweile ein Lied singen.

Elsie lachte zittrig auf. »Und das ist auch echt in Ordnung für dich?«, fragte sie Onka.

Das Mädchen mit den Dreadlocks strahlte über das ganze Gesicht. »Fragst du das im Ernst? Catalan ist ein Traum! Es wird mir eine Ehre sein, ihn zu reiten! Aber bevor ich jetzt noch ganz aus den Latschen kippe: Ihr seid mit Pete Hennelly verwandt? Dem Olympiasieger?«

Elsies Miene verdunkelte sich augenblicklich. Doch dieses Mal blieb das Erdbeben aus, das der Name ihres Vaters ansonsten verursachte, wenn man es wagte, ihn laut neben Elsie auszusprechen.

Stattdessen seufzte sie in die Runde. »Ich hatte auch mal

ein Seelenpferd, müsst ihr wissen. Damals lebten wir noch in Luxemburg«, murmelte sie. »Yamiroquai war ein Bild von einem Hengst! Er konnte springen wie sonst keiner. Wir hätten Olympia geschafft, jede Wette. Wäre mein Vater nicht gewesen und sein blinder Ehrgeiz. Er hat Miro so weit getrieben, bis er eines Tages nicht mehr konnte. Ich hatte es meinem Vater gesagt, dass Miro an seine Grenzen gekommen war. Aber, nein! Der große Pete Hennelly wollte mehr, legte noch eine Stange drauf, und noch eine ... Ja, und dann sind wir gestürzt, und Miro hat sich bei einem simplen Training das Bein gebrochen. Mein Vater hat ihn noch auf dem Springplatz einschläfern lassen, ohne mit der Wimper zu zucken.« Elsie machte die Hand zu einer Faust. »Es war seine Schuld, aber das konnte er sich nie eingestehen. Alles musste immer nach seinem Kopf gehen. Ab da wusste ich, dass wir getrennte Wege gehen.«

Eine bedrückende Stille legte sich nach Elsies Worten über ihren Tisch.

Das war es also, dachte Ava beklommen. Das Geheimnis über Luxemburg. Wo sie es nun wusste, konnte sie Elsie noch mehr verstehen. Mit so einem Vater würde Ava auch nichts am Hut haben wollen.

Dabei blickte sie rüber zu ihrem Dad, und es drängte sich ein abstruses Bild in ihren Kopf. Oskar Gildstein stand bloß wenige Meter von Wilhelm Graf entfernt, und Herr Kronbeek wankte, gut gelaunt, an ihnen vorbei. Alles könnte so einfach sein, dachte sie beklommen, und in ihrem Bauch tobte es mal wieder. Und dann wurde das Toben so schlimm, dass Ava blitzschnell vom Tisch aufsprang und zu ihrem Vater rüberlief, ehe sie der Mut verließ.

»Paps, darf ich dir jemanden vorstellen?«, sagte sie und zog ihn einfach mit, ohne auf seine Antwort zu warten. Vor Wilhelm Graf blieb sie stehen.

Der Bürgermeister lächelte Ava freundlich an. »Oh, unsere Fee! Wie schön! Danke noch mal, dass du beim Film mitgewirkt hast.«

Ava lächelte hastig. »Gern geschehen! Ich möchte Ihnen gern meinen Vater vorstellen. Er ist einer der Ingenieure, die Neu-Andra planen. Und er hat da eine Idee …«

»Ava«, sagte ihr Vater rasch. »Was soll denn das?«

Ava schenkte ihrem Vater ein Lächeln. »Manchmal muss man eben etwas wagen, damit man auch etwas bekommt«, wiederholte sie Silvesters Worte. »Jetzt oder nie, Papa!«

Und dann ging sie davon, um Florentine zu suchen. Denn wenn jemand ihren Vater davon überzeugen konnte, sein Geld in ein derart neuartiges Öko-Projekt zu investieren, dann sie. Auch wenn das bedeutete, dass Ava ab nun in Florentines Schuld stehen würde und ab jetzt für sie die Weiden abäppeln musste. Doch das war es ihr wert!

Wenige Tage später stand es schließlich auch im *Stadtanzeiger*. Ein Umdenken bei Neu-Andra solle auf der Präsentation stattgefunden haben. Neue Ideen lägen bereits auf dem Tisch des Bürgermeisters. Noch sei alles ziemlich vage, doch das Entscheidende daran sei, dass auch die Investoren an der neuen Strategie um Neu-Andra mitziehen würden.

Während Lou ihnen zum tausendsten Mal an diesem Tag den Zeitungsbericht vorlas, saßen Ava, Elaf und sie erschöpft in der Sattelkammer, nachdem sie wieder mal einen Ponytag hinter sich gebracht hatten.

Alles hatte im Grunde wieder seinen gewohnten Gang genommen.

Na ja, bis auf die Tatsache, dass Florentine ab jetzt so gut wie gar nicht mehr hier auftauchen würde. Und dass Neu-Andra jetzt womöglich doch noch anders gebaut werden würde und somit zu Neu-Anders wurde.

Avas Vater stand sogar eine Beförderung ins Haus.

Wenn sie jetzt daran dachte, konnte sie es immer noch nicht glauben. War so viel Glück wirklich möglich?

Ihr Plan, alles auf eine Karte zu setzen, war mehr als riskant gewesen. Dennoch hatten die Feen sie nicht im Stich gelassen. Obendrein hatte Wilhelm Graf ihnen an besagtem Abend dann auch noch zugesichert, dass sie so lange im Forsthaus bleiben konnten, bis Elsie die Kaufsumme zusammenhatte. Wer wolle das Feenpferd von Cassisburg schon vor die Tür setzen, hatte er dazu gemeint und Elsie zugezwinkert.

»Aber wisst ihr, was mich am meisten daran wundert?«, meinte Lou jetzt und ließ die Zeitung sinken. »Dass Florentine dabei mitgemacht hat. Ich meine, wir reden hier von Flo-ren-ti-ne! Die vollbringt sonst nie gute Taten!«

»Na ja, ganz umsonst hat sie es ja nicht getan«, meinte Elaf. »Sie braucht jetzt dafür keine Koppeln mehr abzuäppeln. Und was Catalan betrifft, da ist sie auch endgültig aus dem Schneider.«

Ava grinste schief. »Gut, dass sie nicht weiß, dass das Koppelabäppeln auch mit dem Traktor geht. Wenn Silvesters Knie erst mal wieder fit ist, geht das im Handumdrehen. Und was Catalan angeht: Da glaubt sie doch echt, dass wir schon genug gestraft sind, weil er hier steht.«

»Und wie!«, sagte Elaf mit Grabesstimme. »Catalan ist einer von den Schlimmsten!«

Die Mädchen lachten.

»Und außerdem«, gab Ava schließlich kleinlaut zu, »habe ich ihr noch versprechen müssen, dichtzuhalten, wenn sie in der Schule rumposaunt, dass die Idee mit Neu-Anders im Grunde auf ihrem Mist gewachsen ist.«

»Was?« Lou kreischte entsetzt auf. »Darauf hast du dich eingelassen?«

Ava zuckte mit den Schultern. »Ich glaube, sie braucht das. Denkt doch bloß mal an ihren Vater. Jetzt kann er wenigstens damit angeben, dass seine Tochter ein Genie ist.«

Plötzlich hörten sie draußen jemanden über den Kies gehen.

»Wer ist denn das jetzt?«, murmelte Lou verblüfft. »Sind Elsie und Onka nicht drüben in der Halle? Und Silvester kann es nicht sein. Seine Schritte klingen ganz anders.«

»Ist er auch nicht«, meinte Ava und stand auf. »Wir sind hier!«

Schon tauchte eine schwarze Gestalt im Türrahmen der Sattelkammer auf.

»Was macht der denn hier?«, knurrte Elaf wütend.

»Kian?«, murmelte Lou verdutzt. »Du?«

»Ava hat mich angerufen«, erklärte er hastig, während er in den Boden hineinmurmelte. »Sie hat mir erzählt, was passiert ist.«

»Und weiter?«, drängte Ava ihn.

Kian hob die Schultern. »Jaaa, ich hab Scheiße gebaut!«, gab er zu und sah nun doch in die Runde. Sein Blick blieb an Lou kleben. »Ich bin gekommen, um mich zu entschuldigen. Ich hab irgendwie nur noch rotgesehen ...« Er seufzte.

Ava nahm Elaf an die Hand. »Komm! Ich glaube, wir lassen die zwei besser mal allein«, sagte sie und zog ihn mit sich. Draußen vor der Tür im Innenhof blieben sie stehen.

»Du kannst diesem Idioten verzeihen?«, fragte Elaf verdattert.

Ava überlegte. »Er hat ja sonst niemanden, und Lou mag ihn. Vielleicht wird seine Wut ja mit der Zeit weniger, wenn er weiß, dass er hier nicht allein ist. Es soll schon mal vorkommen, dass so was hilft.« Sie grinste Elaf schief an.

Ein Lächeln huschte über sein Gesicht. »Jaaa«, gab er zu, weil jeder mal solche Momente hatte, in denen man sich verrannte. »Und jetzt?« Elaf blickte sich ratlos um. »Was machen wir jetzt?«

Ava nickte rüber zur Hoftür. »Wir könnten in der Zwischenzeit aufpassen, dass Silvester nicht abhaut«, kicherte sie. »Morgen geht's in die Klinik. Wer weiß, ob er überhaupt schon gepackt hat!«

»Na, dann werden wir das am besten gleich mal überprüfen«, meinte Elaf, und seine waldgrünen Augen blitzten frech auf, als er mit Karacho die Hoftür aufschwang. »Wofür sind Freunde schließlich da!«

MITDEMWIND-IMSATTEL

Avas Herz prickelte vor Aufregung. Sie konnte es kaum fassen. Endlich war es so weit!

Nachdem Elaf und sie die Pferde in der Halle ausreichend bewegt hatten, gab Elsie letztlich ihr Einverständnis. Endlich durften sie ein wenig ins Gelände, und das bedeutete nichts anderes als … ausreiten!

Ava war sich sicher. Noch lange würde sie sich an diesen einen Moment zurückerinnern. Wie sehr hatte sie sich nur darauf gefreut! Seit Wochen träumte sie von nichts anderem als davon. Und jetzt ging ihr Traum endlich in Erfüllung. Die Hufschläge, die vom Hof wegführten, klangen deshalb wie Musik in ihren Ohren.

Ka-klang-kaklang. Ka-klang-kaklang.

»Aber bleibt auf der Lichtung, hört ihr?«, rief Elsie ihnen hinterher und winkte zum Abschied. »Viel Spaß!«

Ava und Elaf nickten. Dann ritten sie Schulter an Schulter die Auffahrt entlang.

Soraya kannte den Weg bereits. Ava war ihn schon mehrmals mit ihr am Führstrick gegangen, sodass die blinde Silberstute nun keinen Augenblick lang zögerte oder gar strauchelte. Sie ließ Soraya einfach neben Catalan am langen Zügel gehen, wie sie es auch sonst in den letzten Tagen in der Reithalle gemacht hatten. Und das schien zu genügen, um Soraya das Vertrauen zu geben, dass sie dafür brauchte.

Der Regen war endlich vorüber, und die Sonne kam wieder hinter den Wolken hervorgekrochen. Noch zart und etwas schüchtern, doch immerhin so stark, dass der Wind schon an Wärme gewann.

»Hast du eigentlich gewusst, dass man den Sommerwind hier Zephyr nennt?«, fragte Ava, als ihr eine warme Brise entgegenschlug.

Elaf schüttelte den Kopf.

»Onka hat es mir neulich gesagt«, antwortete sie und sog begierig die warme Luft ein.

Es war Nachmittag. Die Grillen zirpten auf der Lichtung. Der Wald dahinter war in ein warmes Goldgrün getaucht. Ein paar Wolken zogen vorbei, doch sonst war der Himmel sommerblau.

»Zephyr ist ein schöner Name für den Wind«, meinte Elaf und lenkte Catalan auf die Wiese. Das Rauschen des Windes in den Bäumen wurde stärker. Ava hätte schwören können, dass es sich wie Musik anhörte. Vielleicht wie ein altes Lied aus einer Zeit, die lange vor ihnen lag. Es klang wie Blätterrauschen. Gräserpfeifen. Zephyrwispern.

Elaf riss sie aus ihren Gedanken. »Bereit für einen Trab?«

»Mehr als das«, grinste Ava und nahm die Zügel auf. »Wir halten uns dicht an euch, okay?« Sie lenkte Soraya hinter Catalan.

Elaf nickte und ließ den grauen Holsteiner antraben.

Ava brauchte erst gar nicht Soraya den Impuls zu geben. Die blinde Stute trabte sofort von selbst an und schaffte es mühelos, sich Catalans Tempo anzupassen.

Die Wiese wanderte an ihnen vorbei, zuerst langsam, dann immer schneller. Elaf blickte über die Schulter, und Ava hatte kurz das Gefühl, in der Erinnerung gefangen zu sein.

Doch das hier war die Wirklichkeit. Das hier war echt. Es war kein Albtraum. Keine Warnung. Keine Botschaft von den Feen.

Das hier gehörte nur ihnen. Und deshalb schüttelte Ava jetzt die Erinnerung ab und nickte Elaf zu. Daraufhin ließ er Catalan angaloppieren, und Soraya folgte ihm mühelos in mäßigem Galopp.

Das Grün der Wiese rauschte an ihnen vorüber, und Ava spürte den Zephyr, wie er sie umschmeichelte, sie drängte, sie aufforderte, einfach frei zu sein. Zuerst zögerte sie noch, doch dann vertraute sie ihrem Seelenpferd. Sie warf alle Ängste für diesen einen Augenblick über Bord und öffnete ihr Herz.

Und dann war er da. Der Moment, von dem sie so lange geträumt hatte. Ava lachte vor Glück laut auf. Elaf lachte mit. Die Pferde galoppierten über die Lichtung, als hätten sie nie etwas anderes getan. Silberlicht und Felsgrau.

Irgendwo im Wald gurgelte die Hulder munter vor sich hin. Und am Waldrand lag der Feenhügel.

Genau vor dem Hügel bremsten die Pferde schließlich von selbst ab und gingen ehrfürchtig im Schritt vorbei.

Elaf zog sein Handy heraus. »Komm! Wir machen ein Foto für Silvester! Sonst glaubt er uns nie, dass wir heute ausgeritten sind.«

Rasch lenkte Ava Soraya neben Catalan und beugte sich zu Elaf hinüber. Im Hintergrund konnte man den Feenhügel sehen, der für ungeübte Augen bloß Gestrüpp war.

»Cheese«, lachte sie, und Elaf berührte das Display.

»Und jetzt eins für mich«, sagte er, und ehe Ava sich's versah, hatte er ihr auch schon einen Kuss auf die Wange gegeben. *Klick*. Elaf grinste.

»He!« Ava kreischte auf. »Wenn wir ihn nachher im Krankenhaus besuchen, zeigst du ihm das aber nicht! Sonst kriegt Silvester glatt noch einen Herzkasper, und dann war seine Knie-OP umsonst.«

»Ach, Quatsch!« Elaf schüttelte den Kopf. »Das hier ist nur für uns.« Er sah sie mit seinen waldgrünen Augen an, und dabei spürte Ava, wie ihre Haut kribbelte. »Andrablau«, murmelte Elaf. Und dann gab er ihr einen zweiten Kuss. Nicht auf die Wangen. Sondern auf die Lippen. Und der war so warm und weich wie der Sommerwind, der sich Zephyr nannte und von unendlichen Abenteuern erzählte.

Eine gefährliche Schatzsuche durch den Dschungel

Antonia Michaelis
Der Koffer der tausend Zauber
336 Seiten · ab 10 Jahren
ISBN 978-3-7891-1508-0

Als der elfjährige madagassische Straßenjunge Rabé einen magischen Koffer erbt, ändert sich sein Leben mit einem Schlag. Denn darin findet er eine Schatzkarte, die zu einem Ort tief im Dschungel führt. Zusammen mit dem deutschen Jungen Benja begibt sich Rabé auf die Suche nach dem Schatz. Doch wer ist die bucklige alte Frau, die ihnen immer wieder begegnet? Was will der Mann im schwarzen SUV, der sie verfolgt? Und was haben die kleine Kintana und der alte Magier mit dem Schatz zu tun?

Auch als eBook

Oetinger

Weitere Informationen unter:
www.oetinger.de

Meer-Musik:
Die Songs der Alpha Cru

Tanya Stewner / Guido Frommelt
Alea Aquarius. Die Songs (CD)
1 CD · Ab 5 Jahren
EAN 4260173788570

Die beliebten Lieder von Umweltschutz-Meermädchen Alea Aquarius und der Alpha Cru bekommen endlich ihren eigenen Auftritt! Die 14 Songs, geschrieben von der Autorin Tanya Stewner und ihrem Mann Guido Frommelt, werden musikalisch kongenial umgesetzt. Die Stimmen von Alea und ihren Freunden werden von aufstrebenden Casting-Show-Jungstars gesungen, die wunderbar passen und das Wir-Gefühl der Alpha Cru und ihrer Fans perfekt machen.